跨度长篇小说文库

Kuadu Novel Series

顺

SHUN

燕杰 著

中国文史出版社

1

这年的冬天严寒来得有些早，刚进阴历十月就飘起了鹅毛大雪，整整一个上午纷纷扬扬，就像射出的箭，中途没有停的任何迹象。如此高调的飘雪并没有遮盖布满黄晕的冬阳，像犯了痨病的一张脸，一直挂在天空。

王乐生满脸忐忑地走在飘雪里，家越来越近，已经走进了村西头的坟场。白茫茫的坟头像雪白的馒头，是的，就是馒头，他甚至产生了幻觉。一年多的流浪生活，使他对馒头产生了强烈的欲望，看见白色的半球状都流口水。说是流浪，其实就是东躲西藏，没有个具体的地儿，常常露宿野外，要吃的没吃的，要喝的没喝的，而这一切都源于顺。可这顺还真是命硬，在这恶劣的环境下，竟然健健康康，都一岁半了，没生过一次病。

王乐生踏上回家的路蓄谋已久，不到实在混不下去，他是不敢回村的。他害怕表哥，一个操着生杀大权的乡计生办主任——毕发宽。说起表哥，也不是没有一点情面。顺已是第四胎了，前三胎都是女孩。为了顺，王乐生也是破釜沉舟，撇家舍业，一躲就是三年多。当然，表哥的情面是在私下，生第二胎时没有让他媳妇结扎，这才有第三胎第四胎，也就是才有今天的顺。

王乐生没有直接回家，而是去了村委会大院。他没想到村委会有酒场，一进院门就听见："哥俩好，五魁首啊，四呀四的你一块……"王乐生犹豫了，进还是不进？进吧，怕搅了人家的局，对自己来个雪上加霜；不进吧，自己谋划好的一切怕实施不了。你要知道，这王乐生可不是省油的灯，曾是全乡的致富能手，如果不是为了顺，他可是吃香的喝辣的，有的福享。不入虎穴焉得虎子，王乐生心一横推门走进去。

屋子里一下子鸦雀无声，大家都扭头看这位不速之客，满脸的胡子，浑身散发着馊烘烘的味道。正在大家愣神的时候，顺哇的一下哭了，大家这才注意到这人还抱着一个孩子。王乐生一进屋就发现表哥毕发宽坐在上座上，赶紧走上前喊了声："表哥啊！"

毕发宽这时反应过来，抬手就是一巴掌，结结实实地打在了王乐生的脸上，"你怎么不死在外头啊！"

大家这时才回过神来。屋子里仍旧一片沉默，只有毕发宽满脸怒气地走来走去。王乐生把一个脏兮兮的包裹向桌子上一放，"表哥啊，蒲生玉死了！"

"啥？你老婆死了？"毕发宽脸色缓和了些，人死事了，很多事就好办了，"别在这儿丢人现眼了，回家准备罚款吧！"

王乐生像得了大赦，拿起包裹就想走。

"等等！你说蒲生玉死了？"

"是呀！"王乐生惊出一身冷汗。

"证据呢？有啥证据？"

王乐生又把包裹放到桌子上，"这是她的骨灰，打开看看吗？”

这个时候大家都伸长脖子，看着这个脏兮兮的包裹。毕发宽没有发话，他的一个跟班上去动手，打开了包裹。大家总以为有一个骨灰盒，让人感到唏嘘的是，里面包的是一个牛皮纸包。

这跟班正想打开纸包，“算了吧，乐生啊，回去好好安葬吧！”毕发宽不想跟死人过不去，再说，他知道里面一定是骨灰，要不当着这么多人的面，王乐生不会让人查看包裹，一定找一堆理由。

王乐生流着泪把包裹系好，抱着淌着鼻涕的顺离开了村委会大院。

十年前，永胜村一个大院落里。

“爸爸，明天我的生日，一定想着给我买蛋糕吆！”四周岁的盼男围着爸爸撒娇。

“买——买，一定买！我们的小公主要过生日怎么会没有蛋糕呢。”坐在沙发上品茶的王乐生抚摸着女儿的头说。

“生玉啊，我明天去淄博运建材，你一定记着给女儿过生日，买个大大的蛋糕，顺便把盼男她爷爷奶奶、姥姥姥爷都叫来。一眨眼闺女都四岁了，再有三年女儿七周岁，你也三十多了，该要二胎了。”他又转头对妻子叮嘱道。

“放心吧，我记下了。”蒲生玉一边纳着鞋底一边走出来，从容和幸福感写在脸上。她知道丈夫乐生很想生个男孩，这也是他们整个王家的心愿。婆婆公公总觉得乐生有出息，生个男孩的愿望更加强烈。蒲生玉是一个孝顺的儿媳、贤惠的妻子，她顺从地接受了婆家人的愿望，下定决心生个男孩。像她家这种头胎是个女孩的很多，远处的不说，一个村的就有几十户。当然，一个男孩的也不少。有些人家就等不及了，没按政策办事，提前生育了。

王子章是村里的民办教师，教孩子们语文课，拼音课教得特别好，孩子们都喜欢他。就在前几天，一个班的孩子们静静地坐在教室里眼巴巴地等着他去上课，等了三十多分钟仍不见王子章的身影，学生们急了，乱糟糟的一片，班长王佳茹就站起来喊："别吵了，吵什么吵！我去找老师去。"

"报告。"

"进来。"

王佳茹推门走进办公室，几个老师都在批改作业，没有抬头的。王佳茹走到数学老师王东正身旁问："老师啊，我们语文老师呢？"

王东正一愣，"怎么？他没在班上？他一直没来办公室，还以为他直接去了教室呢。"

"没有啊，我们一直等他上课呢。"

"这样啊，维持好纪律，先上自习课吧，下一节上数学。"

王佳茹莫名其妙地回班里去了。

"谁知道子章为什么没来呀？"大家都抬起了头，一头雾水。是呀，要是请假他应该嘱咐人代课呀。

"不会有什么事吧？我去问问校长。"王东正站起来去了校长室。

不一会儿，王东正回到办公室，说："这就奇怪了，子章辞职了，之前一点风声都没有，余校长也是刚刚看了他从门缝里塞进的一封信才知道的。”

“啥？辞职了！今年的转正名额可是要轮他了，怎么说辞就辞了呢？”

“一定是遇到大事了！”

“是啊，一定是遇到过不去的坎了！”

“要不放了学我们一块儿去他家瞧瞧去？”

“好，一块儿去。”

王子章父母家，毕发宽正带着一干人马，他们在做工作，查找王子章夫妇的下落。有人举报王子章的妻子刘小英怀孕了，离批二胎指标还有四年呢。你说这王子章大好的日子不过，偏偏就和他毕发宽过不去，和他过不去就是和乡政府过不去。像这样的刺头，他毕发宽就得拿出必办的魄力来。“啥也别说，把你儿子和媳妇找回来，该流产流产，别做些白日梦！”

“毕乡长啊，真不知道这个死孩子跑哪儿了，给您添麻烦了！”

“我不是乡长，别给我戴高帽，乡长要是亲自来这事就更难办了，我是毕主任。”

“啊，毕主任啊。正毕主任啊，大毕主任啊，儿子和媳妇回来，我一定让他们到您那儿，任您咋办就咋办！”

毕发宽背着手走了两个来回，说：“老王啊，这事可不是你说说就行了，今天，你不说出你儿子和儿媳的去处，我就先给他们拾掇拾掇屋。你们别愣着，把锁砸了，值钱的东西都拉走！”

锁被撬开了，七八个人冲进屋里，大家愣了，整个屋里没看见值钱的东西。

“哈，这房子可是新盖的，响当当的石头盘根红砖红瓦。王村长啊，去弄辆拖拉机来!”

“这……毕主任啊，村里没有拖拉机啊。”村长王罗实心里想，这是啥事啊，得罪人的事都由我这村长担着啊，幸亏村里没有拖拉机。

“王村长你就不动动脑子啊，想想，再想想!”

“啊，有倒是有一辆，就是……”

“就是什么？有就开来嘛!”

“您表弟王乐生有辆五零拖拉机，可他拉建材还没回村呢。”

“王罗实啊王罗实，你这话等于没说。这样吧，你再做做王子章家的工作，最后期限明天下午，如果还没有效果，我就直接带人来扒房子，绝不留情面。”说完带着一干人马离开了。

“多好的五间好屋啊，就这样要扒掉了！唶!”

“太可惜了!”

“刚刚住了还不到一年呢，可惜了!”

……

围观的人们议论着，摇着头，叹着气，散去了。

夜就这样来临了，王罗实正在盘算着怎样说服子章父母，“婶啊，这事就是子章不对了，又没说不批二胎。你看，他这火烧火燎的，像猴子烧着了屁股一样，上蹿下跳个啥!”

“我不管，也管不了，但这五间大北屋可是我和你叔当牛做马挣下的，他毕发宽说扒就扒了？”

“这事呀，婶，不是我说您哪，你们老俩还真做不了主。毕发宽是谁呀？全乡哪家哪户不归他管啊，乡长的小姨子他都不留情面，何况咱这平头百姓呢。您就说出子章去哪儿了，把他叫回来不就得了。”

“叫回来就行了？”一直蹲在灶台后的子章他爹平地里插了一句。

“死老头子，你说啥呢！”子章他娘劈头盖脸就一句。

“我……嗐！”子章他爹硬生生地憋了回去，快一辈子了，在媳妇面前就没有强出过头。

王罗实觉得自讨没趣，再讲下去也不会有结果，“婶啊，看来我是白吐唾沫星子了，啥也不说了，就等明天扒屋吧！”

第二天早上，王罗实骑上摩托车就去了乡里，他要向毕发宽汇报工作，以防自己弄得里外不是人。其实，毕发宽心中早就有数，偷偷跑出去的都是吃了秤砣铁了心的，罚款也好扒屋也好都是为了做给想生而不敢生的人家看的。

下午，毕发宽该做的还得做，带了一班人再次来到永胜村，有所不同的是开来了一辆拖拉机。看见拖拉机子章他爹娘还真的傻了眼，没想到毕发宽说话砸坑说到做到。子章他娘哇的一声躺在拖拉机前，抢爹喊娘地哭，“我不活了，你们从我身上轧过去吧！我辛辛苦苦一辈子，就挣下这五间屋，你们就这样扒了，这日子还怎么过呀？有没有天理啊！”

僵持了一个多小时，毕发宽让人把子章他娘抬到了一边，低声对手下说，先拽下两根檩条，以后再说。毕发宽知道不实打实地做做样子，谁家还把他这计生办主任放在眼里，全乡的计划生育还怎么做。

在子章他娘的号啕中，两根檩条被拖拉机抽了出来，房顶上的一片瓦塌了下来。毕发宽留下话："抓紧把王子章情况如实反映到计生办，要不过几天彻底把屋推倒，绝不留情面。"

王子章爹娘也犯了嘀咕，到底让不让子章回来，心里也没了底。他俩还真的心疼这五间好屋，这可是几乎一辈子的积蓄，到现在子章都没钱添上件像样的家具。子章他娘在不停地抹眼泪，子章他爹就在灶台后不停地叹气。子章他娘一抹眼泪说："嗐，我这是哪辈子造的孽呀！你看看子章他媳妇都怀上了，是你王家的种。"

子章他爹一下子站起来，"让他回来，让他回来，要不这家就毁了！我家都快穷一辈子了，刚刚熬出头，这一下子……"

子章他娘一下子愣了，她没想到一直想抱孙子的丈夫会有这种想法，她咬了咬牙不再哭了，"那好，那就给子章捎个信儿吧，让他自己拿主意。嗐！"

"那我去？"子章他爹犹犹豫豫地试探着说。

"不用了，我去找找乐生，他经常去淄博，路过他大姨家。乐生又是和子章一块儿玩大的，也好说话。"子章他娘拍了拍屁股走出门去。

"大侄子啊，白天的事你听说了吧？"

"婶啊，你看我这刚刚回家，水还没来得及喝一口呢，到底发生了啥事啊？"

"哎呀，这日子没法过了！"

"婶啊，您说啥呢！这日子不是好好的吗？"王乐生感到莫名其妙。他知道这位婶子可是个厉害的主，在家说了算，想呀家里人没敢欺负她的，今天这架势好像是被人打了，一进门就抹眼泪。

“还好好的呢，你不知道哇，你子章哥的房子被人扒了！”

“啊，谁这么大的胆子啊？这刚刚盖好的新房就给扒了？”王乐生更是一头雾水。

“还有谁呀，还不是你表哥毕发宽。除了他谁还有这个胆呀，人家可是堂堂的大主任呀！”

“啊，是毕主任呀。婶啊，是不是子章哥他……”

“大侄子啊，你是装糊涂还是真糊涂啊？不是你子章哥犯事，就是再大的主任他能敢扒咱的屋？”

“啊，婶呀，你今晚来不会是让我向毕主任说情吧？”王乐生有些心情忐忑，这位婶子可不是外人，自己小时候娘没奶，是吃这位婶子奶水长大的，她的事就是自己的事。可这件事很棘手啊，这可不是表哥一句话的事，全乡的老少爷们都看着呢。听说乡长的小姨子都被毕发宽办了，不用说自己有没有分量，就是有点分量，在毕发宽眼里也不能和乡长比呀。想到这些，王乐生便皱起了眉头。

“大侄子啊，你想错了。谁不知道这是啥事呀，我也知道说啥也没用，我只是想你给子章捎个信儿，回不回来让他自己做决定，我这把老骨头经不住折腾喽。”

“哦，是这样啊。子章哥躲哪儿了？前几天不是还在家吗？”王乐生松了口气。

“他能去哪儿呀，还不是躲你大姨家了。这不，也不知道哪个挨千刀的报的信儿，他这前脚刚走后脚计生办就来人了。嗐！”子章他娘一拍大腿叹气说。

“婶啊，您老别着急，过几天我才能去淄博。这样吧，我去找表哥说说，就说您正在想办法联系子章哥，让他等几天，听您的信儿，这样您说行不？”

“咳，大侄子啊，我知道你和婶亲，婶的奶没白喂。那你忙吧，我先走了。”

“婶，我送送您，天黑您慢点啊。”

送走子章娘后，王乐生就琢磨怎么跟表哥说，表哥的铁腕那是出了名的。当然，没有表哥这样的人计生工作确实也没法做，“不孝有三，无后为大”的想法根深蒂固，不用说别人，就自己一家人也不例外。“唉，这事啊，见到表哥再说吧。生玉啊，我去招呼几个人把货卸了，你先陪女儿睡下吧。”

“爸爸，生日蛋糕还给您留着呢，可记得吃哦。”

“孩子，跟妈妈睡觉去，爸爸记得呢。明天，爸爸还有生日礼物呢。”

“爸爸真好！”盼男乐颠颠地跟在妈妈身后睡觉去了。

王乐生去了学校，他去找王东正他们几个民办教师，让他们帮着卸货，这是他们讲好的，每次卸货都是他们三个，每个人每次十元钱，一个月下来都能顶上工资了。每次卸完货，王乐生都请他们喝上一杯，这次也不例外。

“生玉啊，炒上几个菜，我和东正他们整两盅。别忘了弄上盘卤汁羊肉，那可是我从周村带回来的地方名吃，让大家尝尝。”

“忘不了，这卤汁羊肉现成的，先端上尝尝，我再炒菜。”

“对对，我们先喝着。”

东正他们仨没少吃乐生带回来的好东西，因乐生常跑淄博，淄博的名吃豆腐箱、博山酥锅、油粉、菜煎饼、周村薄酥烧饼、马踏湖金丝鸭蛋都吃过，他们也知道乐生这几年挣了大钱，也没那么客气，都尽情地吃。有一次，他们听说王村醋好喝，就让乐生买些回来。乐生弄了一箱回来，结果，每人吃了一盘饺子喝了一瓶醋，胃里一个星期泛酸水，往后一年看见醋就反胃。

酒过三巡，菜过五味，就讲起了子章的事来。

“可惜啊，子章这次可是折大发了！”王东正挟了一块羊肉放嘴里，一边嚼着一边说。

“怎么说呢？房子眼看就被扒了，你说这事闹的。”乐生添了一句。

“这不光房子的问题，这次转正名额没了。”

“是呀，我们村四个民办教师，按比例分一个转正名额，他资历最深，高中毕业，年龄最大，这个名额铁板钉钉就他的了。这下可好，没了！”

“抓紧替补一个不就行了吗？先分到名额再说呀。”王乐生觉得这样也很可惜，现在的民办教师为的就是转正，要不这么点钱还真不好坚守。

“哪有那么容易啊，这民办教师也是有指标的，都是上边分下来的，不是想当就能当上的。”

“哦，原来是这样啊。”王乐生也在想，子章的事要是换成自己，能不能舍得撇家舍业。他摇了摇头端起酒杯，“喝，来呀，今晚有酒今晚醉，明天发生什么事谁知道呢。”

“呜……呜呜!”王东正抹着眼睛哭了起来。

大家都愣了，这哭声不在意料之中，特别是其他两位同事更是丈二和尚摸不着头脑，再就是他俩也从没见过王东正哭，或者说这三位在一起就没人哭过。

“啊，东正啊，你这是咋了？不会是为子章哭吧？”

“嗐！我为自己哭！子章比我强多了，人家要有儿有女了，看我，虽然小子章几岁，但还是光棍一个，不用说儿女了，就连个媳妇也没混上，孩子都耽误了打酱油了。咳！惨呢，比子章惨多了呀！我倒是羡慕人家子章有主见啊。”

“来，喝酒。有好姑娘等着你呢，好事多磨。”

“来——来！喝!”

四个人你一言我一语，借着酒劲儿畅谈人生，事实上都是些废话。

不过，在送走三位教师后，王乐生倒有些落寞，一个人披了件外套，点上一支烟，在泛着黄晕的月光下溜达。院子里一棵高大的梧桐树的叶子发出簌簌的声响，远处偶尔几声狗叫，叫得是那样清冷，仿佛从另一个世界传来。隔壁的几声咳嗽震得他哆嗦了几下，叹了口气把烟掐灭进屋了。

2

第二天，也就是王子章“逃亡”的第四天。上午十点多，王乐生嘱咐媳妇在家卖货，他骑上摩托车去找表哥毕发宽。大约十点半，在乡计生主任办公室，毕发宽正在看报纸，王乐生一推门喊着表哥就进来了。毕发宽站了起来说：“哦，乐生来了。快坐，坐。”绕过写字台，走过去就沏茶。在毕发宽眼里这位表弟可是座上宾，当然，在乡长那儿王乐生也是常客，是先富起来的带头人之一。

“表哥啊，读的什么报哪？看得那么投入。”王乐生无话找话。

“这报纸啊，你以后也得常读读。这可是今年刚创刊的《中国人口报》，每周五一期，有权威性啊，当然，也能指导我们的基层工作。”

“哈，还这么深奥啊，走的时候拿上份看看。”

“哎，乐生啊，你不是去淄博进货了吗？啥时候回来的？”

“昨天晚上回来的，回来都天黑了呀。”

“喝茶，喝呀。不对呀乐生，昨天弄到那么晚，今天就匆匆忙忙跑我这儿，又有事吧？”

“表哥啊，从小街坊邻居就都说您不一般，一般人在您面前走不过三遭。我就不拐弯抹角了，这第一呢，我给表哥弄了二斤卤汁羊肉，这可是淄博名吃啊。”

“哎哎，这二一定不是什么好事，就别说了，羊肉呢？”

“这羊肉在摩托车前筐里，没拿进来呢，我这就去拿。”

王乐生再一次走进办公室时，表哥在那儿背着手走来走去，有时停停有时紧走两步。

“表哥啊，您……”

“乐生啊，你坐。我知道，是不是王子章他娘让你说情了？”毕发宽摆了摆手说。

“我……”王乐生一下子不知道说什么。

“你小的时候，你当然不记得，我记得是子章他娘的奶水救了你，这在你们村大多数人都知道。”

“表哥，其实我只是给您捎个信儿，子章家正在联系子章，让他回来，请您暂时不要再扒他家的房子。”

毕发宽转过脸盯着王乐生，过了一会儿说：“你认为我真的会推倒他家的房子？”

“这，不是已经拽下两根檩条了吗？这可是很多人看见的呀！”王乐生有点不理解了。

“不，你太不了解表哥了！你觉得我不这样做能行吗？挨家挨户都在想什么你知道吗？生！生！生！有儿子的盼姑娘，有姑娘的更盼儿子。”毕发宽有些激动。

王乐生终于明白了表哥为什么这么强硬，这么铁腕，反而有些同情起表哥来了。他坐到沙发上端起了茶杯，喝了口茶，已无话可说，也就是不知道说啥了。

“你就回去告诉子章他娘，让子章抓紧回来就行了，别的你也不要多说了。表哥送你一句话：‘计生干部一定外硬内软，否则，一无是处。’”说完也坐下来端起了茶杯。

回家的路上，王乐生一直琢磨表哥毕发宽的那句“外硬内软”是啥意思。他眼里的表哥总是雷厉风行，说一不二。也许，在整个乡里邻里的眼里，毕发宽的形象都是一样的，不畏权，六亲不认。回去怎样跟婶说呢？王乐生最终觉得还是实话实说，他没有能力帮得上忙，再说，这事就是发生在自己身上，表哥……这一走神不要紧，差一点要了命。一辆拖拉机拉了一大车草，占满了整个公路，自己发现时已经晚了，一斜把窜进了排碱沟里。排碱沟里有半米多深的水，由于摩托车的闯入溅起的都是泥浆，王乐生从头到脚像是被泥水刷了一遍，俨然一尊会动的泥塑。

拖拉机司机赶紧把车停住，跳下来喊：“兄弟，没伤着吧？”

王乐生站直了活动一下，感觉没大碍，就是脚踝骨火辣辣地疼，回头说：“嗐，抓紧啊，帮我把摩托车抬上来！”

“哎，好好！”司机说完脱了鞋挽起了裤子，裤子一直挽到大腿根，呼啦啦就下到水里。两个人费了九牛二虎之力也没把摩托车弄上来，王乐生骑的可是重达一百八十公斤的250摩托啊。王乐生望着一身泥水的拖拉机司机，原本窝着的火没有了，反而觉得两人有些可笑，叹了口气说：“兄弟，你招着车，我看看周围有没有人。”

“好，好，咱俩看来弄不上去啊。”

王乐生爬到沟沿上向四周望了望，大中午的连个人毛都没有。他笑了笑说："嗐，老天不帮我们啊。这样吧，你把车放那儿，找根绳子，一头拴到拖拉机上，一头系到摩托车上，我招着车，你开车拖上来吧！"

"好好，只能这样了。"

最后，摩托车总算拖上来了，但后视镜碎了一个，碎玻璃好歹没有割着两人的脚，右脚踏板也坏了，手闸也掉下来了，总之，这摩托车是不能开了，只能推着回家了。可这儿到家还有七八里地呢，王乐生有些犯愁。拖拉机司机也皱着眉头，沉思了好一会儿，怯怯地说："兄弟啊，要不你在这儿等着，我回家把车卸了再用车送你回家吧？"

王乐生看了看疼痛的脚踝，有铜钱大的一块皮没有了，一瘸一拐地推回这 250 摩托还真有些发怵，就同意了拖拉机司机的想法。

太阳慢慢地烘烤，王乐生感觉衣服变成了装甲，硬固了一样，心情也像被扇了两巴掌有些憋屈，感觉时间像老牛拉破车一样缓慢。

"兄弟，等急了吧？"拖拉机司机终于来了。王乐生心情有些好转，不仅是因为拖拉机司机守信用，还有这司机换了一身衣服让他眼爽，一件白底蓝花的上衣，一件蓝色牛仔裤，一双白色回力球鞋，和刚才判若两人。司机跳下车麻利地放下一长木板，招呼有点发愣的王乐生，一块儿把摩托车推上车斗。"兄弟，坐稳了！去哪个村啊？"

"哦，永胜村。"

一路上，两人你一言我一语，越聊越起劲，王乐生才知道这司机是南庄的，叫刘吉盛，部队刚转业不到一年，在南庄村东头挖了两个大藕塘，足足有三十亩，专门种植大卧龙莲藕。这种藕入泥深，主藕长九十厘米，所以，要挖塘续泥。他刚才拉一车草就是为了续泥用，没承想差一点造成事故，也是因了乡下没几辆车在马路上跑，开得有些快，车又装得满。王乐生也说了自己思想开了小差。就这样，两个人因为事故反而成了朋友，说着道着就到了永胜村王乐生家门口，王乐生说啥也不让走，刘吉盛见王乐生日子过得红火，又加上盛情挽留，很想坐下来听听他的致富经，也就不再推让，跟着王乐生来到院子里。

"生玉啊，来客人了。"王乐生一瘸一拐地向屋里走。

"啊，你的腿咋了?"蒲生玉一走出屋门就瞅见走在前面的王乐生。

"哦，没事，蹭破了点皮。你招呼客人，我去弄点碘酒擦擦。"一边说一边介绍刘吉盛。

等刘吉盛坐定，蒲生玉沏好茶，就走进卧室，她心里惦记着受伤的乐生。"你看看，看看，这肉都少了一块，还说蹭掉了点皮。"

"没事，咱庄户人家哪有那么娇贵呀。"一边说着一边给生玉使眼色，怕外面的刘吉盛听见，心里不安。

其实，刘吉盛第一眼看见蒲生玉就有些不安。蒲生玉一露面就带着一股气场，精明、利落、贤淑，那怎么看出贤淑来呢，就从她的眼神里，从对王乐生的眼神里。

王乐生擦完药走出来，说："生玉啊，炒几个菜，我和吉盛整两盅。"

“王哥，我留下来是想和您聊聊，酒就免了吧。嫂子，别太忙活了！”

“那怎么行呢，来我这儿就像到了自己家，客气啥！再说，您开着车，我不会让您喝多的，我有数，就两壶酒，多了咱不喝，放心吧。”

酒一下肚，两个人话就多起来，不免就谈到了生孩子问题。刘吉盛妻子怀孕七个月了，作为一个准父亲，他没有多少想法，因为是第一胎，生男生女他都能接受，可作为自己的父母亲、孩子的准爷爷奶奶，可是做足了生男孩的准备，儿媳怀孕前就到处打听生男孩的秘方，最终还是为儿媳套系了一服药，神神秘秘地让儿媳喝了，据说是百分之百生男孩。

“吉盛兄弟，真的吗？真的有这种药？”蒲生玉在里屋听见有些兴奋，还没走出卧室就问。

“啊，嫂子啊，这真假我也不知道啊，这孩子还没生下来呢。不过，据一诊脉的老中医说，媳妇怀的是男孩。”

“哎，你急啥！这离生二胎还有好几年呢，到那时吉盛家的小子都能满街跑了，男孩女孩还分不出来？哈哈，到时候再问吉盛讨偏方也不迟啊，您说是不是呀？”不过听到这个消息，王乐生比蒲生玉还兴奋，他真的觉得上天照顾他，因祸得福。

就这样，送走刘吉盛时已下午快三点了，要不是刘吉盛忙着拾掇藕塘，这会儿还不会结束。

天突然暗下来，一阵阵凉风袭来，哗啦啦雨就坠下来，像是事先约好的，说来就来了，短暂的前奏让人猝不及防。王乐生想刘吉盛一准淋在路上了，心里未免有些过意不去，低着头在屋里走了几圈。蒲生玉笑着说："你这走来走去的，倒像一个人。"

"谁呀？像谁呀？"

"你想想，一定能想到的。"

"哈，真的像表哥——毕发宽，是吧？"

"是呀，每次见到表哥他都走来走去地转圈，你是不是也被传染了？"

"说啥呢，表哥那是在思考问题，我就服表哥那头脑，还没有第二人哪。"

"好好好，你表哥聪明，别在那儿一瘸一拐地溜达了，上床歇会儿吧。"

"哦，我是有些担心吉盛淋雨啊！"

"你担心也没用，这雨来得太出乎意料了，刚才天还好好的呢。"

"你说得也是啊，我在这儿瞎操心一点用处也没有，雨该下还得下，该下哪儿还得下哪儿。这刘吉盛不知道得罪了哪路神仙，一路有雨陪伴。"说完，王乐生摇摇头爬到床上去了，倒头便睡，没几分钟就打起了呼噜，劳累和酒精起到了很好的催眠作用。

一觉醒来，已经是晚上九点。王乐生忽然记起了一件事，就是给子章他爹娘捎个信儿，估计这一时半会儿不会扒房子，具体情况自己也拿不准。

子章家房子已修好，下雨没受影响。子章父母正在忐忑不安的时候，王乐生的到来无疑是增加更多不安的情绪，到底结果怎样，老两口不敢问，只等着王乐生告诉他们。王乐生也没敢隐瞒，实话实说了，就等着过几天捎话给王子章了。

王子章和媳妇并没走太远，就在离家一百多公里的沂源县鲁山山坳里。这里有山有水，虽然穷点，人们的日子还算悠哉，日出而作，日落而息。鲁山以它高山大川的胸怀和它峰石林立、林海茫茫、山环水抱、鸟语花香的大自然风貌，铸就了山坳里人的品性——敦厚、老实。王子章的大姨由于身子骨比较弱，找对象一直是个问题，子章三岁的时候她还没找到婆家。三年自然灾害时期，因为饥荒很多人死亡，很多人浮肿，永胜村几乎颗粒无收，子章大姨已经奄奄一息，家里人一看活不了了，就送给了一个叫花子头。这个叫花子头像是捡到了宝贝，一口一个好人地叫着，用一副自制的破担架抬走了，十几年以后才再联系上。原来这个叫花子头懂些中医，用随身带着的一点干山药加水煮熟，又拿出一个小葫芦，里面装着米酒。他把两者和成糊状，每天晚上喂她一点，子章他大姨就这样活下来了，后来嫁给了叫花子头的大儿子，在鲁山山坳里安了家。虽然改革开放好几年了，但山里人没多少变化，王子章夫妻俩的到来几乎没引起任何波澜，只是大姨家多了两双筷子。但对于王子章夫妻俩来说就没那么洒脱了，看山不是山，看水不是水，就连明亮亮的太阳都觉得闷闷的，一天到晚地吵架。

王子章妻子孕期反应很强烈，而子章一直是那种男主外女主内的主，不会照顾妻子，妻子一烦躁不安他就训斥。这晚的月亮像个傻傻的孕妇，满脸的黄斑毫无光泽，看上去是那样孤独无助。上过初中的子章妻子一下子被勾起了忧伤，想想自己为了生个男孩，可能会连住的地方都没有了，她听说过偷偷躲生的人家房子被推倒了，最后还交了罚款，虽然没有亲眼所见，但心里想那是真的。想到这儿，嘤嘤地哭了起来。这一哭不要紧，子章一下子火了，“哭什么哭！我和大姨一家一天到晚在地里忙活，都累得要命，你倒找清闲哭！”

“我清闲啥！这一堆一堆的衣服谁洗的？”

“你一个老婆，洗个衣服都像要小钱的！”

“我怀的是谁的种，还不是你王家的。你看看我的脸，这一块一块的为的谁？”

“说啥呢，你个婆娘，一天不打上房揭瓦！”

“呸！你打！你打啊！亏你王子章教了这么多年书，知书达理都叫狗吃了！”

王子章扬起了巴掌，但看了看媳妇的肚子又放下了。这一吵，子章妻子一下子恶心起来，足足呕了十几分钟，苦胆都快吐出来了。王子章大姨父蹲在院子里抽旱烟，烟火一明一暗，在这山坳的夜里是那么刺眼，似乎比他俩吵架更能惊动蛙鸣。这蛙声好像是被烟火点着的，掩盖了他俩的吵架声，这吵架声对于这大山的夜毫无意义。

王子章的大姨串门回来，正赶上子章妻子再次呕吐，赶紧招呼子章：“愣着干啥！快去洗些山楂。”说完就轻轻地拍打外甥媳妇的背。

王子章看见媳妇那个难受劲，开始有些内疚，他也不是不疼媳妇，一是躲出来心情本来就不好，又加上山里的劳动量也太大，他有些吃不消，又不想被人说闲话；这二呀，大男子主义根深蒂固；三就是媳妇心情也不好，也总是发牢骚。就这样两个人就没心平气和过，为这大姨也说过他几次，但是这拌嘴愈演愈烈。

这永胜村呢总是小雨不断，老天像是在考验人的耐性，一直就这么淅沥沥，停停再淅沥沥，总让人想起江南，不过这只是听说而已，永胜村的人祖祖辈辈都没有到过江南。据说原来村子里有座庙，庙里有一位老和尚，这位高僧放出风来打算去江南，还没等成行就得伤寒驾鹤西去了。这淅沥沥的雨导致王乐生的建材滞销，这都两周了也没卖多少货，估计天晴起来，还得销售一段时间才能去淄博。这期间子章他娘也来找过乐生几次，说是每天都提心吊胆的。不过，毕发宽一直都没有再来永胜村，这并不是毕发宽忘了这事，而是乡里这段时间会议比较多没顾得上，要不毕主任还得来两趟的。这计生工作可要做到家，可不是做做样子就完事了。他的经验是要做到两头要猛，中间要细。那就是刚出走躲生要下猛药——唬住，如果不起作用，中间要做细致工作，生下来回来了也要下猛药——罚款或者把孩子调走。

天晴了，暖阳像喝足了龙井茶水，精神头十足，就连前大街的土道都泛着金光。王乐生觉得这是一个好日子，一定带来好运。可事情不尽人意，王乐生两壶茶都喝透了，日头都接近中午了，连个人毛都没见着，当然，除了在身边转来转去兴高采烈的盼男，和不时出来张望的媳妇。

“生玉啊，你去喊前邻张叔来。”

蒲生玉知道丈夫要干什么，这张叔名叫张忠仁，专给人家看皇历的，村子里红白事都得经过他，有时候生意上、庄稼收成上，甚至狗撕猫咬的事都要找他看一看，这样才放心。生玉从高低柜里拿了两盒石林烟出去了。

王乐生重新焖上了一壶茉莉花茶，这茶香气鲜灵持久，滋味醇厚鲜爽，汤色黄绿明亮，是村里人最爱喝的。

没多久，就听有人喊："大侄子，有啥喜事呀?"

"哈，忠仁叔快坐，刚闷上茉莉花，叫您来尝尝。"

"嘿，我说呢，这满院飘香呢。"

两人坐那儿唠了一会儿，王乐生就问起今天这个日子有什么特别。张忠仁哈哈一乐，"今日过晌是纳财的好时辰，必有大买主登门。"

"真的?"王乐生半信半疑。

3

大约三点多钟，王乐生签了一笔大买卖，是他想都想不到的大手笔，是乡上一位副乡长带人亲自找上门来的。

就在过晌不多时候，一辆白色皮卡很低调地驶进村里，虽然低调但村子里一下子像起了化学反应，都觉得王子章家要遭殃了，扒房子的真的来了，毕主任这回该不会客气了。可皮卡车并没有开向王子章家的方向，而是转了几个弯停在了王乐生家，呼啦啦许多人围过来，这可是毕主任的专车啊。可出乎大家意料，走出来的不是毕主任，大家没见过，除了司机还有两位也没见过。

王乐生听见动静早向大门口走来，老远就认出来，向前赶了几步说：“啊，韩乡长啊，您怎么亲自来了？”

“乐生啊，这不找你有点急事嘛。”

“哦，走，院子里说，已沏好茶了。”

韩乡长凑近王乐生低声问：“怎么跑来这么多人呢？”

王乐生笑了笑说：“大家忙去吧，这是咱乡里管企业的韩乡长，找我有点事。”其实，王乐生知道是毕主任的车惹的祸。

“乐生啊，这茶我就不喝了，今儿找你有点急事。”

“韩乡长啊，您太客气了，有什么事尽管吩咐就是了。”

“哦，这位是赖厂长，这是秦会计。这不是嘛，乡里要建预制厂了，这二位可是主要领导啊。”

王乐生和他俩握手，心里却在想：乡里建预制厂与我啥关系，总不会让我去预制厂上班吧？

韩副乡长接着说：“是这样的，现在啊，全乡没几辆拉料的车，这不，想让你给预制厂送料。”

王乐生听到这儿愣了一下，他拧了自己大腿一下，才知道大白天没遇到鬼，是遇到了财神爷下凡。他一下子握紧韩副乡长的手激动地说：“韩乡长啊，您真是财神爷啊！”

“哈，啥财神爷呀？这可是你王乐生自己的本事换来的，可一定要干好它！来，赖厂长啊，你俩握握手，以后可要好好合作，乡里还想把预制厂创成龙头企业呢！”

王乐生和赖厂长两双大手握得紧紧的，王乐生充满了感激和信任，赖厂长满脸堆笑，像一尊弥勒佛，意味深长地说：“遇到困难可一定要坚持啊，坚持就是胜利啊！”

“我想赖厂长一定有过人之处，要不韩乡长不会相中您啊！”

“哪里哪里呀，都是韩乡长看得起兄弟。”

“你们二位也别客套了。赖厂长啊，你这个厂长可是任乡长亲自点名的。好了，乐生啊，具体的事宜，你就到赖厂长办公室里细谈吧，今天就到这儿，今天下午还有个建厂调度会要开，我们先回去了。”

王乐生一直看着皮卡车拐没了影，才匆匆回到家，按捺不住内心的兴奋，把全家人都召集起来，就连小不点盼男也列席了旁听，他满怀豪情地宣布了这笔大买卖，一家人兴高采烈……

王乐生这几天一直在亢奋当中，觉得天格外的高远，云朵格外的悠闲，太阳格外的明亮，就连院子里的梧桐树也变得更加挺拔。

几天后，王乐生来到赖厂长办公室。赖厂长很有派头，宽宽的老板桌，大大的真皮座椅，一看就像成功人士。寒暄一阵后，赖厂长说："王老板啊。"

"赖厂长太客气了，叫我乐生就行。"

"那就这样吧，我长你几岁，你就喊我赖哥，我呢，就叫你乐生了，这样更亲近。"

"是啊是啊。那赖哥您就具体给我讲讲这进料的事。"

"乐生啊，是这样的，这预制厂呢，无论建厂还是初期运营都是全部贷款，你进料的资金只能先自己垫付，等建材卖出去，才能按比例跟你结算。"

王乐生愣了一下，没有立刻说话，心里有些犯嘀咕。

"乐生啊，你担心啥？有乡政府这棵大树撑着，没啥好担心的。"

王乐生是个生意人，这几年的经验告诉他，这件事不是那么简单，讨账的活不是人做的，钱讨到讨不到还两说着，就这做孙子的滋味就够人受的。但煮熟的鸭子不能飞了，因为王乐生知道建材生意很红火，这是块肥肉，就有些策略性地问："赖哥，能不能交个底，具体怎么结算法？"

赖厂长发现王乐生也不好糊弄，没有点实打实的东西，今天这事也说不过去。"乐生啊，我也不能说大话，我们都是生意人，你也不是不知道这三角债的事。”

王乐生心中一凉，三角债不知拖垮了多少企业，多少生意人。

“当然，咱会尽量避免这些。你放心，只要货款到了，先付你成本费，至于运费咱再协商。”赖厂长从王乐生的眼睛里看出了端倪，知道他的担心成分在增长，不能再刺激他了。

王乐生这会儿冷静下来，觉得这预制厂是乡里的，再怎么着瘦死的骆驼比马大，还差他那点钱嘛！就笑了笑说：“赖哥，我听您的，这活儿我接了。啥时进货啊？”

赖厂长拍了拍王乐生的肩膀说：“这就对了，祝我们合作愉快，晚上，我做东喝一小杯，算是一个好的开端。到时候约上发宽主任，我知道你哥俩处得不错。”

“哪能让赖厂长破费呢，这客我请了。”

“说啥呢，瞧不起你赖哥。到时候叫上秦会计，让他结账就是了。具体进料时间，我再合计合计晚上告诉您。”

王乐生一听，就不再说啥了。

站在鲁山脚下，王乐生万分感慨。这次进料全是400号水泥，400号以上的可用于建筑较大的桥梁或厂房，以及一些重要路面和制造预制构件。预制厂主要是制造预制构件，400号是最低标号了。原来他都是进300号的水泥，主要是农村建房户用。这在农村建筑房屋方面算是最高标号了，他不想亏了乡里乡亲。他这一车装了足足十吨，已是50拖拉机载重上限了。因为他只是赚运费，拉一趟是一趟，能多装点就多装点。

进鲁山，他是在县城里租了一辆自行车，骑了大约一个小时，才来到子章大姨村。这小村像在梦幻中，刺槐、侧柏、松树、橡子、板栗、苹果、山楂等各种树木把整个村庄掩在丛林中。也许，未来的地球就这个模样，人类重回森林居住，只不过在森林里享受着现代文明罢了。当然，王乐生并不知道也不会去想未来人类的事，他只是想见到王子章说些什么。“嗐！”他叹了口气，能说什么呢？只能实话实说了，自己又帮不上啥忙。

王乐生来到山坳吓了王子章一跳，这么隐秘的地方也有人找了来。听了王乐生的说辞，王子章沉默了很长时间，父母的担心也是他夫妻俩所担心的，父母巴结了快一辈子再加上他夫妻俩这么多年的积蓄还借了五千多元，才盖了五间好屋，这就要被扒掉，内心的感觉像是剜自己的肉，心疼啊！

“乐生哥，您说这是啥事呀？这两年日子刚刚好过了，这一出真是回到了解放前啊。”王子章眼圈红红的，有些哽咽，那种粗放的性格一下子跑到爪哇岛了。

“子章啊，又不是不让你生二胎，你急啥呀？”

“嗐，乐生哥，您知道这生男生女可不是你我说了算的，可这次你弟妹怀上的是个小子，西村的老中医把的脉，也让张忠仁看了皇历，都说是个男孩。如果换了您和嫂子，会让嫂子把孩子打掉？”

“我……”

“当然了，这事没发生在您身上，您也不会去想这些。”

在回县城的路上，王乐生一点也提不起精神来，像霜打的茄子，那劲儿就像媳妇二胎又生了一个丫头，而自己蠢得像极了在田里耕地的那头公牛，只知道吃草和干活，不问春夏秋冬，甚至不知道冷暑寒凉。他加快了骑车的节奏，恨不能立刻到家，他要让张忠仁看看皇历，算算未来的孩子是男是女。

回家的路上，要路过“小香港”，当然，去淄博的路上也要经过“小香港”。美其名曰“小香港”意思就是八十年代香港的缩影，其实，这地方原名叫小王庄，因为开放得透彻就被好事者叫为“小香港”了，一传十十传百，“小香港”的绰号涨得满满。可据考证，村子里没有一个人去过香港，这开放只不过人意识的释放，赶上了改革的大潮，“时髦”了一把。

最“时髦”的是坐在路边饭店门口的女服务员，至于她们向这条最忙碌的省道上抛了多少媚眼，没人记得，因为一百多米的距离，眼神什么样是看不见的，至少是看不清楚的。可有一点毋庸置疑，很多司机被吸引过去，在这儿停留一两个小时，那是一条花裙子在作怪，一条花裙子不时地撩起来，不是风吹的是人为的，是那双小嫩手“不经意”掀起来的。让人想入非非的不只是白花花的大腿，还有别的风景，很多人便沦陷在这风景里了。

这次进料，王乐生也在这里停了车，可是没有一个小时王乐生就被传到了镇派出所。从派出所出来，王乐生满脸通红垂头丧气，这一趟进料白跑了，弄不好还折本，还丢人丢大发了。

王乐生这次进料带了一个押车的，是自己的一个发小，这人品质也不坏，只是爱贪点小便宜，跟王乐生押车也就是赚点吃头，一路上看看货，也没别的想法。可回来走到“小香港”，那花裙子里的风景让他差一点在驾驶室里跳起来，他对王乐生说：“乐生啊，我感觉胃疼，看来是太饿了，就在旁边饭店里吃点吧？”

“再向前走走吧，这地方没啥好吃的。”王乐生知道这“小香港”，这条道他跑了好几年了，一开始，他也想法很多，但想想老婆孩子，那颗骚动的心就被拴住了，再也没挣脱过，反而越来越淡定，见怪不怪了。“哎哟，这胃确实疼得受不了，就下来休息一会儿吧。”

王乐生扶着发小走进了最近的一家路边店，坐在门口的服务员赶紧站起来，“两位大哥吃点啥?”右手很优雅地捋了一下散在眼角的一缕发丝，脉脉含情地看着他俩。

王乐生把发小摁到长条凳上，眼也没抬地说：“来两碗炝锅面，放上两个荷包蛋。”

“哦，好嘞！这位大哥怎么了?”服务员抛了一个媚眼。

“哦，我胃疼得厉害啊。”这发小眼直勾勾地看着服务员的花裙子，花裙子里的风景若隐若现。

“哦，这位大哥，里屋里有沙发床，你躺下休息会儿吧。面先下一碗，这位大哥先吃着，你歇息好了我们再单独给你下一碗。”

王乐生赶紧说：“他是饿的，你们抓紧上面吧。”

“看这位大哥说的，来到咱店里就像到了家，这位大哥都疼成这样了，还不让他休息一下?”

王乐生刚想再说话，发小抢着说：“乐生啊，不耽误赶路，我就躺半小时，等疼过这阵去咱就走。”

“这……”王乐生不知道说什么了，任由服务员把发小扶到里屋。

过了好大一会儿，王乐生实在等不了了，就向里屋走去，敲了敲门没见动静，就推门向里闯，等闯进屋里他就后悔了，哪里有发小的影子，只有刚才那个服务员赤裸地躺在那儿，见他闯进来，抓紧抓了衣服捂在胸前，王乐生赶紧退出来把门带上，一屁股坐在长条凳上……

王乐生被传到了派出所，发小早已被饭店的厨师扭送到派出所，罪名是强奸了小爱，王乐生费了好大的劲才弄明白，发小确实“强奸”了小爱——那位撩花裙子的服务员。正在兴头上的时候，小爱提出了做完后付一百元钱，欲罢不能的发小想都没想就答应了。可完事后，一摸口袋就二十元钱，服务员恼羞成怒，喊来厨师，就把发小从后门扭送到派出所。后来小爱又为王乐生设了一个局，使得王乐生有口说不出。最后，两人被罚了一千元钱，还写了保证书。

王乐生像逃跑一样把车开进了预制厂，50 拖拉机烟囱里的黑烟划出了一条长长的尾巴，很快消逝在空旷中，只有丝丝的朦胧在缥缈中散尽。

车停在了预制厂，却又遇到了问题。装卸工的工资得当天发，而王乐生的兜里只剩下几十元零钱了。王乐生头大了，脑袋轰轰的，很不情愿地推开了赖厂长办公室门，赖厂长和秦会计正在喝茶，“啊，乐生啊，快进来。”

“赖哥啊，哟，秦会计也在呢。我是来说说第一车料已运到十吨，正打算让工人卸车呢，您不去看看?”

“哦，你先坐下歇歇喝口茶。老秦啊，你去点点数。”

“好，王老弟你先歇着，我去去就来。”秦会计一边说着一边站起身来向外走。

“秦会计，等等。赖哥，这次进料比较多，身上没剩下多少钱，您看这装卸工的工资厂里先垫一下吧，下次一块儿结清。”

“哦，老秦啊，就按乐生说的办，快去吧。”

“谢谢赖哥了！”

“谁和谁呀，客气啥。乐生啊，这一路上还算顺利吧？”赖厂长看着一点精神也提不起来的王乐生有些疑问。

“没什么，这条路跑熟了，就是有些累，我去看看秦会计点完数就回家休息了，这茶我就不喝了，抽空再请您吃饭。”

“好好，你回去休息吧，今晚我也不留你了。”

王乐生像逃难一样地回到了家，一头扎在床上，一句话也不说。蒲生玉本想喊起他来换换衣服，看到他那疲惫样，到嘴的话又咽下去了，悄悄地去厨房煲汤去了。

王乐生算不上太精明，也算不上太过忠厚老实，但被人明着宰还是第一次，被人宰了还不能说说叨叨，心里憋屈。直到繁星满天他才爬起来，他没有睡觉，因为那晃来晃去的花裙子总是飘过来，他开始原谅了发小，自言自语地说：“也许，没多少人能抵挡住那飘来飘去的花裙子！”他开始思考这事要不要告诉媳妇，也许媳妇是唯一可以说道的人。

“爸爸，爸爸，您醒了？”盼男从身后跑过来吓了他一跳。

一蹲腰把女儿抱起来，脸上露出了笑容，“哎呀，我的小公主，两天没见，想爸爸了没有？”

“想啊，老想老想啊！”

这时，王乐生才想起给女儿买的玩具，“走，到车上拿玩具去。”王乐生把女儿抱到驾驶室里，亮开灯，从座位后摸出了两个风车，一个红的，一个蓝的。

“玩风车喽!”女儿在驾驶室里手舞足蹈。

“盼男，快下来！让爸爸吃饭。”蒲生玉站在门口喊。

看着恢复了精神头的王乐生，蒲生玉语气淡淡地问：“你没事吧？刚才我还有些担心。”

王乐生喝了一口汤，声音平平地说：“嗐，路上遇到了一桩窝囊事。你不问，我也得给你说道说道。”接下来平静了几分钟，王乐生就一五一十地说出了“小香港”的经过。

蒲生玉扑哧一下乐了，说：“没想到，你俩艳福还不浅呢!”

王乐生一下子愣了，“你不生气?”

“我生啥气？又不是你的错。”王乐生没想到媳妇会这么大度，也嘿嘿地笑了几声。

“不过，你可记牢了，这‘小香港’每年不知路过多少次，可要想清楚了，别再出事。出门在外，多长个心眼。”

王乐生又嘿嘿了几声说：“听老婆大人的!”

王乐生发小可寒碜得不轻，半个多月都没敢出门，一直躲着王乐生家的人。他并不是觉得干了见不得人的事，而是亏了王乐生的钱，一千元可不是小数目，当然是对他来说而不是对王乐生。直到王乐生请他喝了顿酒，他腰板才又挺起来。

王乐生请他喝酒并不是无缘无故，因为高兴，也因为有个小故事。上次王乐生从鲁山山坳回来，第二天晚上就把张忠仁请了来，让他看看皇历，算一算二胎生男还是生女。张忠仁仔细推算了好长时间，说：“根据六十甲子纳音，明年是戊辰年，五行属大林木命，清温之龙。当生小子。”

王乐生和蒲生玉都非常高兴，蒲生玉去立柜里拿了一整条石林烟，说："张叔，拿条石林烟抽去吧。"

张忠仁看见一整条石林烟，眼里冒了一下火花，又眯缝起来说："不过……"

王乐生和蒲生玉一下子紧张起来。

"哦，昨天路上没遇到什么坎？"

王乐生吓了一跳，这神了，啥都知道啊！他还是隐瞒了主要的，只是说在'小香港'出了一点故障，折了一笔钱。

"这就对了，这就叫'臭香港脚'，一准是个男孩。"

王乐生差一点乐出声来。

往后的日子，王乐生又平静下来。

王东正他们，就是三位民办教师，又找到乐生家来，说是乐生找到了大买卖，也不和他们说道说道，欠他们一壶好酒。乐生也觉得很长时间没跟他们聊聊了，正赶上有空就摆了一桌。他们划拳，到了高兴处，王东正和王乐生一块儿划拳，王东正喊："六啊六的，哥俩好啊。"

王乐生一愣，王东正可是子侄辈的，怎么喊哥俩好呢？就说："大侄子，你喝醉了。"

王东正笑了笑说："我没有，我看上了邻村的一位姑娘，和你表亲，也许很快你会成为表哥。"

"啊，有这样的好事啊，先祝福你。"

"不过，这姑娘还没答应呢，希望表哥多做做工作。"

"你这是攀的哪门子亲啊，人家还没答应呢，我已成了表哥了！"

“我非她不娶，今晚上来您这儿，这才是正题。您看，我给您买了两瓶好酒。”王东正说完，打开一个学生书包，提出两瓶老白董，那是三大名酒之一，与“金标舞娘”“三大革命”并列。

4

两瓶老白董让王乐生表情有点严肃，王东正可不是一个大方的人，而且他压根就不知道自己邻村还有个表妹。王乐生母亲兄妹四个，三个舅舅家的孩子大多都已成亲，只有三舅的小儿子还未成人，那小子可是正儿八经的纯爷们；王乐生的父亲一脉单传，不存在姑表。这事啊，想破头也想不出来。沉思了一会儿，他疑惑地问："哪一个表妹？我怎么想不起来呀？"

"再想想，婶子她二姨那边？"

"哦，原来是这么个关系啊，怪不得我挖空心思也没想到啊。"王乐生没想到转了一圈上了媳妇那边，一下子想起来了，"你说的是翠翠吧？"

"对对对，就是翠翠。"

王乐生知道这事不难办，因为翠翠结过一次婚，没几个月就成了寡妇，丈夫让公牛顶死了——往细里说是让发了疯的公牛角顶破了心脏，这都快两年了还没有再寻到婆家。王东正虽穷点，但也是高中毕业，在村子里也算是秀才。

"那你说说，你看中人家啥？怎样知道你是真心的啊？"

另两个民办教师也跟着起哄："就是啊，看中人家啥？不说就是欺负人!”

王东正满脸涨得通红，“我……我，我说了你们可别笑话我。老辈有句话叫‘腚大腰圆，生孩子不难’，说不定第一胎就是龙凤胎呢。”

大家一下子热闹起来，刚要闹腾王东正，蒲生玉笑盈盈地走出来说：“东正啊，这门亲事包在婶子身上了，你就准备给龙凤胎当爹吧!”

王乐生好像若有所思地说：“你还别说，你表妹那身材还真像那么回事。”

蒲生玉面色微红抢白道：“怎么？喜欢林黛玉是不是啊？我表妹那是标准的庄户人家媳妇，我和东正想法一样。”

“婶子，就您了解我。您看这生儿生女的把人折腾的，我想翠翠不会那么费事的，最起码我不会像子章。”

“对了，也不知子章现在怎样?”一个民办教师话锋一转，大家七嘴八舌地说起子章来。

日子就这样不经意间溜走了，村还是那个村，云不再是那朵云了。在村民们眼里，王乐生挣了不知多少钱，据精明的人估计少说也得四五万，可他们哪里知道王乐生一分回头钱也没见到，倒是垫支了四五万。这不马上就到年关了，王乐生心里开始发怵，怎么把钱讨回来成了他心里的一个结。一进腊月他就开始纠结，自己的家底都快掏光了，可赖厂长压根就没提还本的事，每每都避开这个话题，无非就是吃吃喝喝，肉没少吃酒没少喝，人事没办一点。没办法，腊月二十二这天，王乐生提上两瓶好酒、两条好烟敲开了赖厂长的家门。赖厂长家在县信用社家属院，两间平房带一个小院，说是小院，与县委的家属院有的一拼。

王乐生是第一次来赖厂长家，客厅是一整间，赖厂长一家人在看电视，十四英寸北京牌彩电，时下在收入高的家庭很流行，王乐生家也是十四英寸的北京牌彩电，还是托人买的。赖厂长的媳妇见王乐生提着好酒好烟，显得非常热情，给王乐生挑了个又红又大的苹果。其实，赖厂长媳妇王乐生还是第一次见到，她最招摇的是那条“马尾巴”，最流行的烫发版本。大致是长长的波浪，用一花手绢在脑后轻轻一系，既蓬松又浪漫。赖厂长倒没有多少变化，依旧是弥勒佛一样地笑，问：“乐生啊，这大冷天的有啥急事呀？”

这次王乐生是吃了秤砣铁了心，不给钱誓不罢休，直截了当地说：“赖哥，我也不绕弯子了，这都年底了，这本钱该结算一下了吧？”

“是啊，是该结算了。可是，你看看这厂子今年刚开张，银行利息要缴吧？工人工资要发吧？我和秦会计的工资到现在还没着落呢！”

王乐生心中一凉，但还是咬了咬牙说：“赖哥，这个弄法明年干不了了，请您另请高明吧！我也要吃饭呀！”

赖厂长一看王乐生动了真格的，就说：“乐生啊，你也别急，明儿约毕主任一块儿吃个饭，看看能不能协调块资金。”

王乐生不想煮得半生不熟的鸭子飞了，就说：“赖哥，表哥能不能协调资金我管不了，我今年垫支了得有快五万块钱，至少您得给我一半吧？”

“好，痛快！年前我给你支付两万，总该行了吧？”

王乐生知道再僵持下去也没啥意义，就说："明天过了小年，后天，我就去您办公室取，咱一言为定。"

"好吧，我让秦会计给你准备好。这下你该放心了吧?"

"谢谢赖哥，那我先走了。嫂子，我走了!"

"走啊，天黑，慢点哈!"赖厂长媳妇在卧室里答道。

王乐生骑上摩托车一溜烟地赶回家。今天总算有收获，而且收获不小，虽没有收回本钱，但相当于收回了今年的收入，他不敢过于喜形于色，怕这回已经煮熟的鸭子再飞了。到了家，他还是按捺不住内心的激动，很想找人小酌一杯，一下子又想起了王东正。今天，学生应该放了寒假，东正也该忙年了，刚刚新婚不久，这个年应该特有年味。他有六个姐姐，就他一个男丁，年近三十才结婚，这是他们家两件大事中的一件，另一件就是他的降生，这是他爹亲口说的。

蒲生玉可觉得没那么乐观，但她又不想扫了丈夫的兴，主动下厨炒了几个菜。王东正也好这一口，王乐生喊他的时候，正在家做糊涂鸡，农村过年兴这个，不仅上供用，招待亲戚朋友也是道硬菜，可以说是年上必备的一道菜。王乐生一说喝几盅，他就迫不及待地把活计塞给媳妇了，一溜烟地跑了出来。一阵西北风蹿出来，给了王东正一个哆嗦，"啊，不行，我得回去再穿件大衣，这风贼冷啊!"

"看来呀，这身子骨虚得很啊，晚上也别太卖力，哈!"王乐生狡黠地一乐。

王东正没顾得上回话，匆匆跑回家又匆匆跑出来，身上多了一件军大衣，满脸的笑中蹦出一句话："怀上了!"

王乐生愣了一下说："啊，这么快呀！更应该祝贺一下了！"

"螃蟹一啊爪八个，两头尖尖这么大个，眼一挤啊脖一缩，爬啊爬啊过沙河，哥俩好啊该谁喝？该谁喝……"这会儿啊，两个人也不论叔侄关系了，因为翠翠的原因，王乐生也默认了哥俩好。两个人喝得那个痛快啊，不一会儿一瓶白酒底朝天，话开始多起来。王乐生说起了今年的收成，感慨万千，也做了一个决定，重新把家里这块生意拾起来，这样可以支持预制厂拉料生意。

王东正虽然很羡慕乐生的大气魄和能干，但还是说："这样太累了，连个喘息的时间都没有了，人可不是铁打的呀。"

王乐生叹了口气说："我也是没办法啊，预制厂垫本太大，要不无法支撑啊。"

蒲生玉递话说："你也可以少拉几趟嘛！"王乐生有点生气地抢白说："答应人家的事怎么使奸磨滑呢，再说预制厂用料大，紧赶慢赶还不一定赶趟呢！"

"表姐说得也不是没道理，想这赖厂长明显是要赖呀。"

王乐生知道也没什么好办法，就说："不说了，没现钱也是厂里的实际情况，自己多受点累吧。"

"不说了不说了。哎，姐夫，子章怎么样了，有信儿吗？"

"有信儿，当然有信儿。子章媳妇啊，生了个带把的，好着呢。"王乐生没想到东正亲戚论得这么实在，这"叔"一下子就变姐夫了，不过听着也没什么不顺耳，倒觉得亲近了许多。

"子章有福啊，毕主任积德啊！竟然没有扒他家的房子？看那雷厉风行的劲儿，不可思议，真的不可思议呀。"

“我越来越佩服表哥了，来了不知多少趟，工作一点也没少做啊，不过，罚款是脱不过去的，听说这个数。”王乐生伸出了一个巴掌。

“五千?”

“嗯。”

王东正皱了一下眉说：“也够难为他的，他家五千元可不好凑啊。”

这回轮到王乐生皱眉了，“唉，提起这事我心里就忧虑，怕就怕婶子来借钱，都估计我挣了大钱，就目前这状况……唉!”

王东正乐了，说：“这富人也难做呀，来，再起开瓶酒，今晚一醉方休!”

第二天是小年，王乐生十点多钟才爬起来，感觉阳光有些弯曲，地面不是很平整。很长时间没喝这么多酒了，这次看来是真喝高了，夜里，只能是夜里了，王东正怎么走的，自己一点记忆也没有。蒲生玉早上起来五点钟就把饺子包好了，给盼男爷爷奶奶送了一盖垫去，让他老两口自己煮，现煮的好吃，盼男就在他老俩那儿一块儿吃了，自己等着乐生醒来。祭灶节，民间讲究，取意“送行饺子迎风面”，家家户户都吃饺子。见乐生起床，蒲生玉赶紧去厨房下上饺子，不一会儿，热气腾腾地端上来，当然，少不了王村醋。王乐生嘿嘿了两声说：“让你一个人忙活，小年也没有和你一块儿包饺子。”

“还好意思说呢，都喝得不省人事了。你知道东正怎么走的吗?”

“这我还真的不知道，一点印象都没有。”

“他爹和他媳妇用咱的小地排车拉回去的！躺在车上还挥着手哥俩好哪。”

“你还别说，这小子酒量还真不赖。”

“还真不赖哪，都喝嘲了。”

窗外响起了嘣啊星的鞭炮声，早饭时那种密集的声音已随着太阳滑走了，空气中弥漫着年的味道。

吃过饭，王乐生仍有些骚动和不安生，心理上不再那么安静，也失去了那种自信感和优越感，越发觉得自己很渺小，也不知怎么去排解这种不安，最终他还是决定去表哥毕发宽那儿坐坐。

对于王乐生的到来，毕发宽心情舒畅，他喜欢这个表弟，在外人眼里乐生是很争脸的那种。毕发宽沏上了一壶好茶，表嫂端上了一盘瓜子，她也同样喜欢这个表弟。表侄女也出来问候表叔，同样她也喜欢这位表叔，这是她心目中的偶像。王乐生的心暖暖的，自尊心告诉他，自己还是蛮强大的。

当然，三句话不离本行，王乐生首先聊起了预制厂的生意。毕发宽心里有数，他认识赖厂长不是一天了，是个心机颇多的人，让他痛痛快快地拿出钱来，比登天还难。果然不出所料，王乐生很快就讲出赖厂长让他协调资金的事。毕发宽一听就皱起了眉头，说：“这哪儿是协调资金，我一个计生办主任又去哪儿协调资金呢？这明摆着就是向银行借钱，贷款呗！他自己守着信用社，用我们干啥？无非是分担风险，银行的钱难道是可以借出来不还的？这预制厂前期到现在全是银行贷款，你不想想再这样贷下去还有个头吗？当然，我不懂做生意，不该妄加评论，但让我出面协调资金，我不会同意的。”

王乐生觉得表哥对人和事的看法一向往深里说，从不拖泥带水。这使他对预制厂的生意产生了动摇，就问毕发宽：“表哥，您说这预制厂进料的生意到底做还是不做呢？我有点拿不定主意了。”

毕发宽背着手在屋里转了几圈说：“做还是不做你得自己拿主意，毕竟利润丰厚。但我得提醒你，钱一定得挖空心思地讨要，最起码也得讨回成本。”

“可这难度太大！”王乐生皱起了眉头。

毕发宽悄声说：“比我做计生工作难度大吗？”

“那倒没有，您那个事借我三个脑袋也干不来。”

毕发宽又转了一圈，说：“你的事关键就在一个人身上。”

“赖厂长？”

“对呀，只要摆平赖厂长，一切都好说，这就看你个人的修为了。你也别再难为你表哥了，我的话只能说到这儿。”

毕发宽的话，王乐生并不太明白，但他隐隐约约觉得是有办法把钱讨回来的。回到家中，闷头闷脑不吱声。蒲生玉就问：“怎么了？表哥说啥了？”

王乐生没有正面回答，自己嘟囔了一句：“一定有道道！”

蒲生玉有点着急，“什么呢？什么道道？”

王乐生小声说：“表哥说应该有办法讨回预制厂欠我们的钱来。”

“在自己家里像做贼一样，你快说，有什么办法？”

“我哪知道啊，只是觉得表哥话里有话。”

“你等于啥也没说，我以为表哥已给了你办法呢。要不让忠仁叔来看看皇历，看他怎么说?”

“好，这事我怎么忘了呢？忠仁叔见识广啊，当官的、求财的找他的人不少，他一定知道些什么。”

“好，我去喊他，顺便给他带上两条烟。”说完蒲生玉去了张忠仁家。

“哈，大侄子，你找对人了。你这事说能办也能办，说不能办就不能办!”张忠仁笑得胸有成竹。

王乐生一听一下子兴奋起来，蒲生玉也瞪大了眼睛，“叔，您说咋办咱咋办。”

张忠仁眯起了眼睛很大一会儿没说话。王乐生和蒲生玉有些着急，刚要问，张忠仁睁开了眼睛说：“大侄子，我也不瞒你了，你得付给我二百元的泄密费啊。”

“啊，这还泄密啊。哦，生玉啊，给叔拿三百元钱。”蒲生玉有点不高兴，这街坊邻居、乡里乡亲的，一开口要这么多钱，但还是去里屋里拿出三百元来。

张忠仁眼睛放了一下光，问：“这赖厂长工资多少啊?”

王乐生支支吾吾也没说出个黏粥豆来。张忠仁睁开眼说：“估计二百元左右。你送给他两年的工资，事就办成了。”然后，伸出一个巴掌。

“啊，五千元啊？这有点多了吧？顶我在预制厂近一个季度的收入啊!”

“不是多，是正好，皇历上就这样说的。”

王乐生心里话，这皇历上啥都有啊。但心里也有些犯嘀咕，毕竟自己挣的是血汗钱。蒲生玉也有点懵，不是因为钱多，而是觉得这赖厂长是“金身菩萨”啊，太值钱了。

“叔，您说得对，舍不得孩子套不住狼，不过我得再考虑考虑。”

“好啊，叔不会坑你，放心吧！我走了，你夫妻俩合计合计。”

“哎，叔慢走啊！”

腊月二十四这天，飘飘扬扬下起了大雪。怕路上有闪失，乐生开上拖拉机直接去了秦会计家，顺便给秦会计提上了两瓶酒、两条烟。

秦会计家在村里，新盖的石头盘根砖瓦到顶的五间好屋，一人多高的院墙，朝东的大门。大门很场面，红色的油漆发着亮光，像油粉的小生，透着活力。王乐生叩打门环，里面传出狗叫声，甚是凶猛。不一会儿，门打开，一中年妇女立在门里，问：“你找谁呀？”

王乐生是根据秦会计描述找到这儿的，是第一次登门拜访。“哦，是秦会计家吗？我是他的朋友王乐生。”

“你就是王乐生啊，老秦经常说起你，快进来，快进来！”

“是嫂子吧？早该登门了，一天到晚瞎忙。”

“说啥呢？你可是我们乡里的大人物。老秦啊，你看谁来了？”

秦会计打开半门子走出来，“啊，乐生啊，快屋里，屋里。”

王乐生把酒和香烟递到女人手里，女人说：“你看，来就行了，还带酒和烟干啥。”

一阵寒暄之后，没等王乐生开口，秦会计就说：“钱我已准备好了，一会儿咱去厂里拿。就是天气有点糟糕，路上难走啊。”

“秦哥，放心，我开拖来机过来的，这点雪算不了啥。”

“那还等啥，咱这就去。”说完抓起外套穿上，又拿了条围脖系上，一推半门子，和王乐生一前一后走出屋门。后面传来女人的声音：“乐生啊，没喝杯水就走啊！老秦啊，你也真是的。”

王乐生赶紧说：“嫂子啊，我们有事，改天再来。”就忙不迭地跟在秦会计后面走出去。

5

两万元钱拿到手了，王乐生松了一口气，开始琢磨起怎么给赖厂长下礼。正琢磨着呢，子章他娘闯进来，告诉乐生，子章夫妻俩回来了。子章他娘满脸笑容，但隐隐约约表情紧张，像是吃了蜂蜜却是偷来的。王乐生赶紧叫上蒲生玉，又拉起盼男的手，一块儿跟在子章娘的脚后，急匆匆地去了子章家。

孩子很好，尽管刚刚满月，但也胖胖的、白白的，看上去不像子章的孩子，看哪儿都不像，鼻子，眼睛，还有皮肤的白，也许像他娘？也不像啊，子章家就没有一个长得白的，包括子章他娘和爹。忽然，有些醒悟，子章他大姨好像露出过白白的大腿，那是因为下雨，把裤腿挽到大腿根了。不管怎么说，是个健健康康带把的，内心祝贺满满的。不过，子章一家人似乎高兴不起来，脸上都挂着愁容。最后，还是子章他娘开了口："大侄子，昨天晚上，子章刚到家毕主任就来过了，让这两天必须把罚款缴上，否则，就会把孩子调走，或者，直接扒掉新屋，到时候，款该缴还得缴。"

"婶，您的意思是？"

"大侄子，我就直说了吧，我和你叔欠着一屁股债，子章也折腾得分文没有，说白了，向你借钱啊！”

王乐生脸上露出微红，看了一下蒲生玉，蒲生玉低下头一句话也不说。“婶啊，罚款是多少啊？”王乐生知道，这钱非借不可，他似乎没权利拒绝，至少他内心是这样想的。婶的奶水是甜的，那时的日子是咸的，咸得树皮都吃光了，有的人吃观音土充饥，不知饿死多少人，而他王乐生是幸运的，就因为婶不多的那点儿奶水。婶那时体格棒棒的，似乎喝点湾水都能转化成蛋白质。

“婶也不瞒你，半万哪！”

王乐生知道，这个数早就传出来了，就说：“婶啊，您让我回去准备准备，晚上您去拿钱，让子章一块儿去，以防意外。”

子章他娘扑通一下跪在了地上，王乐生愣了一下，赶紧抱着胳膊扶起来说：“婶啊，您这是干啥？折我的寿啊！”

子章他娘一下子哭起来，弄得王乐生眼睛也潮湿起来，俗话说，就因了那份情分，别无缘由。盼男一直牵着蒲生玉的手，不太理解大人们的事，但她觉得爸爸一定很有钱，也很了不起，要不奶奶会给他下跪，她幼小的心里觉得奶奶一定受了难为，抓着妈妈的手攥得更紧。子章夫妻俩更是感恩不尽，站在那儿大气都不敢出，还有子章他爹生怕弄出什么乱子来。

回到家里，王乐生也像毕发宽一样，一圈一圈地在院子里转，堆积的雪还没有融化掉，王乐生的前额上却渗出了汗珠，有点像待烤的活牛，额头上的汗也许只是一种生理反应。蒲生玉一直在屋里忙活家务，她知道丈夫重情重义，也知道现在的境况，明年的日子还要过，还要垫本，刚刚到手的两万元钱，不知还有多少窟窿需要填，自己也不知道说什么，只能沉默。其实，王乐生和蒲生玉想的不太一样，他是在想怎样让赖厂长痛快地把他垫上的钱拿出来。他想到约他出来给他个五千元的存折，又想到把存折送到他家里……最终，他选择了拿上六千元现金直接去他家，并且在周末，他媳妇在家的时候，因为他想起了赖厂长媳妇的表情和眼神，还有那“马尾巴”晃来晃去的，他深信只要摆平赖厂长的媳妇，一切不是皆有可能，而是马到成功。

他把这个想法告诉了蒲生玉，他相信六捆十元钞票的视觉冲击力，即使不能征服赖厂长，但会让女人的心思变成痒痒挠，抚平赖厂长有皱褶的心，心平了气也就和了，自然而然就水到渠成了。蒲生玉对又增加的一千元有些皱眉头，但最终也没反对。

年三十晚上，愁得快要发疯的王乐生夫妻俩，被表哥毕发宽的司机开车接到家里，说是有重要事情相商，一路忐忑不安，一进屋发现赖厂长正在和表哥喝茶。毕发宽招呼王乐生入座，王乐生看看赖厂长，赖厂长仍像弥勒佛一样满脸的笑意，王乐生越发局促不安了，不知葫芦里卖的啥药。

“乐生啊，你的道义不浅啊！”毕发宽笑着说。

“表哥，我……”

“啥也别说了，兄弟啊，今天我是给你送钱的，怕出什么差错，就选了毕主任家里。”说完，赖厂长把一存折摆到桌子上，用食指和中指推到王乐生眼前。王乐生打开一看，七万一千元的数字映到眼睛里，手有点发抖。

“兄弟，连本带利大约七万元，相差不了百儿八十的，那一千元是厂里给你的一点福利，置点年货，也算做哥的一点心意。”

王乐生一下子站起来握住了赖厂长的手，没有说一句话。

“好了，好了。都坐下吧，今天我做东，咱们小酌一杯。”毕发宽摆摆手。

“哦，我想起来了，朋友送了两瓶老白董，一直没舍得喝，要不让司机辛苦一趟陪我回家拿来?”王乐生问毕发宽。

“哦，表弟还藏着好酒啊，赖厂长这么尊贵的客人，回去拿，回去拿。司机还没走开呢，去吧!”毕发宽心里一直嘀咕这赖厂长到底吃了多少好处，能把钱一次结清，倒有点佩服乐生了。

王乐生一路上心情特好，哼起了吕剧：“马大保喝醉了酒忙把家还，只觉得天也转来那个地也转，为什么那太阳落在那东山下，月出正西明了天哎明了天噢。”

司机有点奇怪，来的时候，看着王乐生紧张得很，没想到没多大工夫，有说有笑，还唱上了。司机摇了摇头笑了，知道自己不便多问，但也注意到了一个细节，就是王乐生回家拎回两瓶老白董，他似乎懂了许多。

人生百态皆在酒中，三个人的酒场，也免不了划拳，风俗就是这样。“向你学习啊——哥俩好啊，三桃园啊，四季财啊，你一块!”“哥呀，拳不错呀！再来!”“五魁首啊，七巧妹！你一个!”“我先喝！再来!”“八马双飞，六六顺啊，酒倒满！全给你!”……一开始，用的酒盅三钱多点，大约三盅为一两。由于酒盅小，倒酒就得用酒壶，这酒壶时下很流行，醴陵群力老瓷器兰海棠三两酒壶，八十年代初期产品，棕双凤底款，含大球泥，瓷质通体温润透亮，釉水厚重，做工精致。此种酒壶出自湖南，还是王乐生送给毕发宽的。没多久，两瓶老白董就下了肚。赖厂长拳最臭，自己大约一斤酒，脸红得像猪肝，舌头也有些短了，伸手握起酒壶不放，嘟囔着：“这是我的玉，这是我的玉！”

毕发宽酒量大，由于拳好，喝得最少，眼睛里透出鄙夷的神色，他觉得这赖厂长骨子里有股贪婪。当然，王乐生还没弄明白，以为赖厂长想吃鱼，就把盛鱼的盘子端到他面前，说：“赖哥，来来来！鱼在这儿哪。”

毕发宽笑了笑，意味深长地说：“乐生啊，你赖哥是想要这把酒壶啊。”

“要酒壶，要酒壶干啥？”王乐生有点发愣。

“乐生啊，这酒壶还有吗？送你赖哥一把吧，他喜欢啊！”

“可当时我就买了两把，一把在您这儿，另一把我用着呢。”

“嗐，真是个榆木疙瘩。”毕发宽摇了摇头。

“说谁呢？说谁榆木疙瘩哪！”赖厂长开始不依不饶，他要拿走这把壶，这把壶在他眼里成了千古玉器，他认为毕发宽肯定不识货。

“哦，我是说这壶是个榆木疙瘩，赖厂长喜欢拿走是了。”

“真的，真的舍得给我？”

“君子一言驷马难追，你看我是放空话的人吗？这壶可是乐生送给我的，我又转手送给你，那还是等于乐生送给你的。”

赖厂长右手抓住壶，左手抓住王乐生的手说：“啊，好哇，乐生啊，你可是我亲哥呀，以后有事尽管说。”

王乐生一片迷茫，这赖厂长竟然喜欢一把十几块钱的酒壶。不过，他还是堆起了满脸的笑，有点开玩笑地说：“赖哥，您真的很喜欢这酒壶？我那儿还有一把，改天给您送去。”

“啥？还有一把？一模一样？”赖厂长开始有点清醒了。

“是呀，这是我在湖北醴陵十几块钱买的。”

“我说乐生啊，这样的东西就别拿给我了，我给毕主任开玩笑呢。”赖厂长说完仔细瞅了瞅酒壶，放到桌子上。不过，他越瞅越像玉质的。

王乐生在迷糊中似乎有些醒悟。

年就在韵味无穷中渐行渐远了，当然，下一个年也会一点一点地靠近。随着气温的回升，王乐生又投入到运料的行当中。

这天回到家中已是晚上八点多，王乐生并没有感到疲惫，反而有些兴奋。蒲生玉正在忙着给他下鸡蛋面，王乐生把盼男顶到肩上，在院子里溜达。盼男异常高兴，她觉得爸爸的肩膀又宽厚又温暖，给她那种心理的安全感和暖和感。父女俩正玩得起劲儿，子章他娘一脚迈进来，说：“盼男啊，快下来，快下来！来奶奶这儿。”

“婶子来了，快屋里坐。”王乐生一边放下盼男一边打招呼。

“啊，乐生啊，生玉呢？”

“在屋里下面条呢，一会儿就出来。婶，您先坐。”

“哦，不忙啊，我找你有点事。”

王乐生吓了一跳，不知又是什么棘手的事。

“哦，也没什么大事，是想让你给子章的孩子起个名字。”

王乐生松了口气，说：“哦，是这么回事。起名字我还真不擅长。不如这样，我把东正喊来，他学问大，又是老师，一定能行。”

不一会儿，王东正穿着严实，用毛巾包了头走进来。

“东正啊，这是咋了？捂这么严实！”已走出厨房正在和子章他娘唠嗑的蒲生玉笑着问。

“嗐，别提了，感冒发烧呢。”

王乐生嘿嘿一乐，说：“一定是夜里折腾得厉害，有点经不住风吹草动了。”

蒲生玉一阵脸红，没说啥。子章他娘没弄明白，冒冒失失地说：“东正啊，家里活儿多也用不着晚上干，白天紧紧手就是了，看点灯熬油的。”

东正有点挂不住了，但也不得不承认，自己的性生活过于频繁，身体还真的有点吃不消，但一看见翠翠的屁股，自己的冲动劲儿就上来，不能把持。那娘儿们也够骚，挺着个大肚子配合得还很好。不过，即使是事实，自己也不能不辩解，外表没啥，但内心还是有些不好意思，所以表现出一点点腼腆，在难受中强挤出点笑容说：“奶奶，别听乐生哥瞎说，没有的事，夜里睡得可安稳了。”

“哦，我说呢，也没听说你家多少活儿啊。”

“奶奶啊，咱不再说这个，听乐生哥说要给小兄弟起个名字，是吗？”

“对呀，叫啥好呢？”子章他娘幸福地咧着嘴。

“我说奶奶呀，对于这个孙子的到来，最值得你记忆的是啥？”王东正尽管身体不适，但还是蛮有耐心的，毕竟名字一定得起个中意的。

“还有啥，半万块钱呗！”

“那就好，就叫‘半万’吧，既好记又很有纪念意义。”

子章他娘一愣的时候，王乐生鼓起了掌，“这个名字好，有学问，让他记住现在的不容易，也好日后活出个样来。”

“好好好，就叫‘半万’。我这就回去给子章说。”子章他娘说完摸了一下盼男的头走了出去。从此，“半万”就被村子里的人喊上了。

有些事也许是前世今生注定的，要不有些人在佛前苦苦求上几十年，也遂不了心愿；有些人看似啥也没做，要啥来啥。当然，王东正不是这样想的，他认为自己做了很多，最主要的是自己相中了翠翠的腚大腰圆，才有今天的龙凤胎，在这件事上，他追求的是“砂锅子捣蒜，一锤子买卖”。嗨，不管别人怎么瞎掰，上天就注定他王东正儿女双全，再说，他王东正也没有得罪哪路神仙。当然，也就是说他觉得理所当然，正因为这事村子里议论的太多，刚刚得了龙凤胎的他不得不从自身找点理由，不能光说自己靠运气。这也不怪村子里议论的太多，永胜村从祖辈里就没见过龙凤胎，虽说王东正不是什么显眼的主。

村子里有个习俗，女人生了孩子，在月子里，男人是不可以进去看的，否则对探望的人不吉利。要不王乐生早就前去瞧瞧了，没想到人家东正真的就一步到位了，他王乐生还在云里雾里哪，真不知道下一个孩子是女孩还是男孩。尽管刘吉盛的偏方看似是准的，人家确确实实地生了个大胖小子，张忠仁的皇历也充满了玄机，但王乐生有时心里还是七上八下的，因为梦里总是生女孩，而且女孩的名字都有了——胜男。

这天，下着毛毛雨，已是傍晚，王乐生出车刚刚回到家，问：“生玉啊，今天几号啊?”

蒲生玉正在打洗脸水，随口说：“16 号啊。”

“啊，翠翠已坐完月子两天了。”

“哈，你记得怪清楚的，自己生日也没记得这么准啊。”

“我是说吃完饭去看看，心里惦记着呢。”

“惦记人家的大胖小子吧，说真的那小不点还真是胖乎乎的，女孩就瘦多了。看来男孩就是嘴壮，翠翠的奶水都让他吸去了。”

“不会是你表妹偏心吧！”

“哪能像你们男人，男孩女孩都是自己身上的肉，做娘的心里明白着呢。”

“这个，我不和你犟，等有了儿子你就知道了。抓紧啊，吃了饭去看看翠翠。”

看着东正的儿子，王乐生浮想联翩，想到半夜里怀里抱着自己的儿子在透过窗户的月光里溜达，只为哄他入眠；想到爷俩一块儿牵着风筝在野外奔跑，其实，他从没有和盼男一起放过风筝；还想到儿子坐在副驾驶上押车，而他一路吹着快乐的口哨；还有……直到东正喊他去喝酒他才清醒过来。第一次看到半万时，自己还没有多少感觉，内心还有些强大和自信，见到刘吉盛的儿子时有些恍惚，感觉不那么真实，自信心开始动摇，可见到王东正和翠翠儿子，心里几乎没有了自信，像做梦一样。人就是这样，自己想要的别人得到得多了，强烈的信号反而让自己不知所以然了。

咱说过人生百态皆在酒里，几杯酒下肚，又加上疲劳，王乐生醉意朦胧，非要去卧室抱抱东正的儿子，东正觉得王乐生不是外人，就让蒲生玉将儿子抱到客厅。王乐生伸手抱在怀里，蒲生玉正担心着呢，生怕王乐生一失手摔了，哪料想王乐生抱着呜呜地哭起来，越哭声音越高，泪流满面。蒲生玉见状赶紧抢过孩子，生怕给人家吓着，但她没有抱怨，她了解丈夫的心，自己也落下了泪。

翠翠口直心快，笑着说："姐夫啊，你激动个啥？要不也给你生个。"

蒲生玉扑哧一下乐了，抹了一下眼睛说："翠翠啊，就你愿意东正还不同意呢，是不是啊东正？"

"嘿嘿，是表姐您挂不住吧，这事就您最吃醋。"

这时候的王乐生酒意醒了许多，一拉蒲生玉的手说："快把孩子给翠翠，我们回家。"

6

时间过得飞快，转眼到了转过年的六月份。但对王乐生来说度日如年，这半年他没有干活，而是天天打官司。上一年王乐生在预制厂投入了十几万，几乎全部家当都投进去了，房子都抵押给了银行，但关键时刻掉了链子，由于欠职工半年工资，赖厂长被厂子里的职工联名告了，结果一查还真查出事来了，二十多万的货款不知去向，被判了个监外执行两年。预制厂闲置起来，暂时由乡里代管，这不天天跟乡里打官司，就是要不回一分钱来。这时候又来了一桩事，批二胎的时间到了。不但自己着急，父母一催再催，说什么人比钱重要，钱可以慢慢挣，但人必须抓紧生。可二胎不是首胎，按计生条例要先申请二胎准生证才能怀孕，如果怀孕了再去申请办理二胎准生证，这属于违法行为（先怀孕后办证叫作“抢生”），如果不领准生证，算超生。

王乐生虽说有些焦头烂额，但该办的事他还得硬着头皮去办。这天，骄阳似火，大街都像起了火，一片烧烤味。王乐生拖着疲惫的身躯到永胜村村委会领取了《再生一胎生育申请、审批表》，如实填写表格中规定的全部栏目，签上姓名，贴一张蒲生玉的一寸免冠照片，由村委会核实并盖章。拿上结婚证、户口簿和村委会签字盖章的《再生一胎生育申请、审批表》，到乡人民政府人口和计划生育管理机构审查。忽然想起很长时间没去表哥毕发宽那儿坐坐了，办完事顺便去看看，再说这计生工作归他管，让他帮帮忙尽快办好手续，免得等得猴急。

门虚掩着，办公室的摆设没有变化，毕发宽没在办公室，王乐生正在犹豫进还是不进的时候，一个人影闪过，他愣了一下，下意识地抽身看过去，他确信是韩副乡长。近来他一直躲着自己，像躲猫猫一样，费工费时就是找不到他。今天，虽然只看见了个影子，也得赶上去问问，十几万元啊，真是欲哭无门啊。这会儿还没回过神来呢，韩副乡长钻进车里走了，这回他看清楚了，是真的韩副乡长，车还是毕主任的。王乐生叹了口气推门进了毕发宽的办公室，自己为自己泡了一壶茶，自酌自饮起来。足足等了一个小时也没见表哥回来，后来他才知道那天表哥和韩副乡长陪县信用社的领导喝茶吃饭桑拿，一直到深更半夜才回家。因为赖厂长出事，信用社怕贷款打了水漂，急着让乡里还钱，乡里也只能好吃好喝地招待着，至于贷款的事也就到期续贷了，至于他王乐生的钱更是没有着落。

这钱一时半会儿是讨不回来了，还是先造人再说。王乐生拿着父亲送过来的五千元钱流下了眼泪，他想把拖拉机卖了，先还上银行贷款，至于生意讨回钱来再说，一时半会儿，他王乐生还不会忍饥挨饿，吃喝还不是愁事。

村里人很快传出去，王乐生要卖拖拉机。这真是亲戚传亲戚，朋友传朋友，没多久传到一个人耳朵里，他叫马东海。马东海改革开放以来一直在村子里开副食批发，六七千人大村，生意还不错，筹划开辟建材生意，就想买辆二手拖拉机。听到王乐生卖车的消息后，连夜赶过来，说真的他是骑摩托车过来的，后座上载着未过门的大女婿。见到王乐生后，从腰间解下一蓝布包裹，打开，一沓沓人民币现在眼前，最多的是’87 版的 50 元券，四沓共两万元；有两千元今年刚发行的百元大钞，还有一沓 10 元券。按讲好的价钱两万三千元，一分不少。

马东海这一路跑了一百五十多华里，风尘仆仆，手臂都被风吹得麻沙沙的了。到这儿已是夜里十点多，王乐生为尽地主之谊，摆下了场子，因为机动车还要过户，马东海也暂时走不了，王乐生告诉他明天找人协调这事，近一两天办完手续，让他安心住下。为了尽快办好手续，王乐生找了村子里一个自家兄弟——王乐贵。王乐贵是县公安局政工科科长，公安局有一个口叫交通警察大队，负责交通事故处理、机动车辆、非机动车辆的管理，队长叫宗占理，是王乐贵的铁哥们，一句话事就办成。马东海直接佩服得五体投地，他觉得两天办完就不错了，没想到只花了一个小时，当天上午告别王乐生就向回赶，王乐生也不便多留。下午王乐生就去了银行，银行正寻思起诉王乐生，前期已做了许多工作。信贷员小刘前一段时间一直蹲踞在王乐生家里，王乐生家人进进出出，但小刘就一直坐在客厅里；甚至有人授意花五十块钱雇个老太太躺在王乐生家门口，天天躺在那儿。王乐生有点哭笑不得，他真的没钱，房子一时半会儿也变不成现钱，再说以永胜村的民风，谁家会在王乐生背运的时候再捅一刀？所以，银行一时半会儿也没想出招来，最终决定去法院起诉王乐生。这不，王乐生自己来了，并且带着本息，银行也不赖，为王乐生减免了三千元滞纳金。

天虽然没有变蓝，可在王乐生的心里似乎变蓝了，最起码通透了许多，不再那么压抑，脊背有些不太适应地挺直了许多，或者说想挺直些，这些日子有些佝偻的迹象。他可不希望自己提前变老，日子还长着呢，他得细水长流，做长远打算。他要找人喝酒，首先想到的是刘吉盛，是请他帮忙的时候了。回到家中和蒲生玉大体说了说银行的情况，让她给两位老人说说，免得他们继续担心。骑上摩托车，王乐生开始了二胎之旅，说实在的这二胎准备得太久了，以至于想这是最后一搏，好像生男孩是常理中的事。刘吉盛家是男孩，王子章家是男孩，王东正家是男孩，还有……太多了，老天不会只难为他王乐生一个人吧。再说，这段时间受的难为太多了，背运也该过去了，想着想着就吹起了口哨。他已半年多没吹口哨了，这一吹起来感觉就是不一样，有点云里雾里的。有个事我们得说一下，就是王乐生为什么没有卖了他的摩托车，一来是为了出门方便，二来这辆 250 摩托已接近十年了，破车一辆，不值钱。

刘吉盛的三十亩大卧龙莲藕，收成不算好，由于刚刚开发种植，刨除挖地每亩 200 元，建设费用每亩 100 元，藕种每亩投入 150 元，采收费用每亩 100 元，每亩肥料 50 元，共计 18000 元的成本。当然，刘吉盛选择的这儿得天独厚，是一块块大湾，不需要怎么挖，要不光挖地费每亩也不会少于 500 元。毛收入有 60000 元左右，实现利润 42000 元。令人更加欣慰的是，大卧龙莲藕客户多，很好批发。客户看重的是它的品质：表皮白色或淡黄色，肉质脆嫩而味甘，水分含量高，纤维少，生食脆嫩香甜，嚼后无渣，最适合凉拌。特别是一些大酒店找上门来订购，第一年就销到了北京。这个事王乐生早就听刘吉盛聊过，自己都动了心，有种植莲藕的想法，实际考察过村东头的一大片碱场地，在他忙于运输还没拿定主意的时候，已有五户人家挖起了鱼塘养草鱼了，还有一户人家建了牛棚。

来到刘吉盛家门口，朱红的铁大门，今年春天搬进的新院，不比王乐生的大院差。大门开着，王乐生直接把摩托车开了进去，因为不是第一次来了，一进门就喊："刘老弟在家吗?"

走出来的是刘吉盛的母亲，"是乐生啊，快来屋里。他爷仨去藕池追肥了，这会儿也快回来了。"

"哦，是这样啊，那我去藕池看看，顺便看看藕的长势。"

"你不先坐坐，这大老远的。"

"不了，我先去看看去。"王乐生骑上摩托车去了藕池。

刘吉盛爷仨刚想收拾收拾回去，见王乐生骑摩托车过来，刘吉盛抓紧迎过去，问："乐生哥，从哪儿来啊?"

"刚从你家过来，我是专程来找你喝酒的。"

"好啊！快过来看看，今年的藕长势比去年好啊。"

王乐生一眼望去，满池的藕叶高高地突出水面，仔细看来，零星地有几处空水域；白色的花朵点缀在藕叶里，让人感到清新和生机。"吉盛啊，为你感到高兴啊。照这样下去，百万富翁指日可待啊，在部队待过的就是不一样!"

"乐生哥啊，这部队啊，还真的是锻炼人的地方，一副好身板，不怕吃苦受累，做事雷厉风行，都是部队给我的。如今想起战友啊，眼睛还有些潮湿呢。"

王乐生找了块空地坐下来，刘吉盛递给他一支烟，也顺势坐在他旁边，说："抽一支吧，这半年受了难为了。"

王乐生望着远方，安静下来的心有些迷茫，声音不大地说："银行贷款还上了。"

"真的？那了了一块心病。以后，有什么打算？"

"拖拉机卖了，暂时不搞建材了。讨债的路还很漫长。这不，二胎指标刚批了，来找你讨药方哩。"

"这药方是现成的，但不外传。我去找她，把她带到您那儿去，她要调制好，亲眼看着嫂子喝下才行。"

"原来还这么邪乎啊。"

"乐生哥，看来今晚上的酒也不能尽兴了，不过，你要是住下的话，咱来个一醉方休。"

"实际上，找你聊聊心里踏实了许多，我和你嫂子关心的还是二胎男孩女孩的问题，二位老人最关心的也是这个问题。关于钱的问题，虽然遇到了挫折，但我相信自己，有能力扭转这种状况。"

"说得对，您是第一批带头致富的人，而且完全靠的是自己，无论阅历和能力都没得说。不过，这酒咱哥俩还得喝，我存了一瓶山西汾酒，今晚咱就这一斤，多了不喝。"

王乐生看着傍晚阴沉沉的天，一种压抑感不自觉地从头顶上灌下来，他长长地舒了一口气，以缓解心里的憋闷。

回来的时候，刘吉盛在池里采了几块藕，笑着说："乐生哥您看，这七八月间的谢花藕，藕头雪白，顶芽嫩黄，生吃甜脆无渣。不信您尝尝。"

王乐生从腰上摘下水果刀，刮了刮皮啃了一口，感觉真是像刘吉盛说的一样，甚至口感更好，不禁跷起了大拇哥说：“好！真的好！”

回到家里，虽然就两个人，菜准备了六个。刘吉盛介绍说：“乐生哥，今晚上是藕宴，这个是水晶藕，大卧龙腌渍的水晶藕为酱菜中的珍品；这个凉拌藕片、炝拌藕丁、姜汁莲藕、炒藕丝、藕盒，还有一个汤——莲藕补血强身汤，一会儿端上来，先喝点汤，尝尝您弟妹的手艺。”

“还有这么一种汤？我还是第一次听说哪。”

“这藕的做法多着呢，不过这莲藕补血强身汤是从千佛山一老和尚那儿学来的。说来也简单，大多就需要莲藕、花生、胡萝卜、冬菇四种食材，用高压锅煮三十分钟，再加入少许盐，汤就做成了。好，上来喽，先来一碗。”

“你这要开餐馆了，专门做藕的餐馆。”

“嘿，您还别说，我真的有这种想法，去济南开个‘南庄第一藕’，城里人爱吃这个。”

他俩聊到十一点，王乐生发现刘吉盛不愧为种藕的，话题总离不开藕，相交三年了，以前还真的没发现刘吉盛这个能耐。最后走出门，王乐生再三叮嘱办好药方的事，刘吉盛一再请他放心，明天就领人去他家，他这才放心往回赶。

第二天，天还没亮就下起了小雨，朦朦胧胧中王乐生就起床了，在院子里溜达，心里有些着急，害怕刘吉盛今天来不了，几个月来他总是火急火燎的，像是肝火太旺。这雨就这么下着，真的不像是夏雨，倒像是春雨，虽然轻轻的、软软的，却敲打着王乐生的心。一过晌，他就去村口张望。蒲生玉看着心疼，又不好说啥，免得让他更不安心。直到下午四点多，刘吉盛才用拖拉机载着一位妇女过来，这妇女看上去五十多岁，也没什么特别。妇女进屋后，先跟蒲生玉窃窃私语了一会儿，然后也没理王乐生，就跟刘吉盛说："走吧，一个星期后我们再来。"

王乐生看这架势也没敢多问，赶紧说："这么远来，吃过饭再走吧？"

这妇女这才转过脸对这王乐生说："不了，忙着呢。"紧接着就爬上了车。

刘吉盛向王乐生笑了笑，又向蒲生玉摆了摆手，说："乐生哥，嫂子啊，那我们先回去了。"开车走了。

王乐生看着拐过路口的拖拉机，赶紧问蒲生玉："这女的说了些啥？"

"也没说些啥，就问了问例假走了多长时间了，还说她再来之前不要同房。"

"嘿，蛮神秘的，也不知葫芦里卖的啥药。"

接下来的一周，王乐生啥也干不了，一直处在焦虑中。做饭把饭烧糊了，烧水把壶烧化了，甚至，差一点把裤头穿到长裤外面，弄得蒲生玉哭笑不得，觉得再这样下去，王乐生非生病不可。蒲生玉就劝他找东正他们玩玩，消遣消遣；王乐生也感到了自己的颓废，也不想憋在家里，应该出去走走。走出门，王乐生胡思乱想了一通，还是不自觉地走到了那位"臭香港脚"的发小那儿，自从有了"小香港"那次经历，在王乐生的脑海里发小就有了这个别称，王乐生还经常当面刺激他，时间久了，发小也接受了这个“雅号”。有时还有些洋洋自得，觉得是花了别人的钱销魂了一次。王乐生的到来令“臭香港脚”有点捉襟见肘，这两年懒散惯了，家里几乎一穷二白，由妻子种几亩地勉强维持糊口，不过他们儿女双全，这一点令王乐生羡慕不已。王乐生瞧着他那个㞞样，笑着说：“给，这儿有五十元钱，你去弄几个小菜，弄瓶景芝白干，咱俩喝一杯。”

“臭香港脚”一边接过钱一边说：“那怎么好意思哪，来我这儿还用你花钱。”

“你啥也别说，快去快回。”

“好，好！我这就去长号经销，听说刚进的猪下水。”随着话音一阵风地出了门。

没多长时间就回来了，弄了一小盘花生米，一小盘猪皮冻，还有一小盘猪头肉，领回一瓶景芝白干。王乐生一看就知道鬼下了一半的钱，知道他经常赌一小把，时间长了就手痒，笑着摇了摇头没有说啥，只知道发小越穷越不长志气。开场白很简单，王乐生把猪头肉拨给了两个孩子一半，“臭香港脚”又客套了几句，王乐生也没多言，这大热天的酒也无须加温，一人一茶杯对饮。当然，王乐生也没想多喝，只是消遣一下，两人喝得很慢，嚼着花生米聊天，天南海北。你还别说，“臭香港脚”虽无正业可做，可知道的还真不少，对于这生男生女似乎也有“研究”。王乐生一下子来了兴趣，喝酒的速度加快了许多，没多久一瓶酒喝了个底朝天。

王乐生感觉心情好了很多，站起来想回家，屁股还没抬利索，春生抬腿迈进来，手里握着一瓶酒，也是一瓶景芝白干，

“哦，已经喝上了，也不吱一声。”其实，春生经常来这儿，总是提上瓶酒，无非是找“臭香港脚”胡侃一通，不为别的只为解闷，下酒菜一般是一盘咸菜丝拌上个青辣椒，又名老虎菜。菜基本吃光了，没别的，“臭香港脚”还是拌了一盘老虎菜，三个人又喝上了，这一瓶下去，王乐生有了醉意，开始不急着回家了，三个人东扯葫芦西扯瓢，一直扯到太阳偏了正西，王乐生似乎记起了什么，才起身走了。

7

这一路上，天像下雾一样，朦朦胧胧的。深一脚浅一脚地回了家，自言自语道：“出门时，天晴着哪，这会儿下雾了。”

蒲生玉满脸涨得通红，正为找不到王乐生而着急，听见脚步声迎出来，正听见他自言自语，知道他喝醉了，也没多问，牵着他的手进了卧室，冲了一袋药端给他。

“这是什么?”王乐生瞧着涨红脸的蒲生玉，酒清醒了许多。

“吉盛和那妇女送来的，说是神仙酒。”

王乐生知道肯定是生儿子的良药，也没多想端过来一饮而尽，不一会儿感到浑身骚热，鸟盈盈地勃起，二话不说粗暴地把蒲生玉压到床上，蒲生玉本身穿着裙子，两下就把内裤扯下来，麻利地解开王乐生的腰带，几下就把裤子和内裤扯到大腿下。王乐生像疯了一样，疯狂得有些抽搐，蒲生玉大脑像断了片，本想配合王乐生，但全身像瘫了一样，就像一摊泥，任王乐生疯狂地顶来顶去。

过后，两个人一提起这事就脸红，尽管十多年的夫妻，心理上似乎生分了许多，竟然一个多月都没再有肌肤之亲。这事也有些玄乎，就这一次，蒲生玉怀上了，先是例假没来，四十天后出现恶心、厌油、疲倦、晨吐等，到医院查了，说是“早孕反应”，王乐生悉心呵护，好怕肚子里的儿子有什么闪失。只要他在家就不会让她离开视线超过两分钟，她去哪儿他都跟着，害怕她摔倒；给她洗头、洗脚、洗澡；家里常备水果、蔬菜，因为不知道她要吃啥，水果去皮并且削成一块块的，拿牙签插上一块块地吃。蒲生玉见王乐生这般宠她，又见他赋闲在家，免不了脾气见长，一天夜里一点多，用脚趾登了王乐生的屁股，把他弄醒，撒娇说：“我要吃黄瓜！”

王乐生迷迷糊糊地爬起来，才想起来剩下的唯一一根黄瓜被自己吃了，这会儿后悔自己嘴馋，又怕蒲生玉生气，动了胎气，就说：“这大冬天的黄瓜太凉了，吃个苹果吧？”

“我就图个清气，想吃黄瓜！”

“可……黄瓜吃完了。”

“你知道你儿子要吃黄瓜，你就是不放在心上！”

王乐生有口难辩，心里想：“这还是我媳妇吗？对自己温顺贤惠的媳妇哪儿去了？”一委屈上了火，声音一下子提上去，在深更半夜里特别刺耳：“吃吃吃，半夜三更的吃什么黄瓜，再说黄瓜那么贵，总吃怎么扛得了！”

自从怀孕以来，蒲生玉已习惯于被宠着，王乐生一高声她愣了一下，接着声音提得更高，“有本事了，有本事把钱讨回来，到时候，我一天吃一百根黄瓜，你也不会觉得贵。”

这一句话，一下子触动了王乐生疼痛的神经，他眉头一下子紧缩起来，裹了件大衣一摔门走了。

蒲生玉眼泪一下子淌了一脸，没想到自己给他生儿子，他还这样。可转念一想她有些害怕了，抓紧把盼男叫起来说：“盼男啊，你爸爸不知去哪儿了，赶紧告诉你爷爷，让他去找你爸，快去！”

盼男揉着眼睛去了爷爷奶奶家，两位老人一下子紧张起来，盼男的爷爷赶紧去了村长王罗实家里。王罗实第一反应是王乐生喝酒捞肉的时候从不请自己，出麻烦了落到自己头上了，心里感觉不爽，但也不便直说，很不情愿出力，就搪塞说：“我说呀，这乐生不会有事的，咋说他也是个人物，不会想不开的。”

盼男的爷爷一想也是啊，自己的儿子从小就要强，也不是想不开的人，但心里还是放不下，就说：“罗实啊，要不您在大队喇叭里喊一喊，让他抓紧回家，就说我病了。”

“啊，叔啊，您这不是没事咒自己嘛！”

“我说罗实啊，你到底喊不喊啊？我都不怕你怕啥！”

“叔啊，不太好吧。您看看这还不到两点呢。我这一喊全村人都醒了，不还以为地震了。”

“行行行，我自己找去！”

“叔，那您慢走哈。”

盼男爷爷走在街上，盼男在后面跟着，“唉，这上哪儿找啊！”

“嘿，爷爷，你看这家亮着灯哪。”

“啊，对呀，盼男真聪明，我怎么没想到呢。”

王乐生回到家时已是凌晨四点多，他没走远，在寒冷中围着村转了几圈，北风让他冷静下来，觉得媳妇也许是无意的，再说这钱总得想办法讨回来，想着想着就转回了家，没想到他的出现惊呆了一家人，蒲生玉竟然流下了眼泪。

永胜村的牛依旧哞哞地叫，永胜村的骡驹依旧腼着屁股拉车，王乐生的日子过得却一天比一天紧巴。远处没看见山，近处没望见海，王乐生的视野像田间一汪水里的青蛙，定格在儿子的出生上。初夏是一个多姿多彩的日子，蝴蝶更加艳丽，蜻蜓偶尔停歇在枯枝上，俏皮的孩子随手就可捏到。这个傍晚，蒲生玉感到一阵阵疼痛。王乐生赶紧找了辆拖拉机把媳妇送到乡医院。在医院的走廊里，王乐生焦灼地走来走去，又担心又期盼。第二天七点多顺产，一声啼哭，蒲生玉生下一女婴，心情直落低谷的王乐生还在发呆的时候，医生把他叫到办公室，沉默了好大一会儿说："乐生啊，有件事我不得不说，这个女婴很可能是个残疾。"

"啊，残疾?"王乐生苦笑起来。他心里是笑还是哭，他自己也说不清楚。可蒲生玉看着斜视以及前额凸起的女儿哭得像泪人一样，十月怀胎呀!

生下女儿后，蒲生玉情绪敏感低落，经常哭哭啼啼。王乐生这段时间胡子拉碴，目光呆滞，做事颠三倒四，以前那个自信有主见的王乐生不知跑哪儿去了。盼男的爷爷奶奶看着心疼着急，总是唉声叹气，不知道怎么办。

盼男幼小的心灵里像藏了个小怪兽，一向宠爱自己的爸爸妈妈总是向自己发火，特别是妈妈动不动就大声吼自己，弄得她总是抹眼泪，无处诉苦。可下半年，她就要上小学了，她应该有身新衣裳，头上应该有个花蝴蝶，还要有个新书包、文具盒和一盒的文具。有时候闭上眼睛想想自己背上花书包，小鸟儿叽叽喳喳，蜻蜓儿绕来绕去，这应该是走在上学的路上……

亲情是柄双刃剑，既最具杀伤力又最暖人心，甚至改变人的思维方式。这天中午，盼男和几个小伙伴去村西头湾里洗澡，湾里有一个井子，是春天水少的时候饮牲口人家挖的，得两米见方，深一米多。几个孩子并不熟悉这个，也许水少时见过，但现在脑子已无概念，正玩到热闹处，一个小伙伴杵了进去，盼男一着急就去拽她，结果也被拖下去，两个人扭到一块儿，其他两个小伙伴吓坏了，赶紧喊来大人，等救上来时，两个人都已停止了呼吸，最终只有盼男醒了过来。这件事对王乐生和蒲生玉触动很大，蒲生玉开始关心盼男，她不能失去盼男，那样自己会彻底疯掉，人生也将失去应有的意义。王乐生也打起了精神，至少他还有个聪明伶俐的大女儿，内心深处还有生儿子的希望，这种希望还是很强烈，他不能再被打倒，他要和命运抗争到底。他看到了远处那颗最亮的星，他的意识收得紧紧的，浑身汗毛乍起，他还是那个自信有主见的王乐生。

早晨，一家人去了盼男爷爷奶奶家，两位老人见一家人恢复了生机，也感到很高兴，大清早的爷俩喝了点小酒，嘱咐乐生带着一家人去岳父母家走走，其实月子里蒲生玉的母亲伺候了十几天，家里忙着收麦就回去了，老人走的时候是抹着泪离开的，她没想到女儿的家庭变故这么大，简直让她无法面对，甚至有些想逃避，心里烦躁不安，也是她匆匆离去的另一个原因。

田野小河沟的冰碴开始有节奏地融化断裂，鱼儿在冰儿消融的水边开始出没，苇串儿露出棕褐色背羽和胸部不明显的灰褐色纵纹，更抢眼的是淡黄色眉纹，像是在挑逗你。毕发宽已为王乐生办好了再要一个孩子的准生证，并亲自送了过来，一再叮嘱这是最后一胎。可王乐生注定是网中的鲨鱼，不咬破网子是无法达到想去的彼岸，那种渴望发展成了一种叫“不死心”的东西，只能张着锐利的牙齿，不停地挣扎。第三胎出生了，又是一个丫头片子。

出月子的那一天，计生办来了两个人，架起躺在床上的蒲生玉就走，没有过多言语，当时蒲生玉身体有些虚弱，又有点低血糖，一下子昏迷了，这两个人感觉蒲生玉沉得要命，才知道她昏死过去，一时慌了手脚，以为吓死了。

王乐生去讨债没在家，盼男的爷爷闻讯赶来，一把老泪把计生同志哄走了，说是明天再来，预备好去乡里结扎。

夜里，一场大风，一场大雨，王乐生家的梧桐树倒了，大半根部裸露出来。天亮了，一片澄明，东方还有一大片彩虹。王乐生家大门紧锁，任喊破嗓子也无人应……

8

抱着顺回到家的王乐生一块石头落了地，父母老泪满腮，对跪在脸前的儿子，抱在怀里的孙子，悲喜交加……

蒲生玉的事情，王乐生本想出大殡，但父亲坚决不同意，最后办了个小型的葬礼。

过去三年多，王乐生到底怎么生活的？好事者总是挖来挖去，不过声情并茂的传播者，还有醉酒后的王乐生自己，再加上粉刷匠的刷来刷去，俨然成了经得住咀嚼的一盘声色俱全的好菜。

王乐生一家夜里出走后，轻车熟路，沿去淄博的路奔去，正是阴历七月的天气，七月兰花清香溢，又称兰月，因许多品种的兰花在七月吐芳，馨香无比，故得名。王乐生夫妻俩可没心思想这些事儿，在漆黑的夜里全身的汗毛都竖起来了，想的却是那些终年受苦受难禁锢在地狱的冤魂厉鬼走出地狱，在四周游荡。王乐生和蒲生玉沿着柏油马路走，不敢回头，生怕身后真的站着鬼似的，竟然忽略了蚊子的叮咬，天亮发现对方脸上都钻出四五个大红包，像被马蜂蜇了一样。

蒲生玉问王乐生："这样走，啥时是个头啊？"

“嗨，天亮了，我们搭个顺路车，几个小时就到了。”

“这样搭陌生人的车，人家停吗?”王乐生这时倒露出了笑模样，“看我的!”伸手从怀里抽出两张百元大钞，用右手举过头顶，向着一辆五十铃招手，原本急速行驶的五十铃卡车一个急刹车，拖出尖锐的哨声，带着薄薄的尘土停了下来……

步行六十多华里，蒲生玉基本处于虚脱状态，天黑才熬到鲁山山坳里。子章大姨家，正好赶上饭时，子章大姨很惊讶地放下碗筷，招呼王乐生夫妻俩坐下，虽然仅有一面之缘，但她还是记得王乐生的模样的，问：“你这是?”

王乐生知道几句话说不清楚，就直截了当地说：“大姨啊，我是来求您的。”

“求我?”

“是啊，我夫妻俩想在您这儿住一段时间。”

“躲计划生育?”子章大姨满脸疑惑地问。

王乐生回答之前，从怀里掏出两千元钱塞到子章大姨手里，说：“大姨啊，您就收留我们吧，我夫妻俩会感恩一辈子的。”

子章大姨把钱塞回去，说：“我们不图这个，山里人也花不着，你还是自己留着吧。”

王乐生一阵恐慌，“大姨，这……”

“你们可以暂时住这儿，但不能住得太久，我怕村里人说闲话，子章住这儿时，风言风语就很多，孩子们都不高兴啊。”子章大姨撩了一下头发。

“孩子们？您家里还有孩子们?”

“看你说的，我还有三个女儿呢，只是她们都已结婚了。”

一阵旱烟味弥漫在空气中，一明一暗的烟火，在刚刚拉黑的夜幕里格外醒目。子章大姨父一句话也没说，只是把大瓷碗蹾到石头上，自顾自地点上了旱烟。

这可不是“山中无甲子，寒尽不知年”，恰恰是有点“度日如年”。正赶上人口普查，子章大姨家平白多出两个人，虽说在鲁山坳里，也得说道清楚，好歹山里人没有深究这件事的，只当是串门走亲戚的，可心理压力也纠结在王乐生和蒲生玉身上，最让他俩感到不安的来自子章大姨家的大女儿。这位子章的表姐是村妇女主任，刚刚上任不到半年，虽说山里人憨厚，但对于王乐生和蒲生玉的到来，还是很抵触的，因为蒲生玉还没怀孕，至少半年内不会怀孕，这是王乐生夫妻俩做的保证，面上说，二人是出来躲结扎的，而不是生孩子的。

山坳里人喝的是井水，村中间有一大湾，湾的东涯有一口四米多深的大水井，水井的壁是用石头砌的，布满了墨绿的水苔，水井壁直上直下的同心圆，直径两米多。水井里的水大多是湾水渗透过去的，不咸不淡但有点卤，喝惯了机井水的王乐生和蒲生玉有点难以下咽，但这一家子担水的任务还是落在了王乐生身上，邻舍百家打招呼让王乐生有些尴尬。一开始，王乐生都不认识，闹了几处笑话，成了村里人饭后的谈资。有一个老者，听说王乐生是子章大姨的外甥，担水的时候碰到一块儿，漾着一脸坏坏的笑说：“你叫王乐生吧？我是你姨爸，见了面怎么不打招呼呢？抓紧叫姨爸！”

王乐生一脸懵懂，不知道姨爸是个啥辈分，但还是喊了声：“姨爸，早啊！”

“嘿嘿，好外甥。以后就这样叫。”

过后，王乐生就把这事抛到脑后了。没想到，晚上子章表姐就找到家里，对子章大姨说：“这乐生也太不像话了，竟然喊村西头光棍刘姨爸，一下子差了三辈。更可气的是光棍刘还在我面前谝上了，说什么当初他也用担架抬过您，一路上比我爷爷出力多，您最应该嫁的是他，还说我爹三脚拍不出屁来。真是个老绝户。我更生气的是乐生，真是个榆木疙瘩，没瞧见那张老脸一肚子坏水?”

子章大姨叹了口气说：“光棍刘也够惨的了，从年轻就没摸过女人，也就是过过嘴瘾。再说，他真的抬了娘一道，那时，他是讨饭人流中最壮的一个，要怪就怪命吧!”

“我是说乐生夫妻俩就不该再住下去，人口普查刚过，说闲话的越来越多，我这妇女主任还干不干啊!”

娘俩在葡萄藤下的对话，蒲生玉在里屋隐约听上，沉甸甸的滋味在大脑中挥之不去，剪鞋样的手停在了胸前。见子章表姐来，蒲生玉借口量个鞋样，有意躲到屋里的。每次的唠嗑，她觉得除了尴尬，就是伤害。当然，自己也没有反驳的理由，毕竟没沾多少亲。

“我们离开这儿吧！总是看别人的脸色。”王乐生一进院门，蒲生玉就劈头拽下这句话，大有立马收拾行李的架势。

“又怎么了？这刚刚安顿了没几天。”王乐生有点心不在焉，没头没脑地回了句。

“你说怎么了，心里憋屈！反正是不想住这儿了。”蒲生玉没好气地说。

“是不是表姐又来说道了?”

“除了她还有谁！隔三岔五地往外撵呗。”

王乐生眉头紧锁，无可奈何地说：“你别听就是了，只要大姨不撵我们，我们就住一天算一天呗。”

“你还好意思说，那可是人家的亲闺女，和大姨赶我们有啥区别!”

“不要再说了！头都快炸了。要走也得想好去哪儿，不能露宿街头吧!”

“还不如露宿街头呢，比这心窝里插刀子强多了!”

王乐生没有再递话，而是默默想心事……

终于想起了刘吉盛，一年多没见面了，据说是他在济南开了家饭店，叫“明湖吉盛藕宴馆”，开发了几十种与藕相关的菜肴，上全了真是一桌“吉盛藕宴”。当然，藕还是照常种植，只不过来回跑，没时间喝酒聊天了。心里这么想着，但没有说出口。因为王乐生知道像鲁山山坳这样隐蔽的地方不多，这么长时间了，还真没见过乡计生办的人光顾过。

“你倒是说话呀！这会儿像个闷葫芦了。”压抑让蒲生玉像连珠炮，一时半会儿停不下来。

“我……嗐!”

“不就是挪个地方吗？看那点出息!”

“你没出过远门，不知道那个难处。有一次，我来淄博进货，货装上后走出七八十里路车抛锚了，前不着村后不着店的，我费了几个小时也没修起来，西北风卷着刀子甩在脸上，手脚都有点不听使唤了，像是人家的，不遂自己心愿了。”

蒲生玉安静下来，开始听自己男人说道，因为她从没听过这事。

“到了下半晌，又飘起了大雪。那情景茫茫一片，分不出天地，只知道心情糟得透顶，甚至觉得可怕。”

蒲生玉眼睛里露出了惊恐，不知道接下来丈夫经历了什么。

“又过去一个小时，路上一辆车都没经过。我这时想起了一件可怕的事，天黑后，雪一直下的话，我将无法辨别方向。”

蒲生玉紧张得张开了嘴巴，好像身临其境：那风，那雪，还有那黑夜……

“还好，我想起了车上放着盼男平常玩的指南针表，把车门锁好，消失在大雪中。”

“那最后呢？我怎么从没听你说过呀？”

“我怕害你担心，就一直没提这事。后来，我找到了一家路边饭店，喝了碗面身上才有了热乎气，心里惦记着那车货，买了饭店一暖瓶热水又返了回去，直折腾到第二天中午，才修好车。从那以后，冬天进货车里总是备好热水和棉被。”

“你个挨千刀的，这么大的事你都不吱声，我的心都提到嗓子眼了……”

“乐生啊，你看缸里的水多不多？你姨父今晚回来。”子章大姨一进门就喊。

蒲生玉抹了抹眼戛然而止，自顾自地去院子里抱玉米秸，预备晚饭。王乐生也悄无声息地拎起水桶担水去了。

俗话说：“七打核桃，八打梨，九月的柿子红了皮。”这说的都是农历，在农历的七月核桃就成熟了，这个时候也就是核桃上市的时候，山里人都知道的，但现在是农历接近八月十五，准确地说再有三天就是中秋节。子章大姨父就是趁节日卖个价，已在淄博市里蹲摊三天。当然，这核桃也是经过“看、摸、闻、听”，才用推车推到市里的，王乐生又一次感受到了山里人生活的节奏，太阳从东到西，月亮从圆到缺，有些事一直在做着。就这核桃上市之前，子章大姨父抚摸了好几遍，就像是抱在怀里的孙子，也许不仅仅是为了卖个好价钱。

日子就像兰州牛肉面“一清二白三红四绿五黄”色味俱全，可山里人只剩下又细又长，不在色味之中，倒像是黄昏之前的影子。转眼到了年底，蒲生玉非常想三个女儿，尤其是二女儿，不知道娘不在身边，她怎么活下去。还有小女儿，离开时只有一个月大，她吃什么？婆婆公公是否能照顾得了。当然，大女儿的音容笑貌，更是在眼前挥之不去，几次错觉把邻家的孩子看成了她。蒲生玉的思念在浓郁的年味里无足轻重，山里人也没在意的。倒是王乐生看在眼里急在心里，有了让蒲生玉再怀孕的想法，尽快结束这场逃避。当然，脑子里还有一个很深的烙印，就是预制厂欠款，还得去讨要。

整个年关王乐生都没敢饮酒，前车之鉴足够让他受惊一辈子，想起来不寒而栗。山里人年过得古老而凝重，从腊月二十三送灶神开始就隆重起来。首先张贴新的灶王像，在灶王像前的桌案上供放糖果、清水、料豆、秣草；其中，后三样是为灶王升天的坐骑备料。祭灶时，还要把关东糖用火融化，涂在灶王爷的嘴上。这样，他就不能在玉帝那里讲坏话了。鲁山坳里有“男不拜月，女不祭灶”的习俗，因此祭灶王爷，只限于男子。王乐生是外人也不在其列，这件事只有子章大姨父有资格。另外，大年三十的晚上，灶王还要与诸神来人间过年，那天还得有“接灶”“接神”的仪式。等到家家户户烧轿马，洒酒三杯，送走灶神以后，便轮到祭拜祖宗。这也是子章大姨父一人的事。

扫尘的事，王乐生还是能帮上忙的。

过了二十三，离春节只剩下六七天了，过年的准备工作显得更加热烈了。要彻底打扫室内，俗称扫尘，扫尘为的是除旧迎新，拔除不祥。房子的里里外外一定要认真彻底地进行清扫，做到窗明几净。粉刷墙壁，擦洗玻璃，糊花窗，贴年画等等。所有准备工作中，剪贴窗花是最盛行的民俗活动。这就是女人的事了，子章大姨还真的有料，一晚上的时间，喜鹊登梅，燕穿桃柳，孔雀戏牡丹，狮子滚绣球，三羊（阳）开泰，二龙戏珠，鹿鹤桐椿（六合同春），五蝠（福）捧寿，犀牛望月，莲（连）年有鱼（馀），鸳鸯戏水，刘海戏金蟾，和合二仙……剪了一大摞。蒲生玉也跟着学了几种，给王乐生显摆了老长时间，一下子心情好了许多。

接下来，大人、小孩都要洗浴、理发。山里有“有钱没钱，剃头过年”的说法。再就是讲究腊月二十七日洗脚。这天傍晚，婆姨汝子都用热白萝卜水洗脚。不懂事的女孩子，大人们也要帮她把脚擦洗干净，不留一点污秽。山里传有“腊月二十七，婆姨汝子都洗脚。一个不洗脚，流脓害水七个月”的俗语。王乐生看着蒲生玉红彤彤的脚和舒展的眉头，感觉过年真的很好。

家家户户都要贴春联，春联是要请人写的，一般是请学校里的老师，或者在外面工作回家过年的有头有脸的男人，王乐生也练过几年毛笔字，子章大姨父没有请外人，让王乐生主笔。王乐生一开始还有些没底气，说：“虽说写了几年毛笔字，但有些拿不出手。”

子章大姨父这会儿脸上挂了笑，“没事，这大红纸加上油亮亮的墨色，看着就喜相。”

其实，王乐生很想显摆一下，也就大胆地写了。他小心翼翼地把纸裁好，又按字数折叠了一下，把墨研好。你还别说，山里人平常节俭，这过年预备的东西顶呱呱，这上等松墨研出来泛着亮光，写在大红纸上真是漂亮。当然，有神必贴，先来了几副。天地神联：“天恩深似海，地德重如山”；土地神联：“土中生白玉，地内出黄金”；财神联：“天上财源主，人间福禄神”；井神联：“井能通四海，家可达三江”。每门必贴，每物必贴，面粮仓、畜圈等都得贴，接下来又写了几副：“五谷丰登，六畜兴旺”；“米面如山厚，油盐似海深”；“牛似南山虎，马如北海龙”；“大羊年年盛，小羔月月增”。另外又写了一些单联，“抬头见喜”“出门见喜”“旺气冲天”“满院生金”“根深叶茂”“白虎大吉”等等。大门上的对联，是一家的门面，特别重视，王乐生又把墨重研了一遍，比画了老长时间，蘸足了墨，写了一副：上联“千年迎新春”，下联“瑞雪兆丰年”，横批“年年有余”。

“好，好哇！”子章大姨父竟然夸奖起来，这是王乐生半年以来听到的最受用的几个字，旁边烧火做饭的蒲生玉也笑出了声。

过了二十三，山坳里认为诸神上了天，百无禁忌。娶媳妇、聘闺女不用择日子，称为赶乱婚。直至年底，举行结婚的特别多。山谣有“岁晏乡村嫁娶忙，宜春帖子逗春光。灯前姊妹私相语，守岁今年是洞房”。真的喜上加喜……

说起来，这是羊年，都忌讳生人。人生的不如意，已让王乐生对命运半信半疑，但他还是扛不住内心的纠结，找山坳里的半仙刘算了一卦，钱没收，事后称了一斤烟叶送过去。可这件事心里成了一个结，郁闷得很。怎么算都是今年的农历十一月份生人，可半仙刘的话如果应验，儿子就没有个好的前程。卦书上说：属羊人生于十月主冬之时，小阳春暖，应是了头之日。其人之命高，天赐之权，安享福禄，一生幸福。属羊人生于十一月大雪之时，谋事难成，财边艰难，百事不遂，千头万结，中年始兴。半仙刘拆卦：农历十月生属羊人：立冬之时，一生幸福荣耀，虽然祖业无靠，但其人聪明灵巧，智高过人，能得贵人扶持，青云直上，官职显赫，受人尊敬。此月生的羊人，对人热情忠诚，人缘关系极好，事业上会蒸蒸日上，一生逢凶化吉，是人间有福有禄之人。农历冬月生属羊人：大雪之际，一生虽然衣禄不缺，但却难有太大的事业。此月生属羊人，祖业无靠，六亲无助，又少有朋友贵人的扶持，于是一生多平平淡淡地度过。改运指南：应先立下大志，努力奋斗，决不能听天由命地生活，否则一生是没有大出息的。最后想了想只能努力改变命运了，就从孩子他爹开始了。

“乐生啊，听说生玉怀孕了？”还没回过味来的王乐生吓了一跳。见是子章表姐，赶忙满脸的肌肉紧缩成笑容，“啊，表姐听说了。”

“村子里没不知道的，我怎么就不能听说了呢？”

“啊，表姐这是啥意思呀？”

“我还啥意思啊，你自己说说。”

“我真的不明白表姐的意思。”

“乐生啊，咱不能揣着明白装糊涂啊！你这住的时间也不短了，怀了孕了，你说怎么办吧?”

看着子章表姐阴沉的脸，王乐生知道再赖也赖不下去了，人家收留了这么长时间，也该感恩戴德了，心中就一百个不想离开也得另想办法了，于是说：“表姐啊，我回去拾掇拾掇，这几天就离开。感谢表姐收留我们这么长时间，我会记着表姐的恩德。”

“说啥呢？什么恩不恩的，都是我娘的意思。”

“我王乐生也是知恩图报的人，我会报答大姨的。那表姐您忙，我回去先把水挑满。”

子章表姐愣了一下，一转身走了。

王乐生和蒲生玉离开了鲁山山坳，偷偷地离开的，没有和子章大姨、大姨父告别，以防尴尬，不过，他还是在子章大姨枕头下面放了一千元钱。

9

“乐生哥，这几天逛得怎样？”

“济南，大城市呀！”

“说说看，说说看呀！”

“向西，我沿经十路一直走到了腊山；向南，嗨，向南这山多呀，一座连一座，这要是开发了，那可是天然山林城市呀，未来一绿化，说不定会出现成片成片的森林哪！和鲁山山坳比起来那可是老虎和家猫啊！”

“那向北哪？再说说向北。”

“向北呀，我到了驴山和小华山。唉，黄河倒是很正常，可小清河……很晦气！”

“怎么了？遇到了什么？”

“你沿顺河街走过吗？”

“我听很多顾客说过，但我的饭店在大明湖南岸，而离相邻小清河的北湖区还有长长的泺河哪。是不是污染很严重？”

“什么严重啊，简直是臭气熏天啊！”

“有那么严重吗？”

“我跟你说呀，我从北园路向北，沿顺河街走了三十华里，你猜怎么着?”

“我想象不出来,总不会晕倒了吧!”

“嘿,你说对了,我被臭晕了,头昏脑涨恶心呕吐。”

“啊,是这样啊!”

“看看这参天的大树,看看这路边一个人环抱不过来的大树,比比皆是,谁会想到?再说岸边还有很多居住的人家哪,你看被这条河祸害的!”

“当然,不是河的原因,是周围化工厂太多,嗐!”

“哎,我看见山师东路摆摊的很多,我合计着摆个摊,卖点水果啥的,你看行不?”

“哈,没来几天,偌大的济南让你瞧了个遍啊!你安心在我这儿,熟悉熟悉业务,干个副总。”

“嘿嘿,那怎么行哪!我又不懂这行,净给你添乱。我还是摆个摊,更合适。”

“那也行,你先考察考察,过两天再说。”

“不,明天我就搬出去,睡你这雅座里,每天搬搬腾腾很不方便。”

“大哥,你看,要不你搬我那儿?”

“想美事,你嫂子搞哪儿,也搞你床上啊?”

刘吉盛刚想辩解,王乐生笑了,说:“兄弟啊,就此打住!你的好意我领了,我单干惯了,受不了约束。就让哥在这城里也闯荡一番!”

“好好,好!听你的,你去休息吧。我看嫂子已熄灯了。我明天回家,有什么要捎的吗?”

“就捎两句话吧。一哪，让二老放心；二哪，还是让二老放心。啊哦，顺便看看我的几个孩子。”

“放心——”刘吉盛拍了拍王乐生的肩膀，一转头出去了。

王乐生关灯去了另一个雅座。

王乐生的发家史并不是个传奇，而是一步一个脚印的原始积累。初中毕业后，他成了村子里少数考上高中的秀才，但那时学校里批斗上瘾，甚至，有位同学给自己当教师的父亲挂上牌子，押到讲台上开批斗大会。务实的王乐生也就离开了学校，回家务农了。

正赶上自家一位爷爷是生产队里的饲养员，王乐生隔三岔五跑去做伴，久而久之地侍弄起牲口来，你还别说，他还真的有那个天赋，牲口到他手里，牙口多少、个头长大长小、能否挂膘，他这么一琢磨还真的八九不离十。

有一次，一头犍子牛，不知啥原因，日渐消瘦。找很多人瞧了，就是找不出原因。饲养员的爷爷给队长说：“让乐生来瞧瞧吧，这小子心术不少。”

队长半信半疑地找来乐生，问：“你爷爷说你会瞧牲口，真的吗?”

王乐生围着犍子牛转了一圈，又看了看牙口，牛嘴里一股臭味。他沉思了一下说：“这牛胃里有问题，很可能吃了啥东西把胃扎破了，治不了了，杀了吧!”

“小子，你说杀了就杀了，这牛可是咱队的干活主力啊!”

王乐生翻了一下白眼，说：“看都瘦得没肉了，再不杀就光剩骨头了!”

队长想了想觉得王乐生说得有些道理。结果，下午喇叭里就喊分牛肉了。从那以后队长服服的，因为牛胃里找到了一根十几厘米的铁丝，这件事也成了大家饭后的谈资，一下子王乐生相牲口小有名气。

后来，分田到户，牲口也分了，王乐生就倒腾起牲口来，说白了就是骑自行车赶集上店贩卖牲口，就这样他积累了一万多元钱，又贷了部分款，干起了建材生意。说白了，原始积累是他的强项。

得先租房安顿下来，有了身孕的蒲生玉可经不起折腾，万一有个闪失，所有的一切都成了徒劳，当然，是他自己意识中的徒劳，不关其他人的事，日子还是一天一天地翻阅。

从张贴的小广告上，王乐生找到了一家业主，师东小区一户四十三平米的两室一厅的楼房。房子拾掇得挺干净的，房主是位退休的老教师，老伴去世了，搬儿子那儿住了，房子就空出来了。不为赚多少租金，只为有人拾掇着有人气，一讲价，一月一百元。王乐生怕价格很快上涨，一下子就签了两年的合同，毕竟这几年一天一个新动向，但签了合同，交了房租、押金，手里就没多少钱了，如果干不扎实，就得饿肚子了。再说，蒲生玉还要添加营养呢，宝贝儿子不能受了委屈，王乐生自己有时候也馋顿猪头肉啊，总之，有压力，甚至压力山大。

王乐生在山师东路走了不下十几趟，最后，蹲在了一处修自行车摊位边聊了起来，修自行车的是个哑巴，一开始王乐生听不懂他比画什么，后来慢慢地懂了一些，他才知道，哑巴已在这儿修车五个年头，这地儿的人实在，不骗人。后来弄明白，山师是培养教师的圣地，就是行为不端的也得兜起心来过日子，老师面前都得乖一点。王乐生费了老劲让他给弄一辆二手三轮车，他说自己那儿有一辆，就是旧了点，让王乐生给自己去取。王乐生一下子兴奋起来，没想到找到了真神，一下子解决了运输工具。

当王乐生见到那辆三轮车时，有点哭笑不得。后斗碱得都有漏洞了，还好有亮点，两个轮子是新的，哑巴只收了两个轮子的钱，整个车身白搭上。说是这辆车是人家替下来好几年了，风风雨雨就撂那儿，他拉回来安上了两个新轮，就等缺脚力的有缘人，今天算是等到了，这辆三轮功德圆满。万分感谢后，王乐生总算有了“座驾”，批发市场到山师东路来去自由了，用不了两个小时。

第一次，王乐生批发了几样放得住的水果，以防卖不出去烂掉，第一炮就砸了买卖。还好，王乐生批发价进的批发价卖出，折了十元钱，让邻摊的卖袜子、卖煎鱼的尝了尝，顺便也送了哑巴几个个大的。

卖水果的摊位有十几个，王乐生的加入也没有啥轰动，倒是大家给他挤了个地方，右手边是一家卖鞋的，姓张，老家德州的，和王乐生很谈得来。老张怕媳妇出了名，并不是媳妇不好，说起来模样周正脾气也不错，个头比老张还高一截。只不过，老张有两个爱好，吃鸡腿喝啤酒，当然也可算作一个爱好，就着鸡腿喝啤酒。这就来了故事，对摆摊的他这是比较奢侈的，每次吃鸡腿喝啤酒都偷偷的，不敢让媳妇知道。有一次午休时间，馋虫上来了，老张坐立不安，东瞧瞧西望望，因为这大晌午时刻，是媳妇来送水的时间，可趁了足足半个小时，没见媳妇踪影，实在扛不住了，就对王乐生说："你照顾一下摊，我去去就回来。"王乐生琢磨着他犯了馋瘾，他那口爱好一条街都知道，可能就他媳妇不知道。

没多大一会儿，老张心急火燎地跑回来，阴沉着脸。王乐生问："老张，怎么了？"

"嗐，大白天撞见鬼了！"老张有些迷茫。

王乐生扑哧乐了一下，问："男鬼还是女鬼？"

老张摆摆手，自言自语道："一分钱掰八瓣花，大白天去买鸡腿？"

王乐生也好奇啊，这人好好的，一会儿又是鬼又是神的，问："老张，到底咋了？"

"你猜我遇到谁了？"老张神秘兮兮。

王乐生更加狐疑，"不会真的撞见鬼了吧？"

"我看见你嫂子在旺香烧鸡店！"

王乐生乐了，"老张啊，你不是撞见鬼了，是让鬼附体了。"

"咋说呢？"

"我敢给你打赌，嫂子一会儿给你送鸡腿来，还外加一瓶啤酒。"

"去去，我还不了解你嫂子，一分钱分八瓣，会犒劳我？我倒是觉得很奇怪啊，很奇怪。"

"咳，老张啊，你看看谁来了！"

老张惶惶地站起来，有点不知所措，媳妇一阵风似的站在了摊前，左手提一布兜，右手托一草纸包。"给，趁热吃吧！旺香烧鸡店的鸡腿。还有济南啤酒。"

让大家意想不到的是，老张扑通一声给媳妇跪下了，“媳妇，我再也不敢偷吃了！你别生气，千万别生气啊！”……后来大家才知道，老张也是超生游击队成员，身边有个两岁多的儿子，家里还有两个女儿，每年还得向家里汇钱，全靠老张这个鞋摊。如果，没有这个勤俭持家的媳妇是万万不能的。

王乐生的小摊不红不火，倒也过得去，上天没有亏待他，儿子降生，可半仙刘的话，又在王乐生的耳边响起，令王乐生欣喜之中有些郁闷，偏偏儿子就生在农历十月。王乐生想来想去，给儿子取名“顺”，希望他一生顺顺利利。借着顺的出生，王乐生意气风发，搭上了批发的车，他要干一票批发。当时，香蕉市场比较走俏，他把所有的钱都赌上了，还从刘吉盛那儿借了二千元，可他忽略了一件事，儿子还没抱出医院，就被刚刚成立的济南市计划生育服务中心工作人员盯上了，这可不是件小事。带着儿子连夜跑出了济南市，身上一分钱都没有，有的只是戴着狗皮帽子、被两床被子包得严严实实的蒲生玉，还有刚出生一周的儿子，窝在那辆破三轮上。据说那车香蕉在批发市场烂掉了，至于怎烂的也无从考证了。不过，从此以后，一家人如惊弓之鸟开始了流浪。

往事如轻烟，飘得久了，也就稀薄得找不到了。

王乐生可没闲着，有了宝贝儿子，腿上的筋都似乎强壮了许多。但有一件事他明白了，计生办的事才刚刚开始，按照计生条例，王乐生应该受行政处罚，但他一个地地道道的农民，无官无职，只能罚款了。接到通知要罚两到三万，到底是两万还是三万，要看王乐生的态度，麻麻利利地交上，那就两万，如果一拖再拖，三万也打不住。可王乐生去哪儿弄钱哪？预制厂在明人眼里成了死账，一直没有开工。不但这事，计生办还通知王乐生，他的四个孩子必须调出一个去，盼男已十四岁，不可能调走了，二女儿是个痴呆，无人收留，那只有三女儿和儿子，最有可能调走的是儿子。

王乐生瞅了一个周末的晚上去了表哥毕发宽家，毕发宽应酬还没回来，表嫂还是那么热情，表侄女放假在家，缠着表叔讲怎么流浪，有多么刺激。最后，用迷惑的眼光问怎么没把表婶带回来。王乐生很是纠结，真的不知对好奇的侄女说什么，因为蒲生玉并没有死，而是藏在了娘家，他今晚就想给表哥解释一下，这瞒天过海的事唯独不能瞒的就是表哥，因为最终还得他去落实，不能让表哥太被动，失去回旋的余地。想来想去还不如先向表嫂和侄女说道说道，“你表婶她……并没有死啊！”

“呀，我说呢，表叔一直是我心目中的英雄，怎么会丢下表婶哪！”

“乐生啊，你说啥？生玉还活着？阿弥陀佛，谢天谢地！”表嫂双手合十闭上了眼睛。

“再讲讲，表叔。原来听人讲的都是瞎编的呀，可都有鼻子有眼的，我一度悲伤了老长时间，差一点您在我心目中的形象就毁了。”

“你表婶只是藏在她娘家，一直没露面。”

“表叔，吃个橘子。太棒了！简直活脱脱美国大片，英文原版的那种。”

“乐生啊，别着急。人没事就好。给你表哥慢慢说，啊！”

正说着，吱扭一声，毕发宽推门进来，“啊，乐生啊，我知道你会来的。坐！坐着！”

“表哥，我……”

“我知道，好！我们喝壶茶。这忙活了一天，有点渴呀！”这次表哥没走来走去，倒是很轻松。

王乐生和毕发宽足足聊了两个小时，十一点多，王乐生才走出毕发宽的家门。

第二天，王乐生早早起来洗涮了一番，心情特好，用自行车带上三岁多的三女儿，离开了村子……

半夜里，自行车载着蒲生玉回了家。一夜未眠，早饭时分，王乐生和蒲生玉挨家挨户地道歉，为诈死埋名祈求街坊邻居原谅，二来为自家正名。

没过多久，村子里便传开。王乐生的小女儿失踪了，据说是被一辆小轿车接走了，车窗暗暗的，看不见里面的故事，孩子没有哭。好像罚款是接走孩子的陌生人交的。总之，王乐生一家就像一直飞着的飞机平安着陆了。

10

“儿子啊，你姐姐夏男要来家看看，大约下午四点多到家，你有空回家吗?”

顺听着电话的那头老爸喜悦的颤音，有点怪怪的感觉。一晃二十多年过去了，自己已大学毕业参加了工作，听说这位从未谋面的姐姐还在人民大学读博士，研究方向是计划生育的理论与实践，而自己的专业也是人口学，大姐读的也是人口理论系，一家人像着了魔咒，认定了这个专业。

“哦，我下午请假，顺便接上大姐。一会儿，我给大姐打电话。”

“儿子啊，路上开车慢点，你大姐有了身孕。”

“知道了，爸爸。”

顺放下手机，陷入沉思中。爸爸不知多少次提到过这个姐姐，似乎只有这个姐姐才是亲生的，他也理解爸爸的心思，他的内心是愧疚的、忏悔的，顺想到那时爸爸是有多么的无奈。当然，三姐也是幸运的，是他姊妹四个受教育最好的，他和大姐盼男都是本科毕业，大姐在区政府工作，而自己在卫计局上班，刚上班时单位还叫计生局，没想到一年多就和卫生局合并了，成了卫计局。在顺的心里，三姐的情况算一个特例，大多数送出去的孩子可没这么幸运。上班一年多，他就在明主任的领导下，处理过十多起群众堵门讨要孩子的事件。记得刚到计生局上班的时候，屁股还没坐热就有一队妇女，十几个人，扯着横幅："还我亲生女儿!!!"自己懵懂一脸惊慌。那位曾经参与过这件事的女同事，猫在屋里没敢露头，其实，她只记得把孩子抱到了计生办，至于孩子的去向她真不知道，但人家就认准了她，不交出孩子誓不罢休。十几个人就那么站着，两天两夜举着横幅。最后，不知道谁透露了些什么，她们匆匆离去，再后来听说找到了抱养孩子的那户人家，可人家只有一个男孩，拒不承认领养过女孩。好事者透露他家确实有个女孩，不过，男孩出生后就再也没见过那个女孩，可能是送人了，据说是还收了人家的钱财。不管怎样，最后还是不了了之，再也没有找回那个女孩。当然，现在还在人世的话也应该结婚生子了吧。后来，再遇到这种事就见怪不怪了。

顺开车离开卫计局，正赶上下班高峰，经过实验小学门口时，刚刚放学的学生从校园里涌出，尽管有家长拿着小彩旗维持秩序，但校门口还是异常拥挤，费了老大劲才走过这几华里的路段。

盼男家住房改后的第一个小区，是三层的别墅，今年刚刚搬进去，当然，是二手房，原来是一位副区级干部的住宅。盼男要强，有她爸爸王乐生的遗传基因，贷了六十万的款，掏空所有的积蓄，东借西凑愣是住了进去。顺对姐姐还是很佩服的，当然，姐姐对他帮助也很大，上大学期间，就给他配备了一台原装 ideapad 710S，一部 iPhone，姐姐的总是最好的。

有一次，顺满脑子迷惑地问姐姐：“姐，您公务员，姐夫一枚人民教师，工资、公积金、精神文明奖全加一块儿，全年收入也不足十七八万，怎么算都不是有钱人，外人看起来却有点土豪的感觉，您怎么做到的？”

“不知道吧？你知道公务员是什么？教师是什么？每年收入只增不减，官方有句话叫什么？这叫稳增长。”

“再怎么稳增长，也不至于土豪吧？”

“你看看，这你就不懂了吧。你知道你姐夫现在啥职称？”

“刚评了中级呗。”

“那下一步会怎样？”

“不会当校长吧？他现在教务主任都不是。”

“可他是教研组长啊。”

“教研组长啥官呀？我又不是没上过学！”

“哈，这可是只潜力股，没几年就会评副高，一个月工资就上调一千多，对工薪阶层来说，这些都叫产品的科技含量。”

“哦，姐，您的规划也太长远了吧？”

“姐在大学可是学人口与经济的，我还有一个更强的后备军，这只股票以后会飙升。”

“您不会惦记着咱老爸老妈吧？”

“我从来没指望他们，从童年开始我就觉得他俩不可靠。从整个上学期间，我就几乎没跟他们要过钱。”

“您恨爸妈？”

“不恨，只是觉得他们太自私，为了自己的想法不顾及别人，特别是那时我的感受。不过，我的童年还是很快乐的，这还得感谢爸妈给了我善良的童年。”

“别怪他们，要不您也不会有我这个弟弟，我得感谢他们的坚持。”

“哦，不说这些。我的最强潜力股可是你呀。”

“啊，开玩笑吧，老姐！”

“大姐可没有开玩笑，你可要把握好自己哟。”

从那以后，顺就有种怪怪的感觉，似乎有什么力量，对自己的思想似有似无地起着作用，让他做一个平凡而不平凡的人。也许正是这种人们认为不切实际的想法，才让一些人的奋斗不仅仅是为了讨生活，而是为了让世界变得不平凡起来。穆罕默德如果仅仅是一位王子，我想……哦，这种想法过于荒诞了。

小区里主要是刺槐和国槐，也有一些紫荆零星地点缀着；桂花倒是不少，远远地就陈香扑鼻，令人神清气爽；夹竹桃如柳似竹，红花灼灼，胜似桃花，香艳逼人。顺多次来过这小区，但姐姐搬家后，还是第二次进来，在这秋高气爽的日子里，别有一番风味。

盼男正在二层露天阳台上晾衣服，顺一停车就走入了她的视线，赶紧让儿子给舅舅开门。儿子浩宇已上五年级了，和舅舅那就像“铁哥们”，有事没事的就给顺打手机，一听说舅舅来家了，刚刚撂下书包抄起遥控器的手立马转变了方向，直奔楼门。

“舅舅，快来！快来！来看看我的无人机模型，最新版的两款。”浩宇跑出来就拽住顺的手，一路牵着登上三楼，三楼是一百三十多平的独屋，支了一台双鱼（Double Fish）乒乓球案子，靠北边有两架 VRay 军事无人机模型。

“哇，不错啊！”

“舅舅你知道吗？这礼物来路很神秘的！”

“怎么？偷来的？”顺故意露出惊讶的神色，他知道这里面一定有故事，要给外甥下点猛药。外甥最反感“偷”这个字眼。这还得从他八岁生日那天说起，这一天，对浩宇来说本该是个快乐的日子，正赶上礼拜日，几个小朋友一起玩飞机模型，这个飞机模型是长他两岁的另一个男孩的，玩着玩着就把模型放一边一块儿踢足球了。浩宇因为非常喜欢航模，中途就跑回去把玩模型，不知不觉晚饭时分到了，一下子想起今晚吃生日蛋糕，站起身来想回家，可发现其他的小朋友不知啥时候已散去，只有他一个人拿着模型站那儿，于是很无奈地拿着模型回了家。正在生日 Party 过得嗨的时候，男孩打电话来说浩宇偷了他的航模，他辩解到脸红，最后还是在妈妈的强制下当晚给人家送回去了，从此与“偷”这个字眼结下了梁子。

果不出所料，浩宇的脸腾地就红了，说：“说啥呢！舅舅磕碜人呢！我和你说呀，是老爸的一位红粉学生送的。”

“怎么回事？说清楚了，什么红粉？”

“这是妈妈说的。为这还跟爸爸吵了一架哪。”

“那胜败如何？”

“最后，爸爸向妈妈道了歉。妈妈就说：‘东西已经送来了，我也不说啥了。儿子啊，一位读航空学院的大姐姐送你的航模，要不要？不要我可扔出去了！’”

看舅舅听得认真，他接着说：“舅舅，你知道我当时啥感觉？

真是冰火两重天呀，一下子从冰窖里坐到了火炉上，心里那个乐呀。总以为这航模会蒙难直接飞进垃圾桶，没想到劫后重生飞进了我的领地。怎么样？酷吧！”

“你俩别磨蹭了，下来吃饭啦！”

“走吧，下楼去。下一个生日，我为你买一架真正的无人机！”顺抚摸着浩宇的头说。

“哈，这么土豪哇！来，拉钩盖章。”

两个人一前一后走下来，一块儿说：“呀，泡面啊，以为是油粉哪！”

“你俩别油嘴滑舌了，有面吃就不错了。”

“姐夫哪？”

“外出培训了，要不能吃上泡面？吃吧。浩宇，我下午给你请了假，一块儿回姥娘家，给你介绍个人大的博士。”

“哇，一定是位美女。”

“小毛孩知道啥，是你小姨哪。”

“我知道，有其姐必有其妹嘛。是吧，舅舅？”

“别看我，这伶牙俐齿可不是从我这儿遗传的，哈。吃面！”顺赶紧拍了一下浩宇。

“这外甥舅一到一块儿，就知道神侃。抓紧吃，只有十分钟！”盼男开始自顾自地吃面。顺和浩宇也知趣地低下了头，专注地吃面，房间里只剩出溜溜的声音。

驱车回家也不过二十几公里的路程，可两边的风景是顺最惬意的。两边的绿化带参差分明，冬青是必不可少的，修剪的坡度近乎完美，黄绿相间，就像是绿叶丛中开满了黄花，煞是清爽，近乎一尘不染；法国桐整齐地站成路带，富有诗意的淡黄色叶子，像闪闪的金星星，挺拔的树干，使他一下子想起刘琴的古筝学校。自己家和刘琴家也算是世交，自己和刘琴的关系也开始明朗，刘琴原本就是家里的常客，爸妈也很喜欢，可就是那古筝让他有点发怵，刘琴对古筝的迷恋超出寻常，真像是武侠小说里人琴合一。这一排排的法国桐会做成多少古筝，他不知道，但刘琴就一个，至少是现在在自己心中还是第一人选。

“舅舅，看，放蜂人。”

公路的左侧排着三个放蜂人，正在那儿忙碌。是呀，他们既幸福又孤独，幸福是有自然界中最美的创造精灵和烂漫的花期陪伴，孤独是他们远离了人群默默与大自然相守。一只蜜蜂不慎跌落到汽车前窗上，它微微地振了几下翅膀，想努力摆正身体，一番挣扎后跌跌撞撞地朝远方飞去。放蜂人，一年四季大都在外奔波，一路追赶着花期。有时因为走得太仓促，总会有些外出采蜜未归的蜜蜂，变成无家可归的流浪蜂，就像这轻抚桐叶的风，只有在不小心撞到你目光时，才知道它原来存在。王蓓蓓在自己的心目中就像那只放单流浪蜂，他知道自己隐约有点好感，但不强烈……

“别打扰舅舅，让舅舅专心开车。”姐姐的提醒吓了顺一跳，他还真有点儿走神。一辆白色路虎从旁边呼啸而过，自己的瑞风S飘游了几下。“这人怎么开车的？开这么快？”盼男觉得路虎有点过分。

“显摆呗，人家的车二百多万哪！咱的才十万出头呢。”

“啥车？那么贵？”

“路虎揽胜，纯进口的。”

“这算什么？开上豪车就疯狂啊！”盼男虽这么说，但心里还是有些羡慕，毕竟自己驾驶纯电动众泰云100S，虽说是合时髦的，但也是缺钱所致，况且丈夫还没的车开，每天骑自行车载着儿子上下班，刮风下雨还得自己接送。

“老妈说得对，要开就开飞机，那速度：‘呜——’”

“是呀，先考上清华北大再说吧。别像你老舅，开这车还是贷款买的。”

“舅舅，看——前面出车祸了。”

“姐，刚才那路虎和一12拖拉机，把路堵住了。”顺把车靠右边停靠，三人一起下车。

拖拉机被撞翻了，司机头破血流躺在旁边，不停地号叫。路虎司机已打了120，抱头蹲在路旁，后车门已被扯烂，一点威风也没了。

耽搁半小时后，顺和盼男一路无语。浩宇也保持了沉默，也许他是被血腥的场面吓着了，不敢再表达什么。世界有时候就这么小，这么短的路却实实在在地给三人上了一课，现实版的冰火两重天。是悲是喜瞬息万变，冥冥众生没有定数，但低调做人，谨慎做事，总不失为长久之道。

盼男一到家就忙活起来，忙着择菜，母亲忙着和面，要包饺子的，团圆饭总是包饺子。浩宇在逗着二姨玩，教她背《陌上桑》：“日出东南隅，照我秦氏楼。秦氏有好女，自名为罗敷。罗敷喜蚕桑，采桑城南隅。青丝为笼系，桂枝为笼钩。头上倭堕髻，耳中明月珠。缃绮为下裙，紫绮为上襦。行者……”咿咿呀呀传出二姐王怡心的模糊声音，虽然大家有些习以为常，但每次见到二姐顺都有一种不安。是呀，二姐已经二十八岁，智商还不如三岁的孩子，在母亲的细心照料下刚刚能够自理，但面容丑陋，很害怕别人伤害她，每天只能窝在家里，好歹农村有个院落，她可以在院子里玩耍。父母很想把她嫁了，可正常人家没有要的，那些缺陷很大的男人，家人又不舍得。

顺和王乐生坐沙发上喝了一壶茶，站起来说："我去爷爷奶奶那儿坐会儿，一并把他二老请来。"

"去吧，早点回来。你夏男姐再有一个钟头就到家了。"见儿子这么孝顺，王乐生很欣慰，虽然这一生没落下多少钱，但总算对得起祖宗。

爷爷奶奶对自己的感情甚至超过父母，但人上了年纪总是唠叨，反反复复问为什么不把孙媳妇带来看看，问啥时候结婚让他们抱重孙。每当这时候，顺总是搪塞他们说工作忙，自己趁年轻也想干出点成绩，暂时还不想结婚。但两位老人总认为成家才能立业，还是早成家的好。最后说不去他父母那了，人太多过于吵闹。顺只好说三姐回来后再一块儿来看他老俩。走出爷爷奶奶家大门，正碰上王蓓蓓，其实王蓓蓓早就看见顺进了爷爷奶奶家，一直在门外等着。

"这么巧啊，顺哥。"王蓓蓓抢先打招呼，脸像展翅的蝴蝶。

"啊，是呀，真巧啊。"顺有点不知所措。

"这么长时间了，也不来看看我。正巧我也来看爷爷。"

"啊，王书记身体还健朗吧?"

"托你的福，好着呢。不过，我爷爷已不当书记了。"

“那我们村书记换谁了？”

“毕竟是区里工作的，哪有时间过问村里呀。换我了呗！”

“啥？换谁了？”

“啥大惊小怪的。换王罗实孙女王蓓蓓了，这会儿听清楚了？”

“哈，真是巾帼不让须眉呀！恭喜，恭喜！”

“贫啥哪。是不是夏男要回来？”

“啊，你怎么知道的？”

“我可是支部书记，村里发生这么大的事我能不知道？我可是找她有事的。”

“你能有啥事啊？你又不认识她。”

“亏你还是她弟弟，其实开春我就认识她了，我去人大乡村建设中心培训了一个月，知道她在那儿读博士，还和她聊了聊你们家的情况，她已基本没有记忆。”

“哦，爸爸怕影响抚养她的家庭，只是偷偷地去过她家，并没有和她单独联系过。是人家把她抚养成人，我们还是知道感恩的，养恩大于生恩嘛！”

“好了，我不跟你犟这些。走吧，一块儿去你家吧。”

“啊，你真的去啊？”

“怎么？我这一村之主不能去吗？你可是我的臣民啊，于情于理我都得去啊。”王蓓蓓想去牵顺的手，顺看躲不过去，就说：“那我头前带路了。”抓紧躲过尴尬。王蓓蓓笑了笑跟过去。

11

夏男的养母和蒲生玉娘家多少有点亲戚，论辈分蒲生玉还得喊她表姐，但那种关系已经扯得太远了。当年，蒲生玉的母亲告诉王乐生的时候，夏男的养父母无子女，养父是个军官，参加过对越自卫反击战，猫耳洞的潮湿闷热使他失去了生育能力，有意领养一个女孩，就这样夏男就被收养了。其实，两家并没有金钱交易，那时的罚款是毕发宽找到韩副乡长，用预制厂欠款的一部分顶了账。后来，预制厂倒闭了，其他欠款也模棱两可地蒸发了。

每次喝上点小酒王乐生就发牢骚，纠结当年的欠款，“如果不是当年的欠款讨不到手，我……”

“爸爸，人不能总是揪住过去不放，该放下的就放下。昨天属于昨天，明天属于明天，只有今天属于现在的自己，您老是这样纠结，真让人……”顺虽然年纪不大，但似乎遗传了优秀基因，遇事拿得起放得下。可他也理解爸爸，主要是因为二姐，他总把这种不幸归结到欠款上，总是那句：“要不是讨不到欠款，我也不会喝那么多酒，你二姐也不会……唉!”可这以往的悲哀，在别人眼里已成为调侃，连饭后的谈资都不够资格了。

下午快五点的时候，一辆白色奥迪 A4L 停在大门口，车上依次下来三个人：一位头发花白，穿白色上衣，系风紧扣的男士；一位身体微胖，大红色短袖上衣，头发烫成小卷，看上去一尘不染的女士；最后下车的是坐在司机位置上的一位美女，戴茶色眼镜，身材高挑，皮肤白皙，一下车就喊："我的妈呀，累死了，这小村变化真大呀！"

蒲生玉上前就握住了夏男的手，眼里噙着泪问："你还记得这小村？"

夏男看着这位拉住自己左瞧右看的女人，"哦，我……我记不清了。"

"夏男啊，叫妈妈，这可是你亲妈呀！"夏男的养母有点酸酸地提醒夏男。

"哦——您是蒲妈妈？妈妈经常说起您。"

蒲生玉心里咯噔一下，脸有点发红，是呀，她是蒲妈妈。她抹了一下眼睛，"是呀，我是蒲妈妈。"

院子一大半都硬化了，一个大大的军绿色遮阳棚罩在院子里，秋风一吹，有一种说不出的爽快。这时的天已经灰白，接近黄昏，陶瓷氙气灯蓝白色的光有着太阳光的味道。

晚饭之后，顺才有机会和夏男聊到一起，顺感觉夏男和盼男不仅气质和性格上差别很大，容貌上也差别不小。盼男更像家长，泼辣端庄；夏男更像邻家小妹，清新浪漫，话题大多是艺术，她还希望顺放弃安逸的工作，继续深造去北京创业。这真的应了那句话：孩子谁家养随谁。夏男的到来勾起了顺理想的蛔虫，这位姐姐魅力不小，当初顺也怀揣许多梦想，可在公考炙热的当下，父母和盼男都给他不小的压力，无非是有了一份可靠的工作，就会讨到一个几乎对等的媳妇，甚至以顺的牌子，很有可能找到一个处级以上干部家庭的岳父母，接下来，房子、前途，还有很多都有了保障。可毕业一年多，事情并没有像他们预料的那样，顺爱上了刘琴，刘吉盛的女儿。刘吉盛在这一片可是响当当的有钱人家，这父母和盼男都能接受，可不知怎么刘琴几乎是个琴痴，盼男多次提醒父母，这刘琴弄不好成为第二个杨丽萍，为艺术而献身。顺倒不这样想，只是觉得刘琴事业心太强，超出了普通人的理解，那种相夫教子的生活似乎是她不能接受的。

家里一下子来这么多人是住不下的，况且顺和盼男明早还要上班，浩宇还要上学，他们三人十点半就驾车向区直赶去。其实，还有一个很重要的原因是夏男和养父母下礼拜一才返回北京，今天礼拜四，还有两个休息日够他们聊的，王蓓蓓也是因为这个打了个招呼就离开了，她不想打扰一家人刚刚团聚的那股热乎劲，只是想刷刷自己的存在感，希望未来能成为顺的另一半。

顺的性格虽不是冒失的那种，但夏男的人生理想唤起了他的梦，他喜欢光科技，毕业前夕就想报考华中科技大学硕博连读。

“舅舅，您在想什么呢？我觉得小姨超棒!”

“当然了，我也这么想的。”顺回过神来，又把梦缩回了大脑，“是呀，三姐超棒!”

“小姨不仅学问大，就那‘派’，整个一个魔仙公主化身。”离开了永胜村快二十华里了，浩宇还兴奋着，没有一点困意。

“顺，你知道我发现了什么?”盼男眯着眼睛问弟弟，她有点累，一出村就来了个猫打盹。

“三姐的模样和身材？”顺也很迷惑。

“她小时候的模样我记得很清楚，肉墩墩的脸，胖乎乎的小身体，特嘴馋，有点好东西爷爷奶奶都便宜了她，可如今……”

“瓜子脸，模特身材，这才是小姨，妈妈，您是不是想成你自己了！”

“浩宇说得对，三姐确实让我吃了一惊。不过，仔细看过，眉宇间有爸爸的影子，鼻子和嘴巴有点像妈妈。”浩宇由于好奇，仔细琢磨过夏男的脸，甚至让夏男有点不好意思，但毕竟是亲弟弟，她不会想得太多。

“可我不这样看，夏男眉宇间带着养父的英气，不像咱爸有点慈眉善目了；再者，那鼻子那嘴咋看咋像她养母，咱妈的鼻子没那么挺。”盼男因为好奇也仔细端详过妹妹。

“哈，也许是吧，她俩本来就是表姊妹嘛。”

……

说着道着就进了城，浩宇已沉沉睡去，顺费了老大劲才把他抱进屋。盼男在顺身上有着母性的光环，大多时候顺在她眼里就像个大孩子，搬家的时候专门为顺设计了一个卧室，房间里不仅有一米八宽的一张床，还定做了带书橱的电脑桌，顺虽然从来没有留过宿，但还是很感激姐姐。今晚，看来是要住下了，因为姐姐要他明天早饭后顺便送浩宇去学校。

“看来明天早餐又要吃泡面了。”顺小声嘟囔着。

“不会的，明天早晨我煮小米粥，出去溜达时顺便买油条回来，一刀鲜的油条你还没吃过吧？”大姐一边洗脸一边说。

“油条还叫一刀鲜？真不知咋想的。”顺本想冲个澡，又怕打扰大姐休息，磨蹭了一会儿去了卧室。

这卧室可谓一个人的江湖，顺久久不能入睡，自己和另一个自己一直在冲突中，外面不时传来流浪猫的叫声，搅乱了窗前的月光。越发变得清净了，是内心的清净，笃定的生活原本就这样，越是矛盾越是单纯，越是纠结越是明了，无非是自己的懦弱和享乐观蒙蔽了内心想要的东西。一阵迷糊睡了过去，直到在东方的明亮和鸟鸣中醒来。

“醒了，把浩宇叫醒，洗把脸尝尝这一刀鲜。”盼男外出散步回来已把早餐预备好。

“姐，您怎么不睡个懒觉，大清早起得那么早！”顺一边说着一边喊浩宇。

“我习惯了，不早起呀，浑身不自在。像是有了强迫症，这每天不溜达啊就不叫一天。”

“哇，一刀鲜啊，老长时间没吃了。”浩宇睁着惺忪的眼睛向餐桌上瞟了几眼。

“怎么，这油条还限食啊?”顺有点费解。

“不结婚不懂的事多着呢。老姐现在怀着宝宝，这油炸食品呀基本不吃。再说，家里只有我有早起的习惯，他爷俩大懒虫一双，我不买也就没的吃了。”

“哦，这样啊。”顺先喝了两口粥，直接用手拿起一根油条咬了一口。“嗯，好吃！真的不错。炸得通透还不老，还略带麻汁的味道哪。”顺说的是实情，似乎这是在他记忆当中吃的最好吃的油条，在名目繁多的炸油条中可算是极品了。他觉得最难吃的油条是一种最贵的油条：美其名曰纯花生油炸的油条。毕业以后，晚饭至十点钟期间，总有几个看上去诚实的妇女，四五十岁，推着三轮车带着自动播放的喇叭："纯花生油炸的油条！纯花生油炸的油条……"出于好奇买了四五根，比普通油条每斤贵三元钱，回去一吃简直像没炸熟的面疙瘩，要多难吃有多难吃。后来听说，人家压根就没放一滴花生油，是菜籽油加上烤鸭流下来的废油炸的，再一听到"纯花生油炸的油条！纯花生油炸的油条……"就有点恶心想吐。可一年多过去了，这种叫卖声在那个钟点上依旧不绝于耳。究其原因，没吃过的人有和他当初一样的好奇心的缘故。

"可为什么叫一刀鲜呢？"

"这个，舅舅您就老土了吧。就是每根油条上多挨了一刀呗。"浩宇不屑一顾地说。

"哦，对对，是有一道竖切口。咦，这真是一个很不错的创意，可以注册商标哩。"

"浩宇只说对了一半，还有一个原因在'鲜'字上。就是油条在炸之前撒上河南驻马店芝麻。"

"为什么要用河南驻马店芝麻哪？"其实，顺知道一定是有原因的，不说他也知道个大概。

"偌大中国，芝麻以河南南部的为最佳，驻马店、南阳两地的为上品。"盼男一边解释，一边示意他俩快吃。

"吃饱了。没想到这油条有这么多道道。浩宇啊，舅舅外面等你哈。"说完走出来，打开车门丢到嘴里两颗木糖醇。自己不适应住在这儿，原本姐姐给自己预备了牙刷的，可自己还是没有刷牙，他竟然觉得这别墅设计蹩脚，为什么只有一间卫生间？也许，是他心理年龄正适合谈恋爱，对女性特别的敏感，即使盼男是自己亲姐姐，他还是觉得别扭，或者说，自己又回到了初中那会儿，有关女生的事就脸红？想来想去，最主要的原因是受了夏男的影响，夏男的气质和学识是让人一见钟情的那种？“想什么呢？那可是亲姐姐呀！”顺小声嘟囔着，抓紧把思路收回来，喊了声：“浩宇啊，再不走就迟到了！”

“舅舅，走起来啊。”浩宇一只手拎着大大的书包跑出来。

“哟，这么重啊？”顺一边接过来一边掂到副驾驶座上。

“您又不是没上过学，什么大惊小怪的。”

“这茬倒忘了，我上学的时候，书包里只装着那些今天有课的和有作业的呀。”

“老舅聪明，这倒是个好主意。可我书包里装的除了有作业的就是今天有课的呀！你这个主意现在傻子都知道！”

“哈，舅舅 out 了。放学后，在门卫室等着，我去接你。”

一路上倒还顺畅，基本没堵车，放下浩宇后顺匆匆赶往单位，省卫计委开展全省乡镇卫生院和政府办社区卫生服务中心远程医疗全覆盖项目。由省级集中政府采购的各类设备和系统软件，十月底前完成安装和调试，全省统一的远程医疗云平台实现区域医疗卫生服务联动，老百姓通过自家的电视窗口就能看病了。顺负责两个乡镇的牵头工作，很多事得加班加点。

在驱车去口子镇的路上，东北风不断地增强，从敞开的车窗明显感到风凉凉地打在脸上，乌云越聚越黑。“难道要下大雨吗？”顺由于一直忙活没有关注天气预报，赶快打开手机查了一下，得到结果：“受中等强度冷空气影响，华东东北部地区将先后出现 5 ~8 级偏北风，大部地区气温将下降 4 ~8℃，部分地区有中强度降雨。”又搜了一下本区的天气预报，有强降雨。口子镇离区直有五六十华里哪，这要真下起来还得提前回来接浩宇放学呢，想着想着雨点开始有节奏地落在车玻璃上，不一会儿视线开始模糊。顺将雨刷打开到低档位，车速保持在六十多迈，雨就这样轻轻松松地滴落，不增不减。一路来到口子镇卫生院，接待他的是副院长赖青青。赖青青看上去有三十出头，事实上已四十挂零了，她不是业务出身，而是财务出身。顺虽然经常跑乡镇，但一般是业务口，跟刚刚提拔的赖青青还是第一次见。

“赖院长，我们镇有多少个自然村?”

“哟，这我得查查，具体我还真说不上来，大约三十来个吧。”

“哦，我要的是准确数字，一个不能多，一个也不能少。”顺想了想，说，“这样吧，今上午，您先摸清楚全镇有多少村委，每个村委辖区有多少住户，然后我们再干别的。”

“我说王主任，你这不是难为我嘛！不用说半天，就是半个月我也摸不清楚啊!”

“哦，是这样啊。那我们一块儿干吧。”顺没有笑，但很平和地说。他感觉这位副院长很少联系村里。

“您说咋干，我们就咋干!”赖青青不太理解。

“这儿镇党政办公室的电话应该有吧?”

“这个有，全镇的最新通联都在这个小本本上。”赖青青说着从抽屉里拿出一个电话号码簿。

“好，这不就完成百分之九十了嘛!”顺拿过电话号码本一边翻着一边说，只见第一页上明确写着：“口子镇镇直机关和辖区内村委电话号码”。再一翻，各村支书手机号都有。

顺一下子乐了，他抬头对赖青青说：“这一共三十六个村委，每个村委书记的手机号都在，您打电话直接问他们就行了，同时也问清楚村子里多少家没有电视机。”

“就这么简单?”赖青青有些尴尬，但还是很快找了个年轻护士来完成这事。

赖青青把顺让到会议室，这是一间四周围了沙发，两沙发之间有一小型茶几的四十几平米的大间，看起来更像能坐十几人的会客室。赖青青刚想泡茶，顺赶紧说：“赖院长别忙活了，我自己带着茶水。”顺打开一个帆布包取出手提电脑和水杯，开始了一个报告的撰写，他想向上级部门建议将远程诊疗和影像共享直接用手机作为终端。

顺默默地思考，沉思老长时间才敲一会儿键盘，这让赖青青很是好奇，大约过了两个小时，顺旁若无人的神情，让赖青青实在憋不住了，就没话找话说：“王主任老家是哪里呀?”

“哦，不远呀，永胜村。”顺停下来，冲赖青青笑了笑。

“啊，那你一定和王蓓蓓很熟了?”赖青青试探地问。

“当然，一块儿长大的，怎么?你和蓓蓓也很熟?”

赖青青愣了一下，她知道这王主任肯定是王永顺，这个年龄能称王书记“蓓蓓”的人一定是他。她又问道：“你父亲身体挺好吧?”

“啊，你认识我父亲?”顺有点迷糊，看年纪自己的父母不应该和赖青青扯上太大的关系，再说自己也是第一次见赖青青。

“哦，不是很熟。”赖青青声音变得很轻。

“我爸爸身体很好，谢谢你，赖院长。”顺心想：不熟问啥？

“哗”的一声，大雨就像一张天网一下子罩住了整个世界，窗户被流动的水涂抹得一片模糊。顺一下子紧张起来，这样下起来怕是没法及时赶回区里，浩宇怎么办？这时手机铃响了，是盼男。

“喂，下大雨了，记得去接浩宇啊。”盼男显然有些着急。

“姐啊，我现在在口子镇哪，我尽量往回赶。”顺站起来看着窗外模糊的一片，心想：等，再等半个小时，如果雨还这么大，只能慢着速度往回赶，他怕盼男冒雨去接浩宇，一旦……

12

雨依旧在下，没有因为顺的焦急而减小，能辨度小得可怜，只有车刷刷过的瞬间，能望见前方的雨幕。真是好凉一个秋，气温一下子让人感觉出寒凉。

就这样，几十里路足足走了一个小时，到达区直时，柏油路上的水几乎让车辆变成了游艇，飘飘悠悠。不止是这样，堵车成了一道不折不扣的风景，从学校门口一直排出几条街去，而离放学还有不到五分钟时间了。在寒凉中顺的汗毛都直起来了，他在担心，担心盼男。摸出手机拨响了盼男的号码，“您所拨打的电话暂时无法接通……”顺把车拐出行车道停在路边，打开车门撑起雨伞，冒雨蹚水向学校门口走去。这么大的雨就是在多雨的夏季都很少见，学校有点措手不及，本想等雨停了再放学，但看到在雨中等待的家长堵在大门口，一时心软就放了进来，这一下更是有点失算，家长一下子把教学楼一楼楼道塞了个水泄不通，有些人都挤得飘起了脚，校长、班主任、老师们都站在楼梯上护送学生下楼，由低年级到高年级，学生一下楼梯，家长们自动挤出一条仅有一行人穿过的通道，有些家长甚至裸露在暴雨中，任其肆虐……

顺把浩宇接回家，是蹚水回家的。车已经抛锚无法启动，可能是排气筒进水了。回家后并没有见到盼男，顺又拨打手机，“您所拨打的电话已关机……”又过了二十多分钟，顺的手机铃响起，一个陌生号码：“我是区人民医院急诊部，你是王盼男的弟弟吧？请你抓紧来医院一趟！”

“啊，我姐姐怎么了？”

“现在还不好说，你抓紧吧！”顺激灵打了个冷战，一下子紧张起来，“浩宇啊，你在家安稳待着，哪里也别去，知道嘛！我有点急事！”还没等浩宇反应过来他就夺门而出。

雨已停了，翻卷的乌云依旧像马一样奔跑，路上的水没过脚踝，顺沿人行道快速向医院奔去。

医院里，顺等待盼男做血常规和右下腹彩超检查，医生怀疑盼男是急性阑尾炎。怀孕后，因为子宫压迫而更容易患病。急性阑尾炎一般表现为右下腹有一明显的压痛点，但孕妇妊娠时子宫变大，阑尾移位，因此压痛点也上移，盼男符合这个症状。

检查结果出来了，医生告诉顺：“王盼男患有急性阑尾炎，有两种治疗方案：一、立即手术；二、保守治疗。”

顺首先踏实了许多，毕竟不是要命的病，又是疼痛又是发烧的，让人着实吓了一跳，他问：“大夫，我想咨询一下，手术风险多大？”

医生用左手中指推了一下眼镜，把脸转向顺说：“大人没有危险，胎儿保住的几率为50%左右。”

顺心里话，这个权当没说，一个阑尾炎手术大人就会出现问题，那医疗水平也太低了，关键是保孩子，50%左右，是左还是右，纯粹一句废话。顺又问：“那保守治疗呢？”

医生又用左手中指推了一下眼镜说：“大人没危险，胎儿50%左右。”

顺苦笑了一下说：“这样啊，我和姐姐商量一下，征求一下她的意见。”

盼男这会儿感觉疼痛有所减轻，坚持保守治疗，她觉得一旦手术，后果就不在自己掌控范围之内了，一个要强的女人就是这样，总想掌控自己的势力范围，不确切地相信其他人，更不会相信医生的不确定言辞。

护士为盼男做了皮试，结果显示青霉素过敏，只好换取头孢菌素第三代药物治疗。就这样顺为盼男办了住院手续。可接下来的问题就来了，谁来照顾盼男？当然，明天礼拜六、礼拜天，自己可以带浩宇回永胜村，总不能把母亲接过来照顾盼男吧，夏男好不容易回家，二十几年没见，这节骨眼上母亲哪走得开？顺想来想去还是隐瞒了盼男住院的事，他拨通了刘琴的电话，打了三遍没人接，顺有点生气，也有些失望。想了想又拨通了表姐毕一飞的电话：“一飞表姐吗？”

“哦，是顺呀。有事吗？”

“盼男阑尾炎发作住院了，您礼拜六、礼拜天有空吗？能过来陪陪床吗？”

“我在南京培训学习呢。为什么不把表婶接来呢？她在家又没多少事。”

“夏男回来了，母女二十多年没见，总该给创造点空间吧！”

“盼男没事吧？”

“没事，阑尾炎嘛。别担心了，您忙吧，我再联系一下别人吧。”

“好，那先挂了。”

顺挖空心思地想了想，脑子里只有王蓓蓓，从记事起只有她有求必应。可顺很不情愿去招惹她，不知怎么的他对王蓓蓓总怀着抵触心理，有种说不清的感觉阻隔在中间，也许是王蓓蓓进攻性太强，不过论相貌王蓓蓓不输刘琴，甚至还有小小的胜出，也许是两个人太熟，从小玩到大而缺少了神秘感，总之，自己不愿接受王蓓蓓。可这会儿大出顺的意料，王蓓蓓也没有接电话，顺正在纳闷，手机铃响了起来，“顺哥吗？有事吗？”电话里王蓓蓓声音有些沙哑，听起来有些疲倦。

“是我，你怎么了？”

“没什么，咱们村西头的水库水位有点告急，一直在忙活这件事。”

“哦，没事吧？”

“能有什么事呢，你还不相信我？”

“真的没事吧？”

“没事。乡里已经来人，可能要开闸泄掉部分水。”

“没事就好，下这么大的雨，我只是担心，打电话问一下。”顺很快改变了思路，把刚才的想法压了下去，他不能在这个节骨眼上，再给王蓓蓓添乱。

“哈，谢谢！在我记忆里，你还是第一次主动关心我。”王蓓蓓眼里都潮湿得包不住了。

“你快忙吧，我要去上班了。”顺赶紧就此打住，再解释真的不知道该说些什么了。

“好，以后再聊。”王蓓蓓在那边先挂了电话。

顺转身回到病房和盼男聊了几分钟就匆匆返回照顾浩宇吃饭，浩宇很纳闷，“舅舅，我妈呢？怎么中午没回来呀？”

“你妈阑尾炎住院了，这几天，我们俩就飙一块儿了。”

“啊，妈妈住院了？唉，要是有爷爷、奶奶就好了。只要我妈有个小病小灾，这家就瘫痪了。”浩宇有些失落，说话时竟然面带沮丧。

“哈，想得很美呀！打起精神呀！这件事应该说你爸没那福分，你也受到了牵连。”

“嘿嘿，您不也得煮饭接送我？这不知道谁的福分！”

“你这小鬼头还真有你的，抓紧洗把脸我们出发，这回可要步行了。”这时候，顺才感觉到湿透的皮鞋和半截裤腿让整个大脑不舒服，很想洗个热水澡换件干爽鞋袜、衣裤。到如今他才理解王佳楠一直没结婚的缘由。听朋友说每次相亲她相不中的总是对方家庭，不是单亲就是对方父母有病，带不了孩子，就这样，一个名副其实的大学生愣是找不到对象，如今成了大龄“剩女”。当然，她母亲也早早去世，父亲王子章也没再娶，弟弟王宏江也已结婚生子，父亲王子章跟着儿子照看孙子，在北京很少回来，这也许是王佳楠后期相亲越来越不中意的个中缘由。不愿自己陷入婚姻的囚牢，也许更贴近王佳楠的内心世界。对一个平凡人来讲，顺几乎啥都不缺，所以，一开始他很难理解那些在求婚和婚姻中挣扎的男男女女。

街道上的水很快消失殆尽，这座小城还是经得住暴雨的洗礼的，就像久经考验的战士，不说百战不殆，也还是在夕阳的倒照下一片宁静。顺本想留下来照顾盼男，但盼男坚称自己能照顾自己，虽说理由勉强，但顺还是接受了盼男的固执己见，开车载着浩宇晚饭后离开了小城，去向永胜村。

永胜村河归河桥归桥，排涝的设施胜过小城，除了村西头的河里淌着水，其他已见不到水的踪影，柏油路干索索的，那条用混凝土浇筑的大街在两旁整齐的平房的衬托下，甚至有一种雄壮的感觉。乡村战略真的让老百姓感觉到了真实的存在，就像这条大街，它不单单是风景，更是一种老百姓内心的喜悦，在老百姓的眼里，它的存在感不比巴黎的埃菲尔铁塔差。

俗话说："一场秋雨，一场寒。"真的，这夜晚的微风凉飕飕的，这让顺一下车就裹了裹风衣，问了声："浩宇啊，你冷吗？"

"舅舅，到现在才记起我，我能不冷嘛，我还穿着半截袖呢！"

"是呀，好歹到家了。抓紧去屋里让姥姥找件衣服给你。"

"姥姥，我回来了。"浩宇喊着跑向屋门。

"快点快点，这样的天气还穿半截袖，你妈妈呢？孩子都长这么大了还不知道冷热，怎么当的妈呀！"蒲生玉一把拉住浩宇的手，数落起盼男来。

"我妈住院了。"

"啥？顺，你姐怎么了？"

"没什么？阑尾炎。"

"那谁在照顾她呀？这孩子，你也不说声。"

"妈啊，放心吧，有事我能丢下她自己回来？她自己能照顾自己。”

客厅里，围了一桌子男人，顺一看都认识，不过有两个人让顺感到有点意外，一个是父亲很少往来的王罗实，另一个是常住北京看孩子的王子章。其他人倒是经常能见到。

一进屋，王罗实就招呼顺坐下，大约是王蓓蓓喜欢顺的缘故。王罗实疼爱宝贝孙女谁都知道，而且，按常规顺比王蓓蓓长一辈分，可从小蓓蓓就喊顺哥哥，两家人也都默认了这件事。再说，虽都姓王，但祖上不是一支子人，王罗实这支子是外来户，祖上说是姓姜，来到永胜村居住后就改姓王了，到现在也不过十几户人家。

虽说是围了一桌子大老爷们，但顺小时候那种划拳的热闹场面不见了，大家一边喝着小酒，一边天南地北地聊着，倒像是茶话会。谈着谈着，话题就扯到孩子身上，聊起了养一个孩子的成本问题。北京来的还是少数，只有夏男养父和王子章，王子章也算半个北京人吧，毕竟在北京生活了六七年了。这样的场合，话语权总是从冷门开始，也就是从稀有的开始。夏男养父说了说夏男的成长经历，金钱基本没考虑在内，考虑的是夏男从上幼儿园开始，他老俩就基本没睡过安稳觉。老怕她吃不好，早上起来四点多就得起来准备早餐，晚上还得起来几次看一看有没有把被子蹬掉，以防着凉。接送是必须的，即使安全心里也担心，一直到初中毕业，每天往返学校四个来回，礼拜六、礼拜天还得陪着去学习班，生怕功课落下。现在好了，但有时几个月都见不着面，虽然在同一个城里，夏男也很少回家。听了这些话后，王乐生很无语，也不敢再有过多奢望，夏男能回来看他，这香烧得已够高的了。

王子章担心的却是另一方面，未来怎么给孙子在北京置办上一处房产，那个花费在他眼里就是天文数字，或者说只能是个概念。至于花四五十万供孙子上到大学毕业，在房子面前等于没花。想当年多么想多生几个孩子，现在啊，逼着生也不敢生了。

顺觉得有点过火，当下并没不至于那样，只是人的心理在作怪，生怕自己的孩子输在起跑线上，其实他认为未来人与人之间会更加人性化，竞争不是你死我活的白热化。当然，自己还没有孩子，准确说婚都还没结，这种心理还不够强烈，所以不能从深层次理解上一辈的心思。不过，从单位里几位结婚的男同事身上，顺并没有看到几位长辈说得吓人的投入，他们无非是交了个几十万的首付，然后，夫妻俩公积金贷几十万的款买了房子，小两口也挺幸福的。但一想起盼男买了别墅，又觉得自己的一些理论又站不住脚，到底啥叫幸福？放在不同人身上有着不同的含义，不能一概而论。富人和穷人也是相对而言的，如果他现在有一千万，放在自己的生活圈子之内，可谓大富大贵；如果上了另一个圈子，买上一百多万的车，出入一些高档场所，用不了三五年就穷得只剩下裤衩了。嗨，人真是很奇怪的一类存在，说不清楚，不像一般动物吃饱喝足了就“美美哒”，处于啥环境就说啥话呗，要不争论毫无意义。

停了一会儿，顺插不上嘴，站起身来问蒲生玉：“妈，夏男呢？”

“蓓蓓约她出去了，说是去海边赏月。”

“啥？海边赏月？”顺吓了一跳，大雨刚过，这王蓓蓓胆也忒大了。

“海上生明月，天涯共此时。”顺拨通王蓓蓓的手机，听到的第一句话竟是这句诗。这让顺哭笑不得。

王蓓蓓没等顺说话，又急匆匆地说：“永顺哥，放心吧。我们是组团来的，这儿热闹着呢，不只是我们这一条船，十几条船在大海上游弋，全方位地赏月啊。”

顺一下子想起，中秋前的广告：“星梦邮轮‘云顶梦号’在美丽的甲板上，360°无障碍欣赏‘海上生明月’的绝美景色。”没想到上海广告一打出，有海的地方都受益，学得一溜烟的快。顺知道没危险就不再说啥，笑了笑说：“月冷寒泉凝不流，棹歌何处泛归舟。祝玩得尽兴啊！”中秋都过去一个月了，也不知哪来的赏月心情，竟然驱车八十多公里，还乘船海上游弋，这让本该也充满青春萌动的顺汗颜得不轻。

顺一下子来了兴致，很自然地约了夏男养母、母亲蒲生玉，还有浩宇，一起去村西头的石拱桥体验一下“小桥流水人家”。坐在桥沿或立于桥头，一边听风声水声，一边看明月播撒银辉，体验明月水中照的诗情画意。只可惜水有些浑浊而且流得急，看不到水中的月亮。蒲生玉很不理解地说：“你说这孩子不知哪根筋管的，看什么‘小桥流水人家’？”

夏男养母却像是入了迷，连声说：“真是妙啊！这景致太美了！古色古香的味道，不输那西湖岸边，流水、小桥、农舍、犬吠，样样都有。再弹上一曲古筝就更美了，驻足桥上，实在是人生一大乐趣。”

“妹妹说得真好，原来这破桥上还有这么一说，我在这儿生活了快四十年了，真是没想到啊！”蒲生玉才明白啥叫差别。

“阿姨，夏男姐工作后，你和叔叔不妨在永胜村租一院落安度晚年，彼此也好有个照应。”

“哎，永顺说得很有道理，回去我就考虑这事，这辛辛苦苦快六十岁了，下面的生活与田园相伴，真的有神仙的感觉。”

“妹妹想哪儿去了，这北京想去的人都挤破头，别听顺这孩子瞎叨叨。”蒲生玉有些不理解。

“姐姐想多了。永顺想得没错，北京创业是个好地方，但居住真的没这永胜村悠闲自得。你看你的院子有多大，可以种花、种菜，这私有的空间在北京那得有多奢侈啊！”

“说得也是啊，这农村啊，现如今水电气都是齐全的，就差供暖了。如果再供上暖，我这五间大北屋一百八十多个平方，真的不差城里人呀。”蒲生玉若有所思，一下子开了脑窍。

“放心吧，供暖的事国家早就给考虑了，也用不了几年了。”顺笑着向河里抛了一块小石子。

说得也是，今晚，风小得慢慢由有转无，月亮像一银盘镶在空中，没有一点云彩，真所谓晴空万里。

13

当刘琴发现顺的未接电话时，已是深夜十二点多了。她没敢回电话，而是发了个信息：“对不起，想你睡下了，明天给你回电话。”顺并没有睡下，看到信息后，他没有回复，他知道刘琴又劳累了一天，这会儿一定很疲惫，知道回信息，就已解开了他心里的芥蒂。明天他要做的就是领着夏男一家子参观一下永胜村，当然，一定得约上王蓓蓓，她这个当家人最有发言权。顺放下手机刚想睡去，一下子想起一件事，赶紧爬起来给盼男发了个信息，这才安心睡下。

吃完早餐顺做的第一件事就是嘱咐父母盯紧浩宇做作业，这是盼男早上发来的信息：“老姐安好，放心！千万千万要盯紧浩宇完成作业，一点都不能马虎!!”顺似乎想起了自己的学生生涯，那是什么日子？他理解盼男能上北大就不上人大的观念，但能考上人大已经是这家祖坟上冒青烟了。

昨天的一场雨冲刷得空气格外清新，天湛蓝湛蓝的，一只老鹰在几朵白云下徘徊，惬意地画出美丽的弧线。

“李伯伯，阿姨，这是永胜水库。”顺和王蓓蓓引领着夏男一家三口爬上水库大坝，站在大坝上有种波澜壮阔的感觉。

“啊，这水库真大呀!”夏男一阵唏嘘。

“当然了，占地一万多亩呢，蓄水量能达到七千多万立方米。”

“周边这大片大片的树林也很壮观呀！真是‘水鸟树林共寥廓’呀!”夏男的养母发出了由衷的赞叹。

“是呀伯母，这里要建成高效生态经济园区，市委市府已对建设及规划性发展做出了详细部署。”王蓓蓓感觉夏男的养母是个很有品位的女人，无论言谈还是着装都让人感觉到一种高雅的存在。

“哦，蓓蓓，你说当地又不缺水，干吗修这么大的水库呢?”夏男满脸疑问。

“哈，这个是南水北调东线胶东输水干线工程的重要调蓄水库。出水量在六千万立方米以上，对缓解旱情起到重要的作用。”王蓓蓓笑盈盈地说。

“呀，还有这么一说，怪不得如此宏伟。”没想到夏男还如此俏皮，说话带有调侃味道，真不像二十六七的大姑娘。

“这周围为啥都用铁丝网围了?”夏男并不像养父养母一样只注意观赏风景，更注意的是一些设施。

“挡人挡牲畜呗。因为这水平常作为饮用水，所以不让游泳和牲畜饮用。”王蓓蓓摇了摇手中的钥匙又接着说：“看见了吧，这可是权力，这钥匙不经过我同意谁都拿不走的，而它是爬上水库大坝唯一入口的开启者。它就是门神，没有它是近不了水库的。”

这时几对天鹅在湖面上翩翩起舞，两颈相交，相向而鸣。高亢的鸣叫声充满了磁性："关关雎鸠，在河之洲。窈窕淑女，君子好逑。"蓓蓓和夏男都被这此情此景所感染，道出了青年女子特有的心理，又仿佛沉浸在自我的世界里。

"快看啊！丹顶鹤！"夏男养父身不由己地喊起来。

顺看着振翅踏波的一对丹顶鹤也兴致满满，其实在这片水域是很少见到丹顶鹤的，他甚至感觉到夏男一家人的到访平添了不少景致。夏男拿出手机拍了起来，她还是第一次见到丹顶鹤。顺心情也有些激动，不仅是因为鸟儿，更因为此情此景，也就是夏男遇到了这么好的一户人家，胜过亲生父母。"阿姨，伯伯，这片水域很少见到鹤，鹤是吉祥的象征，也是长寿的象征，它们的到来寓意你们一家人和睦永远，祝福伯伯、阿姨。"

"谢谢永顺的祝福，真是一大收获啊。"夏男养母脸上布满了红晕，"我真的因为有夏男这么一个女儿，而终生无憾，总感觉是前世修来的福分。"

夏男扮了个鬼脸："妈，我更感激您和爸爸，有时真的感觉自己前世拯救过银河系，才修得今世的福音。"

顺正想打趣夏男的时候，猛然间发现一双炽热的眼睛专注地盯着自己，那是蓓蓓满眼的爱意。顺没敢迎住这束目光，反而有些腼腆地看向远方。王蓓蓓也注意到了顺的不自在，脸上泛着光亮，"伯伯，阿姨，这两天我没啥事干，就陪你们和夏男姐到处走走。"

"真的感谢你蓓蓓，来到永胜村感到满满的亲情，这真的没想到，原先我还以为会很尴尬，可现在……真的很感谢！"夏男握住蓓蓓的手，又回头看了看顺，她已明显地感觉到王蓓蓓对顺的那份情，但又感觉不是那回事儿，顺似乎躲躲闪闪。看到顺满脸未褪去的孩子气，她从心底里祝福弟弟，也祝福蓓蓓。

围着大坝足足转了两个小时，一切的美好在光阴中绽开。就像花儿，你来我静静地开，你不来我也静静地开，定格的都是岁月的呢喃。

“我从小生长在北京，来的时候，对于农村上厕所充满了恐惧。可来了以后，一切在意料之外，卫生设施真的不错。”夏男养母由衷地说。

“阿姨，如果您早来一年，这个还真是问题。今年春天，村里刚刚对旱厕进行了统一改造，在村外建了化粪池。借着上级为民办实事的扶持款，加上村民自筹资金，每家每户都彻底地进行了改造，包括五保户和贫困户。”今天顺是彻底落到了王蓓蓓手里，这一次的接触，才知道蓓蓓这几年干了些啥，心底突生敬意。

“在村子里转的时候，没有发现贫困户呀。”夏男养父感到诧异。

“伯伯是从居住的房屋来看吧？”王蓓蓓笑着问。

“是呀，房屋虽然错落有致，但从外观上看都宽敞明亮。能住上这样的房子也叫贫困户？”

“这个伯伯有所不知，村子里有四户鳏寡老人，无人赡养，又都有些残疾，村集体就在他们原先宅基地上盖了房子，这样的房子，他们只有居住权，去世后，房屋和宅基地就归村集体所有，以后作为乡村旅游观光的客房，也算作村集体的一份收入。”王蓓蓓说完看了一眼顺，“顺哥，我的这个创意还行吧？”

“哈，以前我真的不了解，今天算是开了眼。您真的不能小觑啊！”顺竖起了大拇指。

“那您以后有啥建议可要告诉我呀，我从小可是你的跟屁虫啊！”王蓓蓓露出了幸福的笑容。

“有一点我不理解……”顺皱了一下眉头。

“有啥不理解的？说呀！”

“从今年春天，每家每户都有一段爬满葡萄藤的长廊，我们家的那几棵葡萄树还结了不少葡萄呢。这是怎么回事？我一直想问父母，看到每家都有就没吱声。”

“哈，这你得感谢蒲妈妈。”王蓓蓓俏皮地说。

“你是说我母亲，你咋这样称呼她呢?”

“我跟夏男说，没跟你说。”王蓓蓓涨红了脸。

“对呀，顺，蓓蓓喊蒲妈妈不好吗?”夏男冲着顺眨了眨眼睛。夏男的养父养母权当没听上，只是乐哈哈地听蓓蓓往下讲。

“某人的历史我就不讲了。蒲妈妈在临沂的时候，见很多人家都用葡萄藤遮阳，我就突发奇想，每家每户建一条通往厕所的长廊，花费不多，既可遮阳又能吃到新鲜的葡萄，一举两得呀。这不你就吃到葡萄了！”

“啊，这也能行。硬性规定？看来你在村里的名望不低呀。”

“你可别这样说，这都是经过人民大学专家论证了的，我可不是个独裁者啊。”

“蓓蓓啊，怎么啦？怕没人敢娶了?”夏男打趣地说。

“夏男姐，说啥呢！走吧，我们去生态园区。”

“蓓蓓，这生态园区几万亩的地片，是近处五个村子联合的项目，我还是回村子把车开过来吧。叔叔、阿姨，你们在这儿等一会儿。”顺一开始没想到今上午离开村子太远，他知道蓓蓓非常高兴，很想让人分享她的成就和快乐。

“这回儿才闻到一丝男人的味道，是吧，夏男姐？”

“是不是男人的味道，一定有人心里清楚啊。弟弟，快去快回，我有点等不及了，很想看看这巾帼英雄的杰作呢！”

顺转过头向村里快速走去，身后留下蓓蓓在看来憨憨的背影。剩下的就是王蓓蓓和夏男的悄悄话。还有夏男养父养母的认同感：顺、蓓蓓、夏男，这仨孩子既养眼又养心啊。夏男养母深情地看着夏男养父轻轻地说：“昔我往矣，杨柳依依。今我来思，雨雪霏霏。”感慨岁月不饶人。

前往目的地的路上也是风景。十月带着落叶的声音飘飘悠悠，太阳像露珠一样新鲜。天空发出柔和的光辉，澄清又缥缈，想象中听见一阵高飞的云雀的歌唱，正如望着碧海想着一片白帆。阳光是时间的翅膀，一切都刹那间极其绚烂地展开。晚秋澄澈的天，像一望无际的平静的碧海；明亮的白光在空中跳动着，宛如海面泛起的微波；片片的高粱时时摇曳着丰满的穗头，好似波动着的红水；而衰黄了的叶片却给田野着上了收获的颜色。

“伯伯，阿姨，我们是观光呢还是看几个点呢？”王蓓蓓开始琢磨这件事，因为这个季节瓜果梨桃基本已收获完毕。

“观光怎么说？看点又怎么说？”夏男抢着说。

“观光就沿着各景点的线走马观花一遍，只看个全景。看点呢，咱就找个点好好看一看，顺便在那儿尝一尝农家的大锅炖。”

“那还不好办，既观光又看点呗！”夏男想得直接，她已忘了时间这位老人已把太阳挪到了接近十一点钟。

“哈，那我们先到一个点上吃午饭，然后慢慢逛。”王蓓蓓放下手头的所有工作陪夏男一家子游玩也是有私心的，她是向近几年很少关注她的顺展现新农村建设，希望顺能和她一起投身于这片生他养他的土地，而这正是一个很好的契机，她不能放过。她王蓓蓓要做的事就一定要接一个理想的果实，想要的人就一定拴住他的心。虽说这年头不愁吃不愁穿，对于穿戴已很少有人太在意，但今天王蓓蓓还是特意打扮了一番。顺也注意到王蓓蓓今天特别的靓，一身都是自己喜欢的颜色，他没想太多，但心里融洽了很多。男人是种很奇怪的动物，对于异性有天然的猎奇感，但又被道德黏附在责任里，一旦冲破牢笼，就回归了自然。那是否还属不属于“人”，就另当别论了。

大约行车十几里是一大片树林，这是一片生态林，从灌木到乔木参差地生长。在树林里驱车五华里多，真是别有洞天，有一大片水域，岸边牌子写着：亚汀湾——甲鱼、草鱼、鲫鱼、罗非鱼养殖基地。林子里散落着几处农家院，古色古香。车开进专有的停车场，慢步走来，才发现林子里隐隐约约有鸡鸭鹅走动，偶尔还能看到有野猪悠闲觅食……

“伯伯、阿姨，我们先在这儿吃完饭再游玩，民以食为天嘛!”王蓓蓓把一行人引到一处农家院，院子宽敞整洁，有几个女服务员笑脸相迎，“王书记来了，快里边请。”

“伯伯，阿姨，夏男，今天全程我请客，只要你们玩得好就行。”

“那怎么好意思啊！还是我来吧!”夏男养父有些过意不去，

王蓓蓓这一路陪着已经是够好的了，还要人家掏钱。

“蓓蓓，还是我来吧。”顺赶紧说。

“顺，你还是让蓓蓓来吧，就算你欠她的。”夏男打趣地说。

蓓蓓脸上飞过了一层红晕说：“顺哥，我这也是工作。伯伯、阿姨、夏男来自首都北京，我这也是做广告嘛!”

“好，就依你，这事我听你的。”

“这就对了嘛。蓓蓓这么大的产业还差这顿饭。”夏男拉起了蓓蓓的手说。

“夏男姐，这产业可不是我的，是五个村联合合作社的呀。”王蓓蓓红着脸说。

“哈哈，看你认真的。你的股份是大大滴！这总行了吧?”

“夏男姐——”

“王书记，想吃什么?”见她俩打趣，服务员笑盈盈地问。

“来一锅‘霸王别姬’吧。再上四盘野猪肉韭菜馅饺子。”

“什么叫‘霸王别姬’呀?”

“王八炖鸡呗！不过我们这儿的王八接近野生，鸡接近野鸡，味道特别好!”

“蓓蓓，你看上去不像做广告啊!”

“我们王书记说的可是真的。我们这儿水域比较宽广，食物多为鲜活鱼虾，所以王八烧出的油显黄色，野生王八的油是蜡黄色，而温室王八的油是白色的。王八食用时感到黏性很强，炖的汤汁浓稠。我们的鸡都是散养的，在树林里自己觅食，所以接近野鸡。”

“哦，好想好想吃呀!”夏男朝顺眨了眨眼睛。

在赞叹声中吃完午餐，驱车来到万亩桃林。这儿同样零星地坐落着六七个农家院，同样的宽敞明亮。

“为伊种上十里桃花，原来就在这儿等你!”夏男眼前一亮。虽然桃花已凋谢，红一片，绿一片，紫一片，还是满眼。

王蓓蓓没有叫解说员，而是自己介绍起来：“伯伯，阿姨，这儿叫万亩桃园，集观赏和商业于一体，三四月间那将是神仙境地。我们引进了五种花形——单瓣花形、梅花花形、月季花形、菊花花形、牡丹花形，和二十几种花色。”

“看！叶子还有赤色的呢!”夏男养母感到很新奇。

“这叫赤叶寿星。叶子为红色，也叫紫叶桃花。根据花色不同可分为赤叶寿白、赤叶寿红、赤叶寿粉。这种紫色叶子的叫凝霞紫。”

“这个牡丹花形的最好看!”

“这叫碧桃。碧桃与山碧桃不一样，其花朵为球形，为纯肉粉色。历史悠久，最早出现在五代呢。”

“哈，老李，我真的不想走了。”如此神仙境地，也不枉余生啊。

“阿姨，这个很容易啊。我们合作联社也有一个房屋租赁平台，可以租赁一个小院啊，租赁年限可以达到三十年呢。”

“再等上几年，夏男成家了吧。”夏男养父面带严肃，似乎也非常神往另一种生活。

王蓓蓓满眼期待地瞅着顺，感觉顺的一路沉默似乎正是他在进行思想斗争的表现，她看得出顺喜欢这片土地。在偏西的秋阳里，顺的脸庞更显棱角分明。

是的，顺一路上都是在想，过去的红地毯，过去的芦苇荡，是这片土地的代名词，海鸥衔来一声清脆，轻风拂过，芦苇顺乎自然地左拥右簇，频频向过往的行人点头致意，发自内心的欢迎游客的光临。现如今他们仍旧是风景，但不再是唯一。万亩桃园，万亩槐林，万亩葵园……有多少处新出炉的风景更接地气，与当地人的生活更息息相关。也许，中国不差他一个科学爱好者，但中国更不差他一个农民。想来想去他更加佩服王蓓蓓，从高中就扎根这片土地，大学本科都是自学的，他王永顺还真没有这个勇气。

14

“我本将心向明月，奈何明月照沟渠。落花有意随流水，流水无心恋落花。”这首七言绝句表明了王蓓蓓初春之夜的心情。因为顺经过两个多月的左右摇摆之后，最终选择了读研读博。这件事是因为盼男的事顺受了点刺激，他感觉到平静中的不平静，你本想好好地生活，可就有不好的事情找上门来，而且几乎不能扭转。

十一月二十六日这一天，盼男觉得肚子有点难受，就请假在家。难受劲儿久久挥之不去，就给丈夫张旺财打了电话。当时张旺财正在课堂上，没带手机。盼男有些生气地放下电话，但疼痛一阵紧似一阵，没办法她又拨通了顺的电话。“姐，你怎么了?”顺听着另一头的盼男气喘吁吁，有种不祥的预感。

“你抓紧过来，顺便打120急救。我感觉肚子疼得难受。”

“好好，我这就拨打120，你坚持住，我马上就到。”顺跟明主任请了假，说自己有点急事需要处理。明主任也很开明，并没多问。这个点路上车辆不多，顺开车十几分钟就到了盼男家门前。车没熄火就三步并作两步敲开了门，见盼男面色像猪肝一样，身形如大虾。顺赶紧把盼男扶到沙发上，又过了三分钟，

120急救车响着警报停在门口。

盼男在120急救车上诞下一男婴，是明显的早产，离预产期还有两个月，婴儿指甲都没长成。护士以最快的速度给予了保暖，动作轻巧而迅速。胎头娩出时，护士迅速将胎儿口、鼻腔内的黏液挤出，及时供给了氧气。断脐完毕，用消毒植物油纱布轻轻揩去婴儿颈下、腋下、腹股沟等皱褶处过多的胎脂，并轻轻地用布包起来，用0.25%氯霉素眼药水滴眼。一到医院，快速转入已调节好温度的早产儿暖箱内。区人民医院处理这方面还是非常专业的，但在顺心里有一种强烈的负疚感，也不是为了谁，总感觉这个小生命是那样的脆弱和可怜。一个生命的诞生是这么的复杂，接下来养大将是一个多么艰难的过程。

冥冥之中顺感觉到无常，又在常理之中，他对于结婚生子有了怯意。他也没想到考研如此顺利，竟然考出接近400分的好成绩，因而理直气壮地要去华中科技大学光学与电子信息学院硕博连读。

上学这件事顺首先告诉了夏男，他以为夏男会支持他，可没几个月夏男却成了王蓓蓓的同党，强烈要求顺投入到新农村建设中，认为这是一个非常有前途的选择，如同1950年至今的美国西部开发，更多的是科技力量的投入，建设一种前所未有的新农村。

春节刚过，顺给刘琴打了电话，说过去跟她商量件事，他没有提上学的事，想见了面再说。刘琴正在筹备古筝考级事宜，她的古韵琴校被定为考点，原本只有暑假里一次考级，但为了满足当下古筝学习热，就改为一年两次考级了。古韵琴校在市直府前大街78号，顺驾车要六十多华里，这一路的风景顺倒是无心欣赏，但年的气氛还是明显感觉到的。

当顺走在楼梯上时，耳畔就响起了琴声，一下子就扣住了顺的心：嶒呟初破晓来霜，落月迟迟满大荒。枕上一声残梦醒，千秋胜迹总苍茫。顺的脚步轻起轻落，门开着，顺站在门口没有进去。……幽王遗恨没荒台，翠柏苍松绣作堆。入暮晴霞红一片，尚疑烽火自西来。琴声戛然而止，刘琴回过头来冲顺笑了笑说："怎么？这曲子你不止听了一次吧？"

"是呀，一次有一次的感受啊。朱集义的《长安八景》确实让人感受到暮鼓钟声、轻烟淡雾弥漫山巅、折柳相赠、才杰曲江流饮、青楼妓馆云集、渭水悠悠、掌崖半轮月、太白积雪六月天的奇妙景观。而杨洁明、李婉芬以"长安八景"为题材创作的古筝曲《长安八景》，用音乐的手法生动描绘了这八处胜景，更是让人心旷神往。"

刘琴内心暖暖的，她喜欢顺就是因为他对音乐的感知，两人在一起如琴瑟和鸣、高山流水相依依。"你怎么风风火火地跑来了，我可没请你哟。"

"还是那么尖刻，我有事想找你聊一聊，怎么？学校里只有你一个人？"

"其他人去撒广告去了。你以为我这儿都是闲才呀！"

"哪儿的事。我们的音乐家兼大校长可是响当当的人物，能让人闲着就不是刘琴了。"

"走，到我办公室吧。"

"不会也把我当成闲人浪费你的时间吧！"

“去你的，老长时间不来看我还没拿你是问呢！”

“这不是来了嘛，知道你忙人一个！”

来到刘琴的办公室，顺没有自己去泡茶，而是一屁股坐在茶墩上等刘琴泡茶，他喜欢刘琴伺候时的小女人样子。

“喝绿茶还是红茶？”

“胃有点不舒服，还是红茶吧。”

“那就金骏眉吧，记得你喜欢这款口感。”

像刘琴这样神仙似的女子，办公室也是异常别致，几乎一尘不染，干净得出奇。茶几和茶墩都是金丝楠木的，清新中透着古风。茶具是陶明堂羊脂玉瓷工夫茶具，那种白养眼。来到刘琴这儿，无论多忙都得喝工夫茶。先用沸水清洗茶具，提高茶具的温度，既能消毒，也能更好发挥出茶的色、香、味。将干茶叶放入温过的碗中，盖上盖子，手抓着茶碗，摇一摇。之后注水，注水时最重要的是注意水温，因为不同的茶叶要不同的水温，第一道都要冲在茶叶上，往后的几道水不能冲在茶叶上。之后便是浸泡，在茶叶盖碗浸泡时可用盖来翻动茶叶，使茶叶更易散开。浸泡完成后，将茶叶倒入公道杯，公道杯会配有茶漏。最后要注意的是在倒茶时一般七分满，不宜过多，也不宜过少。前后一套工序下来少说也得十分钟，可刘琴的生活就是这么精致，她说这样已是最简易的泡法了。她的人生风风火火，生活看上去却是闲逸的。

几杯茶下肚，顺轻声地说：“我要去上学了。”

刘琴沉默了几分钟，一边倒茶一边说：“这不是你一直以来的梦想吗？”

“娶你为妻也是我的梦想，所以我跟你商量这件事，看看你的看法。”

“我没意见，结婚还是久远的事情，我还没考虑好。”

“可我爸妈担心这件事，他们急着抱孙子呢。”

“谁说要生孩子了？”

“正常的家庭不都这样吗？”

“这件事以后再说吧，我没准备好。”

顺感觉心里堵得慌，自己本身就害怕养孩子，再娶一个不愿生孩子的妻子，那就成了丁克家庭。

“我不希望像我们的父母一样庸庸碌碌一生，我想过上高层次的生活。我认为，孩子的降生，将是我们努力和奋斗的休止符。”刘琴轻描淡写地说。

“可我爸妈稀罕孩子，他们为了生我，付出了让人难以接受的代价。而如今却抱不上孙子，他们的付出将毫无意义。”

“这是什么话？他们要生的是儿子，不是孙子。要不要孩子是我们的事。”

顺感觉这个话题太沉重，不想再提起，以后的事以后再说，也许……他知趣地岔开话题：“哈，几个礼拜没来，多了几幅字啊，吴老的这幅字写得工整。”

“我专门托人求的。他是主席的警卫员，相当于门神，求来保平安的。”

“你也信这个？”

“无所谓信不信，心中有所敬畏而已。”

……

新年的气氛在日子里慢慢退去，正月十五已过，岁月成了平淡的岁月，日子成了平常的日子。我们在日子的流水中成了平常的自己，那些自认为不平常的人是因为有颗不平常的心，用杂念将心吊到家门口，专等人家认可这颗心的不平凡，心这样吊着多累呀。

顺有时候想自己是一个平凡的人，但一定做个不平凡的自己，就像海子说的："从明天起，做一个幸福的人/喂马，劈柴，周游世界/从明天起，关心粮食和蔬菜/我有一所房子，面朝大海，春暖花开。"这是何等的气魄。如果这就是平凡的人，是所有人向往的，不但有自己的马还能周游世界，而且，还有一所房子，面朝大海，春暖花开。如果能做到如此的心境，一定是一个不平凡的自己。大多数人都在名利中挣扎，就是奋斗到海子描绘的物质所有，也很难达到那种心境，更何况大多数人都在为生计而奔波。至于，顺为什么读研读博，他自己也解释不清楚。对个人而言就是做个不平凡的自己；往高处说，就是融入社会洪流中国梦中；往低处说，就是使自己和家人生活得更好一些。至于自己追求的那种虚无，喜欢科学还是那种天马行空的想象，就说不清楚了。可话又说回来，扎根农村，建设新农村，不同样实现人生的价值吗？不同样融入中国梦吗？深层次里说，这里头存在着别人很难发现的一己之私。到底是选学而优则仕，还是选献身科学？二者在现今社会中孰重孰轻？或者直接说，对顺的内心哪种影响更大？从人生阅历上来讲，顺的这个选择还有些书卷气。

无论是上学，还是回农村创业，都不是王乐生和蒲生玉的想法，在他们看来，做一份安逸的工作，娶妻生子，才是正途。别的那些似乎离他们太遥远，是很不切实际的生活。所以，顺无论走哪条道，都得过父母这一关。

丑媳妇总得见公婆，顺选择了一个风和日丽的礼拜六，在超市里买了两瓶茅台。第一次买这么贵的酒，花钱还真有点心疼，但一想是给自己老爸喝，心底下还有点暖暖的感觉。不过顺上学的意志已不如原来坚定，倒是反而又想留下来创业，主要是又一件事对他产生了巨大影响。就是任福林教授和妻子韩茹回乡创业，他俩都是中国农业大学的教授。早就听父亲说过任教授是原任乡长的公子，韩茹教授是韩副乡长的女儿，老一辈都是熟人熟脸。如今任福林教授已经四十五岁，韩茹教授还长三岁，已经四十八岁。任乡长和韩副乡长早已退休，说起当年，两人都感觉对王乐生有些愧疚，但在当时的形势下自己也真的是无能为力。

顺提着酒一进家门，王乐生就愣了，他已很多年没喝过这么好的酒了，这个与钱没有关系，只是觉得自己没必要喝这么好的酒。如今，挣钱不多的儿子竟然提着这么好的酒孝敬自己，让他一时摸不着北，不知哪阵风吹的，就试探着问："儿子啊，这酒是你买的?"

"对呀，在超市买来孝敬您的。"

"涨工资了？还是中奖了?"

"既没涨工资，也没中奖。只是孝敬您嘛。"

"那是有事求我？是？还是不是?"

"儿子给你买瓶酒看烧得你!"蒲生玉一边忙活饭一边数落王乐生。

"看你说的，你知道啥！这小子一定有事，自己的孩子我心中还是有数的。自从工作了，就我生日那天搬了箱青岛啤酒，别的就没见过回头钱。”

“爸，您说对了，我真有事找您商量。”顺觉得也该跟爸爸好好聊聊了。这么多年，爸妈只知道付出，也没听到自己几句心底话。

“爸，我考上了研究生。”顺开门见山，没再绕弯子。

“我早就知道了，你三姐过年的时候就给我电话里说了。我只想知道你是咋想的。”

“我……”

“拿不准了吧？拿不准就好好工作，爸爸折腾了快一辈子了，明白这个理，有份安逸的工作多么幸福。”

“可是……”

“我知道，很不甘心是吧？很多愿望需要实现是吧？和爸爸当年一样，唯一不一样的是爸爸当年参照物只有金钱，如今的你：名誉、地位、理想……一大堆，说到底不知道满脑子想啥!”

顺有些吃惊，没想到爸爸脑子里这么清亮，一直觉得他是一根筋，不撞南墙不回头的那种。爸爸这一辈人经过贫穷以后，满脑子里只有对物质极大丰富的追求，而自己这辈人可以说不愁吃不愁穿，看的、玩的几乎应有尽有，到底需要什么，还真没有个具体目标。不过隐隐约约总有种想法起作用，在变革的当下，也许自己生活过于平淡，仅此而已。

“儿子啊，这会儿，我和你妈不难为你。人生在世，不过百年，也别太难为自己。来，酒你也买了，让你妈弄两个菜，咱爷俩整上杯。”

“爸，谢谢你和妈。”顺鼻子一酸差一点淌出泪来。

其实，王乐生和蒲生玉也希望顺在婚姻上有所选择，他们总觉得刘琴仙仙的不靠谱，更希望顺选择王蓓蓓，这孩子让他老俩感觉心里踏实，虽说没有上过正规大学，但智商一点都不差，还很会讨他老俩欢心。

可顺是个受传统思想影响很深的人，不会脚踏两只船，他还是认定刘琴。可刘琴给他的压力太大，他不知道最后的结局是什么。即使自己留在农村创业，和王蓓蓓之间也只是搭档，可这种感情是否能经得起时间的考验那只有时间知道，自己并没有那么笃信。这种抉择真的来临是顺收到入学通知书的那天，去不去上学已明显摆在眼前。到了晚上，他决定找任福林教授聊聊，毕竟他是位“吃螃蟹”的当事人。

任福林在乡政府驻地安了家，离区直也不过二十几华里，开车用不了多长时间。当敲开任教授家门的时候，顺愣在了那儿。任教授和韩教授刚刚从地里回来，还没来得及换洗：任教授就不用说了，看韩教授的装束就知道什么叫农民的回归，脚上穿一双沾满泥巴的球鞋，裤腿挽到膝盖，上身一粉红色碎花的褂子，袖子挽到两肘，沾满了泥点。其实，这两位教授顺都有几面之缘，只是不是很熟。见了面也没多少客套，等两位换洗完，沏上一壶龙井就聊上了，两位教授对顺的到访很热情，特别是顺谈的话题是两人来农村创业之前经常争论的话题。

这次深聊，顺明显的一个感觉是地球很大，人很多，不缺他这个人的存在；地球很小，人都是不同的个体，世界也会因他的努力而精彩。两位教授都因为忙于事业没要孩子，这似乎让顺理解了刘琴，她的想法在这个世界上并不孤单。但自己不是任福林，他心里扣着很浓郁的中国传统思想，光凭孝顺这点他就接受不了这种结局，但对于养孩子他也越来越担忧和恐惧，更佩服老祖宗多子多孙的伟大。

15

春天自有春天的样子，花儿自然是春天的使者，草芽儿则是这片土地的王，昭然临幸这片沃土。桃花就更不用说了，就像方圆望不到边的胭脂云，不仅人醉心还醉。对于顺的摇摆心理，王蓓蓓摸了个清清楚楚，虽然消息不是来源于顺本人，但也是来源于顺最亲近的人。王蓓蓓可不是刘琴，专等高山流水觅知音，对于顺没有强烈抓住内心的欲望，只认为顺屈服于她是再平常不过的事了，没想到还有一个强大的对手蛰伏在顺的身边。

王蓓蓓知道顺这个家庭中盼男的影响力足以左右顺的决定，这不桃花盛开了，从全域旅游的角度上讲，这是永胜村的大事，今年估计得有几十万人次前来赏花，王蓓蓓特邀了盼男一家前来散心。自从二儿子降临这个世上，盼男就没一天舒坦过，原本简单的生活变得异常复杂。每天坚持母乳喂养外，还要做婴儿被动操，首先将室温用空调调试到25℃，即大人穿着薄衣仍感到微热，放送一些轻柔的音乐，可以使自己和儿子精神更放松。把指甲剪得短短的，以防划伤孩子，再用香皂把手洗得干干净净，准备好替换的衣物、尿片及包裹儿子的小毯子，以便给儿子做完抚触后立即穿好。这样就开始做被动操：

第一节，脸部抚触。在手掌中倒适量婴儿油，将手搓热，从儿子前额中心处开始，用双手拇指轻轻往外推压。然后依次是眉头、眼窝、人中、下巴。共做六个节拍。

第二节，胸部抚触。双手放在儿子的两侧肋缘，先是右手向上滑向儿子右肩，复原；换左手，方法同前。共做六个节拍。

第三节，手臂按摩。双手先捏住儿子的一只胳膊，从上臂到手腕轻轻挤捏，再按摩小手掌和每个小手指。换手，方法同前。共做六个节拍。

第四节，腹部抚触。在儿子腹部以顺时针方向按摩。共做六个节拍。

第五节，腿部抚触。从儿子的大腿开始轻轻挤捏至膝、小腿，然后按摩脚踝、小脚及脚趾。共做六个节拍。

第六节，背部抚触。将儿子趴在床上，双手轮流从儿子头部开始沿颈顺着脊柱向下按摩，再用双手指尖轻轻从脊柱向两侧按摩。动作结束后，再将手轻轻抵住儿子的小脚，使儿子顺势向前爬行。共做六个节拍。

每天三次，早中晚各一次。严重地考验盼男的耐性和毅力。对这一点，张旺财一点都帮不上忙，收到的只是盼男经常的坏脾气，自己只是偷偷地委屈，不敢大声地争辩。有时候只是对大儿子说："浩宇啊，替爸爸哄哄妈妈，咱俩不能惹你妈生气啊，是吧?"浩宇倒是很理解爸爸，在浩宇的参与下，每次都是盼男苦笑着和解。如今，王蓓蓓邀请她一家子赏花，并且说好了开车去接她，她一直紧锁的眉头开始有些舒展。

俗语里有"稻花香里说丰年，听取蛙声一片"，而这儿应该是“桃花香里说丰年，听取蜂声一片”。这方圆十里桃花，并无杂树，恍若仙境。王蓓蓓算是用足了功夫，一路上为盼男娘俩打着伞，弄得盼男都心里过意不去了，一个劲儿地说：“让旺财打伞，您歇歇！”

张旺财倒是试探着将伞接过来，王蓓蓓都借口说：“我再陪一会儿，我乐意看着小不点儿。”

盼男实在过意不去了，就把伞硬生生地夺过来塞给了忙着拍照的张旺财。张旺财有些尴尬地说：“我说嘛，这是男人的事嘛。”

盼男也知道王蓓蓓的心思，但在婚姻上她还是尽量尊重顺的选择，毕竟这个人要和顺一生一世，强扭的瓜不甜。不过，就蓓蓓这么好的女孩，打着灯笼都难找，不仅漂亮，而且很有能力，听说求婚的都排成一个“加强连”了。

玩了一天的桃花仙境，盼男想通了，再要强也不能年纪轻轻就垮掉，就和张旺财商量着接母亲来照顾一下这个让自己头疼的家。就整个过月子蒲生玉也没待几天，蒲生玉不是不管，而是盼男太要强，母女之间长时间的隔阂，总让盼男的内心世界不是很清亮，总是向蒲生玉传递离了父母她照样生活得很好的意思。蒲生玉想想过去的种种经历，再加上盼男的不理解，一气之下不管了。不过，还是偷偷地向顺探听盼男的生活，其实只要盼男张口让她去，她会麻麻利利的，只不过母女俩有点较真，互相憋着。在这一点上，张旺财内心很歉疚，自己父母都已离开人世，既不敢说盼男，也不敢对岳母说啥，连个和事佬都当不了。盼男一说要母亲来帮忙，赶紧说：“这个我同意，我去跟咱妈说。”

“看你能的，你以为咱妈那么贱脾气。她肯定得让我去请她。”

“不会吧，咱妈只是受不了你那张脸。”

“这脸咋了，是不是看腻歪了？”

“我……”

“今天礼拜六，晚上约我弟弟来家吃饭，让顺去说。”

张旺财也很幽默，知道媳妇棋高一着，也不想再跟她辩解，反而竖起了大拇指：“真是魔高一尺道高一丈哩！”

“说啥呢，把我们家都想成妖魔鬼怪了！”

“不说了，媳妇，全听你的！”张旺财知道盼男这段火气很旺，怕哪句话不得当，再整出什么幺蛾子来。他抓紧拨通了顺的电话，“顺啊，老长时间也不来看看你姐。”

“姐夫啊，这段时间事多，礼拜天都加班呢。”

“今晚来家吃饭吧？”

“今晚不行，我约了刘琴，正往市里赶呢。”

“哦……”

“把手机给我，连话都不会说！”盼男把手机抢过去。

“顺，我是你姐。和刘琴说我想她了，今晚约她来家。如果不来我会生气的。”

“姐，有什么事吗？要不要这么火烧火燎的？要动家法似的。”

“怎么？老姐的话也不听了！”

“哪里呀。好，好，我听命就是了。”

顺一路上琢磨盼男为啥火急火燎地让他回去吃饭，肯定有事找他，是不是与自己上学有关？还是与自己的婚姻有关？想来想去就是没想到让自己去做和事佬，劝妈妈来照顾外孙。其实，盼男的想法很复杂，让母亲带孩子只是一件事，她真的希望顺在婚姻上再慎重一下，私下里她还是偏向王蓓蓓，老觉得刘琴像空谷幽兰，在家里不开花，过去只是不便明说就是了。刘琴平时很忙，很少见上一面，这次正好一个机会，自己当面问问她，她感觉这个家里也只有她这个姐姐能插手这件事，父母平常惯着顺，顺平时又比较懂事，父母很少难为他。

本来顺想约刘琴去雪莲大剧院听一场音乐会——交响之春，青岛音乐厅交响乐团倾情演奏。当然，听场音乐会在现在的日子也不是啥奢侈的事，但好不容易弄到两张票，还是刘琴托了关系，怎么说服刘琴还是一个事。

来到刘琴住处。这是一个高档小区，分别墅和叠拼，叠拼是四层，左右各两户，共用中间一个楼道，下层两户各南边一个小院，分列楼道门东西方向；上层两户是北边各一小院，是玻璃悬空的，院子底下正好是停车位，一家停两辆宝马 X7 不成问题。别墅都是单独院落，有木制栅栏墙圈起，院里都有几棵银杏树陪衬，秋天一到金黄色耀眼，剩下的由自己全权设计了，一般人家种了柿子树和葡萄树，没太特别的，想来想去土豪的多。刘琴的院落就不一样了，院落西边是一小片竹林，东侧栽种石榴、紫薇，南面有两棵银杏树几乎占了，旁边植了丁香，再往里有几株桂花，总之，有高有矮，花期有前有后，有的芳香，有的结果，使庭院经常处于绿荫花香、清丽秀艳之中。在围墙的内侧种上几株攀缘植物，使其枝蔓吊垂墙外侧，翠蔓遮映，墙内外形成一道绿色屏障，在大门前两侧各设一个种植池，两株无花果树景色别致。

走进室内，以淡雅装潢为主。顺屁股一挨着沙发，就说出了盼男的意思，也没拐弯抹角。刘琴愣了一下，这是她没预料到的事，她了解这位姐姐，一般不会空穴来风。再说这几天忙得够呛，也不是很想去听音乐会，当然更不想去盼男家，要不是顺约她，只是想宅在家里。但两张票不能白白浪费掉，一下子想起了闺蜜，好久没联系了，这次给她送个大礼，一定屁颠屁颠地乐。拿起手机拨通电话："嗨，出国了还是宅家了？怎么杳无音信了？"

"说啥呢？忙着写剧本呢。"

"怎么，美女作家，是不是江郎才尽了？"

"是呀，也不来看看我，带点仙气过来，放飞放飞我被铅灌了的大脑。"

"你抓紧过来，给你弄了两张音乐大餐的专场。"

"咦，别糊弄我，哈。我正脑子里缺根弦，小心疯了弄毁你的琴弦，让你弹不成高山流水，哼。"

"其实，不是今晚高山流水觅知音，还真不想把票给你，快来吧。"

"好嘞，我会以魔琴的速度驾到。"

顺和刘琴赶到盼男家的时候太阳已经被星辉替代，盼男正在给儿子做被动操，张旺财还在厨房忙活，浩宇还在题海里折腾。唯一闲着的就属汪星人了，瞪着两只小眼睛，一会儿望望这儿，一会儿瞅瞅那儿，心里想着主人们瞎忙活啥呢，也没有个理我的。这汪星人是前一个月浩宇捡回来的流浪狗，外号“油条”，一个多月过去了，真的像油条了，毛儿顺滑油亮，地位也步步升高，排在了张旺财之前，可以睡在铺好的狗窝里，吃金锣王火腿肠，就浩宇吃根烤肠都限量，不能随便买，而油条却应有尽有。

油条见有客人造访，一下子竖起了耳朵，摇起了尾巴，似乎极尽所能地欢迎，好像专门培养的迎宾，一下子让人有了亲和感。不过，刘琴不太喜欢狗狗，她内心里觉得有点脏，总感觉油条身上有寄生虫，尽管油条想讨她欢心，刘琴还是示意顺赶走它。顺见刘琴不喜欢狗狗，就喊：“浩宇啊，刘阿姨有点害怕，你把狗狗先弄车库里吧。”

“老舅，我忙呢。你自己弄不得了。”

顺一看这一家子真的没闲才，只好自己动手，把油条关车库里了。

顺意识当中他和刘琴不能闲着，就招呼刘琴去帮盼男，而自己去帮张旺财。其实刘琴也有乖巧的一面，知道自己应该干些什么，见盼男刚给孩子做完被动操，就轻轻地走过去想抱抱孩子，两只手刚接触到孩子的两侧，“扑哧！”鲜黄的大便从小屁股里冒出来，“啊！”刘琴以二百迈的速度把手缩回来，退到一边，胃里一阵恶心。看着盼男娴熟地换下尿布，顺手把带大便的尿布扔到洗手间，说：“看到了吧，当了妈就得像我这样，脏也得挺着。”

刘琴也有点矜持，回了一句：“要这样，我就不要孩子。”

盼男瞅着刘琴的眼睛说：“我爸妈可就一个儿子，还等着传宗接代哪。”

刘琴也不知哪来的一股劲儿，“那我就选择不结婚！”

盼男眼睛里的光线黯淡下来，“你去客厅等一会儿，一会儿就开饭了。”她觉得已没话可说，内心的天平一下子坠到王蓓蓓身上。一个不生孩子的女人怎么算一个真正的女人，她无法接受刘琴这么轻轻松松的辩解，心一下子到了冰点。刘琴的话让她震动很大，她是绝对不会容忍顺娶一个只顾个人享受，而不顾他人感受的媳妇的。

一桌菜还算丰盛，张旺财也费了功夫，可刘琴几乎没动筷子，刚才孩子便便的场景，在脑海中一遍遍重演，内心说不出的恶心哽在了喉咙，令唾沫下咽都困难，只是象征性夹了几筷子豆芽，每次只夹一根，有点像戏剧里的表演。盼男没说什么，可张旺财实在看不下去了，“怎么？我炒的菜没滋味咋的？老在皱眉头。”

“不是的，姐夫，我和顺吃过饭了。”

“吃过饭了？吃过饭顺倒是像饿了三天。来这儿，你倒显得很不实诚了。”

顺看出了门道，就解围说：“来的时候，刘琴胃有点难受，吃了一碗泡面，这会儿看来是吃不进了，姐夫你就别再难为她了。”

只有盼男心里有数，她觉得刘琴一定是嫌孩子大便脏，坏了胃口。想了想，这样的女子决不能让她嫁过来，也没多说一句话。等顺和刘琴走后，偷偷给顺发了个微信，把心里话一股脑地倒出来：

弟弟，我觉得刘琴跟你不合适，我们家搞不开这样的媳妇。刚才她看见小外甥大便，差一点惊叫起来。果不然，坏了她的胃口，一桌子好菜难以下咽。她竟然当着我的面说不生孩子，要么就不结婚，自私得很。当时，我差一点吼她一顿，想想何必多管闲事就忍下了。再一个，王蓓蓓对你用情够专，是一个现实中的好伴侣，希望你向这方面考虑考虑。刘琴我真的接受不了。最后，托你把咱妈接我这儿，我很需要她来照顾一下，我和你姐夫都上班，做饭、带孩子、接送浩宇，我真的不是三头六臂。

夜里，顺仔细琢磨了盼男的话，问自己为什么喜欢刘琴，也渐渐觉得自己很难融进刘琴的生活，虽然两人都是为理想可以抛弃世俗的人，但传统的伦理观念一直左右着自己的选择。这一夜，顺做出了足以让亲人颠覆三观的决定，在自己软弱的人生上犁了一刀。

16

顺辗转反侧，终于报名去全区最穷的村挂职第一书记。他不想坐享王蓓蓓的辛苦成果，最主要的他想整合周围的几个穷村。王蓓蓓当初是以永胜村为轴心，实施的是“强强联合”，而他要实施“南南（难难）合作”。这样的事组织上很快就批复了，顺铺盖卷一卷就住进了红星村，在红星村村委办公室支起了行军床。这件事并不是顺头脑发热，也不是脑子进水，而是近两个月顺阅读了大量的新农村建设的资料，接触了一些中央政策和地方法规。顺笃信马克思主义，自己的想象中生产力高度发展的时候，会实现共产主义，当人类从生产劳动中解放出来，物质极大丰富后，分配将是物质需要人而不是人再追逐物质，农业 3.0 将给人带来全新的分配观念。

说干就干，要想富先修路，这是改革开放初的经验，用到现在仍是杠杠的。只不过现在要修的路有现在的标准，两辆大车相向而行得毫不费力，以顺的眼光这柏油路得宽七米以上。再一个他瞅准了一个大工程，就是环渤海高铁要在离村五公里处建一站点，这一下子当地旅游业会成为周边的龙头，这要看当地开发者的格局大小，格局大蛋糕就大，格局小就会走入死胡同，发挥不出任何优势。

开两委会之前，顺要走访每一户村民，先摸个底。他先去了村支书李培光家。顺虽说搬进村两三天了，但还是第一次去支书家，也不是支书不礼让，而是支书家翻盖房子，借住在弟弟家，确实不便，顺也知道人家是虚让，也许很多人只是把他当作毛孩子，是来镀镀金的，不会有什么作为。可顺确实不是那种下雨阴天晒被子，揣着明白装糊涂的人；而是，做人装点糊涂，做事明明白白，决不虎头蛇尾，要做就做铺路石，按上高调的喇叭，让百姓安安稳稳地在上面走，也要明白垫在脚底下的价值，太低调就啥事也做不成，过于高调会影响判断力，导致口碑里的些许矛盾。支书家选的日子不错，这几天一直风和日丽，小村的天蓝蓝的，周围几个村没有一点工业的味道，或者说古老村庄那种炊烟的味道依旧飘荡在村落里，仅有的工业已经倒闭，是支书李培光的两座氧化锌小厂，一种法式生产法，就是由锌锭为原料的间接法，将电解法制得的锌锭加热至600～700℃熔融后，置于耐高温坩埚内，使之在1250～1300℃高温下熔融气化，导入热空气进行氧化，生成的氧化锌经冷却、旋风分离，将细粒子用布袋捕集，即制得氧化锌成品。产品主要供给当地油田。前年，跟着他干的四个工人没有做好安全防护措施，有两个得了哮喘，一并将李培光告上了法庭，每人赔偿二十万，不仅厂子倒闭，而且从头到脚将李培光拔了个精光，差一点成了乞丐。

说这李培光还真有些本事，开厂子那会儿一天到晚地忙活，竟然一直到厂子倒闭都住在三间土坯屋里，有股干事业的劲儿，厂子倒了，他就腿起腚来种棉花，一干就是三年，这三年期间，他有两次被送进医院。第一年，一次种了五大亩棉花，整个人一天到晚地忙，修理、喷药，真是忙成一个蛋，披星戴月是常态。抹杈、打耳子、打顶头、打边头、去滑条子，这一项一项都是细工夫。六七月天，在齐胸高的棉田里，走上几趟就得头晕胸闷，更不用说不停地弯腰直腰了。这一年，李培光用的普通手摇式喷雾器，效率低，劳动强度大，药液容易跑、冒、漏、滴，每次下来整个后背都被药液弄湿。有一次，天太闷，他一打就是十几桶，最后，感觉胸闷才停下来，可没多久就头晕得很，他赶紧打电话给在另一块地里干活的儿子，等儿子赶到他已口吐白沫，儿子赶紧路上拦了个 12 拖拉机，送到乡医院，差一点就交待了。

从医院出来，借钱买了台手推式高压喷雾器，一下子减轻了工作量，效率可达普通手摇喷雾器的三到四倍，逢人就说自己享福了。三年下来，也挣了十几万元，一下子想起来盖新房了。老辈里盖新房是个麻烦事，料要自己备，工要找人出，自家要管饭。现在好了，就怕你没钱，把钱预备好了，想要啥样的，画好图纸，施工队一个礼拜主体就明明白白，自己无须操心。顺首先来到盖新房的现场，李培光不在，和儿子去坡里侍弄棉花了，李培光的儿媳在，巧得很，正和顺一个村，名字叫王淑倩，实际上还是表亲，她是王东正和翠翠的女儿，论辈分顺应该喊她表姐。王淑倩脸上洋溢着幸福，虽说自家只盖了一处新房，与公公婆婆住一个院，但比起原来的土坯房已经是一个天上一个地下了。虽说是表姐，但相差也七八岁，顺一直忙着上学，很少交流。知道这位表弟跑这么远来这穷村当第一书记，很是不理解，就打趣地说："表弟是来镀金呢，还是来找罪受?"

顺笑了笑，“说出来，表姐可能不信，我是来找自己的心。”

“咋了？失恋了？还是爱上我们村的姑娘了？”

“表姐想哪儿去了，我是爱上了脚底下这片土地了。”

“哈，是上学上多了，还是学傻了？哪村的路不比我们村的宽？哪村的房子不比我们村的场面？这片土地有啥好的？”

“不好表姐不也嫁过来了嘛！”

“你不说，我还想说道说道呢。这是十年前的事了，这十年我们永胜村完全变了模样，家家住上了大房子，这街道拾掇得比县城都光鲜；可红星村只是比十年前破旧了许多，别的没啥改变。”

“表姐，您没问过为什么？”

为什么？王淑倩有点脸红，自己的公公是大队书记，一个连自己都赔得精光的领头人，还能为什么。

顺看到王淑倩涨红的脸，也知道这句话分量有点重。但穷这件事确实和李培光有很大的关系，他没有那个胆识，更没有走共同富裕的路线，也没有东山再起的信心。

“找着病根才能下药。这路不是又窄又破嘛，那我们就先修路，种上梧桐树不愁引不来金凤凰。”

“修路？钱呢？”

“哈，说得很实际啊！您先说支不支持修路。”

“支持，我想全村人都会支持，就是没钱！”

“那就好，到时候我们全村投票表决，也许，那时我们会有钱的。”

“表弟，你是不是说笑话呀，一表决钱就会从天上掉下来？”

“这个暂时保密，哈。表姐，你先忙，我去其他人家走走，抽空给盖房子的村民聊聊修路的事。”

“好吧，表弟啊，房子盖好后常来家吃个饭。”

“好的，谢谢表姐。”顺起身本想去邻居家，一想又改变了主意，拐弯去了村主任家，村主任也姓李，叫李培晨。李培晨自家开馒头房，这个给村民们提供了方便，一斤三两麦子换一斤馒头，一袋子麦子往他馒头房里一送，用秤一称，每天饭点拿馒头就行，每次只需在记录本上登记一下就行，一月一结账。

顺还没进院门就闻到了浓浓的麦香味，他试探地敲了一下大门，害怕有狗蹿出来，确定没有狗叫声才推门进来。这一进来不要紧，还真有一大狗蹲在大门洞里，他的心一下子提到嗓子眼，生怕它扑过来。怔怔地站了一会儿，它只是在那儿摇尾巴，看上去比较友善。这时，屋里也传出声来，“进来吧，狗儿不咬人啊。”

听到声音，顺才轻声轻脚地走进院子里，“啊，李主任在家哪？”

“哦，在家，在家哪。是王书记呀。”

“这狗很温顺啊？”

“嗯，很听话，从不咬人。不，它也咬过一个人。就是村里的地痞强。”

“噢，它为什么咬他？”

“他揍得它太狠，扛不住了回头咬了他一口。这不，狗的腿到现在还瘸呢，就是地痞强打的。”

“哦，该咬啊！”顺这才看见弓着腰的李培晨，满脸的风霜，低眉顺眼，正如他的名字“理陪衬”。

“王书记啊，您看也不来家吃顿饭。”

“李主任客气了，我这啥事都没干怎么好意思吃饭呢。这不来找您聊聊。”

“您这馒头生意还挺红火的？咱村就您一家？”

“是啊，这受大累的活儿，年轻人不愿意干，年龄大的又干不了，出去打工的多。”

“收入还行吧？”

“咋说呢，这馒头蒸好了，油水还是不少的。不瞒王书记说，我在咱村里还算有个钱的。”李培晨媳妇抓紧给顺递过一把撑子坐下来，很不自在地为老公自夸撇了撇嘴。

“那就好，那就好！我是想来聊聊，您支不支持把咱村的路改善一下，也就是重修一下？”

“王书记，修路啊？我这点钱修不了二里吧？”李培晨一阵紧张，为刚才的充大头而后悔。

“嗨，没说让您拿钱，只是问问您支不支持修路。”

“不拿钱啊？支持啊，这样的好事怎么不支持呢！”

“支持就好，我挨门挨户地问问。”

“这样的好事就别问了。我和培光书记商量一下，在喇叭里召集全村开个会，您讲个话就行了。”李培晨褶子里淌着汗珠的脸越发让人感到实在。

“那这样吧，您和培光书记一起召集全体党员，晚上到村委开个会，先讨论一下，制订出方案后，再在村民中展开讨论。”

顺走出李培晨家的大门，心里有点没底，明显感觉到自己的稚嫩，和对农村工作的不了解，他想今晚的会议邀请一位“嘉宾”为自己坐镇。拿出手机拨通了王蓓蓓的电话，“喂，蓓蓓你好!”

“啊，顺哥呀，我以为你隐居了呢。这几天就等你的电话。”

“怎么，姜太公钓鱼啊?”

“无论怎么说，我更加佩服你了，像小时候一样!”

“我感觉现在有点不一样，我要在你的屁股后面跟班了。”

“哈哈，好哇，只要你乐意，要跟多久就跟多久啊，一直到地老天荒才好呢。”

“哈，看你美的！我给你说个事。”

“啥事呀，你说。”

“今晚，能来红星村吗?”那边沉默了。

顺等了一会儿，电话里一直没有回音，便解释说：“你别想多了，我想开个会，心里没底，想让你坐镇。”

“不是这样的，今晚有个很重要的客户要来。”

顺心里一沉，有点失望。

“好吧，我七点到达。”蓓蓓说完一下子挂机了，没有解释和下文。

其实，王蓓蓓知道顺的选择以后又惊又喜，她觉得自己没有看错人，顺还是那个自己爱跟在他身后的大哥哥，有理想，有担当。她要帮他一把，为他牵牵马拽拽鞍。她知道红星村有一条大河通过，由于历史上淤积等方面的原因，沿河有大面积的粗砂土、沙土和坏土，种植葡萄非常有利，再说，当地气候也比较适宜：年平均气温 14 ~ 15℃，夏天温度不是太高，秋天温度也比较适中；春冬季都有降雨，夏季雨水也不是太多，占了天时地利。就联系了一个葡萄酒生产大厂家，他们董事长今天晚上就到，要亲自来考察这个项目。

晚七点，一辆瑞风 M6 停在村委大门外，车上下来一行五个人，三个美女在夕阳晚照下异常扎眼，都是高挑的身材，一色的白色上衣，黑色裤子，黑色高跟鞋，连袜子都是黑色的，让顺一下子没有找到蓓蓓，蒙了一下子，等到王蓓蓓介绍董事长时，才回过神来。原来董事长是位女神级人物，跟王蓓蓓不相上下，也是从爷爷手里直接执掌大权，美国康奈尔大学葡萄酒酿造专业毕业。

会议一开始，顺先介绍了王蓓蓓一行人，至于她们为什么来，不仅红星村的党员们一脸懵懂，顺也不是很清楚，但知道一定与种植葡萄有关。可是，今晚上的主题是讨论怎样修路，这种植葡萄似乎不太沾边。顺先来了个开场白："同志们，现在开会。先由李培光书记把各位党员介绍一下。"李培光看这阵势也着实吃了一惊，特别是永胜村书记王蓓蓓的到来，让自己从心理上先矮了一截。他很机械地把每个党员介绍了一下，又把顺来村里挂职第一书记的组织决定给大家通报了一下。会议正式开始，顺灵机一动说："先由永胜村王书记介绍一下我们邀来的嘉宾，当然，王书记也是我们邀来的嘉宾。"

王蓓蓓笑了，觉得顺脑袋瓜转得够快的，她本想考验一下他的应急能力，并没有告诉他这些人来的目的，没想到这么容易就被他破了这个窘局。"好，下面我就说说我们来的目的。这位是中国琥珀酒厂董事长肖小曲，她带着三位专家来到这儿，是来给大家送福利的。不管今天会的主题是啥，都得解决钱的问题，我们来的时候在周围已做了考察，中国琥珀酒厂想在这儿建分厂，是否同意由永顺书记和大家一块儿决定。”

顺接过话茬，“好啊，先请小曲董事长说说在我们这儿建厂有什么优势，让大伙心里明白明白。”

肖小曲没有笑，而是很风趣地说：“永顺书记守着风水宝地，反来问我，这件事本不应该我来说，不过，既然合作要的就是真诚，那我就一五一十地说一下。这片土地上有大河穿过，大片的土地很适合种植葡萄，而且，气候也比较适宜。为了节约成本，我们想在这儿投资种植葡萄并就近设厂，红星村和周边几个村我们都得争取。”

顺没想到自己第一次开党员会竟成了经济洽谈会，王蓓蓓这小鬼头也太实诚了，这事竟然连自己也不知道，他一下子自信了起来，来上任之前，他对以后土地的种植模式也做过了解，就说：“小曲董事长，这样的大事，我们得拿出个怎样合作的方案来，这不仅党员们通过，还得村民们通过，因为土地都分给村民各家耕种，有些地适合种葡萄，有些不适合，不能偏了部分人。”各个党员一下子明白了个理，面朝黄土背朝天这么多年，知道啥叫经济作物，啥叫附加值，关于中国琥珀酒厂早有耳闻，那厂那酒都杠杠的，大家知道这是个好事。

“那是当然，你们有什么条件，提出来，越详细越好，以防合作起来被动。”

“也请小曲董事长也制订个合作方案，免得剃头挑子一头热，而妨碍了合作。”顺白了王蓓蓓一眼，王蓓蓓吐了吐舌头。

“那好，我们到市里住下，永顺书记再把周围几个村联合一下，也做一个方案。谈好后再向乡里汇报。”

送走王蓓蓓一行，顺继续开他们的党员会议。不过，会议由单一的修路转成怎样跟中国琥珀酒厂合作。顺先传达了中央和省对土地流转的一些精神，讨论以土地入股分红的实施意见。意见刚提出，支书李培光就提出了反对意见，说是有吃大锅饭的嫌疑。顺知道，他是怕自己不能种棉花了，断了自己的小财路，而打起了小算盘。

17

顺接下来的工作有些复杂，首先得做好李培光的工作，这事儿处理得好不好，直接影响到下一步的工作，村民们都看着呢，李培光可是红星村的支部书记，那可不是一天两天的书记了，少说也二十几年了，虽说没多大成绩，但也根基很深，就像钉进枣木疙瘩里的钢钉，想拔出来那得费些力气，还得有个羊角锤。顺思前想后表姐王淑倩就是羊角锤，是拔钉子的关键人物，况且自己和她还沾亲带故，胜算的天平已经倾向了自己。

正当顺一片红心投入工作的时候，一辆宝马 X7 停在村委门口，车上下来一位女士，杏红色的亚麻上衣，杏红色的亚麻裤子，纯黑色的真皮凉鞋包着一双性感的脚。不用多说，从精致的头发上就能看出是位城里人。

虽然村民们大多耕种着一亩三分地，并没有多少副业可做，但也忙里忙外，宝马车的到来并没有引起围观，村委大院门口只站着村东头的大宝，左手举着垃圾堆里捡来的反光镜，右手向嘴里填着干硬的火烧，脖子上挂着方向盘，泛着光的一身破衣服和锃亮的宝马车很不协调，好像是棺材上扎上了红丝带，格外的扎眼。

“你为什么不给我商量一下就来这鬼地方？”

“我觉得这地方需要我，我的梦应该从这儿开始。”

“你的梦？当一个农民？”

“难道不可以吗？我们的父辈都是农民。”

“你啥时候变得如此苛刻！”

“我原本就这样，白天鹅的梦我做不了。”

“我……你……”刘琴眼圈一红，委屈的泪水越过了睫毛变成了泪珠。她不知道为什么一直宠着自己的男人一下子变得不可理喻。虽然她有才华也很努力，但父亲的成功给了她擦不去的光环，使她的内心透着公主一样的娇贵，没受过什么挫折，就很容易触到疼痛，不自觉地把这种疼痛变成哀怨。她一甩头奔出村委大院，宝马 X7 绝尘而去。

顺有生以来第一次感到内心虚无，空落落的。但他还是快速拨通了盼男的手机，让她抓紧给刘琴打电话，稳住她的情绪，以防出问题。但盼男收到的是：“您所打的电话不在服务区……”盼男马上通知了顺，说打不通刘琴的电话。顺惊得打了个冷战，马上拨通了 110，一场漫无边际的搜寻开始了。

警察查看了各个路口的监控，最后查到刘琴驾驶宝马 X7 驶向了海边，如果判断没错应该在沿海堤坝上奔驰。顺的神经绷得紧紧的，他后悔了，话说得太重了，他没想到刘琴会这么脆弱，他总以为他这代人会有点费厄泼赖，不应该讲太多的假话，他不想欺骗刘琴，在河海交汇的这片土地上，真的能长出梦想，无论是大河还是海洋，蓝黄配伍实实在在地给人不竭的激情。可刘琴是温床上的白雪，要想在现实中存在，不知要花费多少心思，他觉得自己承受不了，爱情的火焰在跳动中时有时无，他喜欢阳春白雪，可他更喜欢 *Shake your body*。当和刘琴拌嘴的那一刻，他是这样想的，可现在他只是着急害怕，刘琴到底会不会有危险，他真的不知道怎么把控自己的情绪。

顺在屋里转圈的时候一下子想起了什么，出门驾车驶向海边。

刘琴远远地站在一块人造礁石上，海风吹着她的长发，在艳阳下如飘动的音乐、律动的雕塑。顺远远地看着她，并未着急走过去，悬着的心总算放下来。

这儿有着太多的记忆，顺在这儿第一次拥吻过刘琴，就在那块礁石上，回想起来耳根还在发热。那时顺刚刚高中毕业，刚刚满十八岁，也就是他刚从书本里钻出来透口气，已步入大学的刘琴用车载着他来看海，看海上生明月，无尽的夜让人觉得生于天地之间是那样渺小，尽管几公里处有一灯火通明的蓝色小镇，但空旷的黑还是让人怯怯的。顺壮着胆子爬上那块人造礁石，为了让刘琴也爬上礁石，顺牵住了刘琴的手，那双手柔柔的，充满了无尽的缠绵，顺一下子心猿意马，忘了松手，握了足足三分多钟，从此他的心恋爱了。刘琴一直中意帅帅的顺，只是羞于表达，顺的举措让她心上的火苗由红变蓝，走进了充分燃烧阶段，主动把唇印在了顺的脸颊上，偎依在这块礁石上，直到月上中天，两人才恋恋不舍地返回。如今，面对大海奏出的狂野节拍和孤零礁石上孤单的身影，顺的眼圈红了，但他还是克制了自己。刺耳的警笛声响起，警察也找到了这儿……

这几天，顺忙红了眼。刘琴在创伤中选择了出国深造，去了莫斯科国立柴可夫斯基音乐学院，她不但选择了音乐还选择了寒冷，她要在冰雪中弹奏自己的人生，弹奏《莫斯科郊外的晚上》：

深夜花园里四处静悄悄，树叶也不再沙沙响；
夜色多么好，令人心神往，多么幽静的晚上。
小河静静流，微微泛波浪，明月照水面，银晃晃。
依稀听得到，有人轻声唱，多么幽静的晚上。
我的心上人坐在我身旁，默默看着我不作声；
我想对你讲，但又难为情，多少话儿留在心上。
长夜快过去天色蒙蒙亮，衷心祝福你好姑娘；
但愿从今后，你我永不忘，莫斯科郊外的晚上。

在刘琴安全到达莫斯科时，给闺蜜发来了信息，还有莫斯科国立柴可夫斯基音乐学院的几组照片，闺蜜都发给了顺。金碧辉煌的音乐大厅让顺减少了几分担心，也暂时把这事放下，全心投入到工作中。

顺先找到了王淑倩，细细地给她算了一笔账，高产园：亩产可达3000～4000斤，甚至超过4000斤；一般园：亩产可达2000～3000斤；低产园：亩产1000～2000斤，管理较差的甚至低于1000斤。每亩纯利润在8700元左右。普通葡萄的批发价在2～5元/斤左右，优质葡萄在10元/斤以上，绿色优质葡萄甚至可达20～30元/斤。而村里要种的都是绿色优质葡萄，再便宜也不会低于18元/斤，每亩按3000斤算，毛利在54000元左右，每家种上十亩，那是一个啥概念？而种棉花，受累不说，本地棉花亩产在

700～900斤，每斤大约4元左右，满打满算毛收入才3600元/亩，一亩葡萄的毛收入是棉花的15倍，是一个完全不一样的概念。王淑倩被算得目瞪口呆，恍惚中说："表弟，你这是种金子吗？我回去合计合计，今晚上给你答复。"

"表姐啊，您不会忘掉我们村吧？"

"自己的娘家怎么会忘掉呢！"

"我们村是怎么富起来的，这您应该听得不少了吧？"

"表弟啊，你啥也别说了，我虽然没上过什么正儿八经的大学，但书也没少读，您就大胆地干吧，我爹的工作我去做。"

"好，表姐啊，我就等您这句话！晚上我就请支书一块儿去培晨主任家撮一顿。"

"好啊，那是你们男人的事，我这就回家把这事说开了。你忙吧，我走了。"

"好，表姐慢走啊。"顺一直送出村委大门。

顺转身把门带上，驱车去了镇上的超市，买了箱欣马特曲和两箱青岛啤酒，顺便买了三斤羊排和一袋水煮花生米。顺平常不喝酒，但他了解到李培晨喜欢喝个小酒，李培光也喝不多，只是借个场子加深一下沟通，酒后吐真言嘛。东西买好后这才拨通了李培晨电话，"李主任啊，我是永顺啊，晚上我和培光书记去您那儿聚聚，酒和肉我准备好了，您就弄几个拿手的青菜，喝个小酒好聊天啊。"

"好好，还准备什么酒和肉，家里冰箱里都有啊。"

"七点哈，耽误不了卖馒头。"

"说啥呢！您是我们红星村的福星，一定能带领红星村富裕起来，全村人会念您的好。”

“但愿如此哈，我想只要我们肯干、能干加巧干，一定能行，谢谢您对我的信任。”

“不说了，晚上再慢慢聊。”

这是一个惬意的晚上，风儿似乎停止，星星却是明亮而整洁的，没有一点污垢，话题不大，却揭开了红星村土地流转的序幕，给这片土地上的农民泡了一个温泉澡，让大家舒舒服服地迈出了踏实的一步。大锅里羊排还在炖着，小火炖出的声音是那样亲切，童年、少年、青年，只要在家，母亲总是这样炖着，这声音太熟悉了。当热气腾腾的大汤碗端上来时，顺的眼颊挂上了泪珠，淳朴，农民的淳朴再一次俘虏了他的内心，刚开始他想到李培光一定会索要一些赔偿，毕竟今年棉花收成两说着，是否让他收下来那还得看琥珀酒厂的方案如何，但李培光一杯小酒下肚，竟然出现了豪言壮语，“只要你王书记一句话，我愿唯你马首是瞻，绝不含糊！”这不仅仅是胸怀还有一份很深的憨厚，这就像豆腐都做得四方四正而不是圆头圆脑，想来想去就这个理。

好事就像长了翅膀，还没等顺他们登门，周边几个村的支书和主任就聚到了红星村委，八村委联席会议就在红星村委院子里召开了。那阵式不只是院子里热火朝天，村委大门外挤了几千村民，大家都不明白，这么年轻的第一书记，刚来没多久，就动静这么大，刷新了人们的三观，内心的情感真有点丈母娘看女婿的感觉，真想领家去吃顿饭。

经过几次磋商，土地流转方案出炉了：

为了公平性和防控风险，先由八村委各选派一名代表，每村再选一名群众代表，共同组成红星合作联社，红星合作联社对村民负责，负责经营、租赁土地，并与农户签订如下合同：

甲方：农户　　　　乙方：红星合作联社

为了发展高效农业，经双方共同协商，甲乙双方本着平等、自愿、有偿的原则，就土地承包经营权租赁事宜，订立本合同。

一、承包__________土地面积共为__________亩，四至界限为东至__________北至__________。

二、租赁期限：土地租赁期限为20年，自____年____月____日至____年____月____日止。

三、租赁价格及租赁方式：每亩每年租金为____，合同期内承包金一年一结，以每年的____月____日为限，付款时间为每年____月____日。同时，土地作为股份入股利润分红，三年一结。如若在当地建厂优先考虑在当地选用职工。

四、合同生效后，甲方即失去土地使用权，同时不能干涉乙方对该土地的正常生产经营行为，合同到期后需复耕。

五、甲方必须对乙方生产经营活动提供必要的便利，在乙方的生产中甲方不能以任何借口阻挠。

乙方有权无偿使用村组内的水渠、道路、用电等公共设施。在承包期内乙方有权转让土地使用权。

六、流转土地在国家或集体使用该土地时，乙方应服从且有权获得相应的补偿和投入建设的地面附属物补偿费。

七、有下列情况之一的，本合同可以解除或终止。

（一）经双方当事人协商一致，可以解除本合同；

（二）订立本合同依据的国家政策发生重大变化；

（三）一方违约，使合同无法履行的；

（四）乙方经济状况显著恶化，有证据表明合同无法履行的；

（五）因不可抗力的重大自然灾害使本合同无法履行的；

（六）合同期内，如因国家和政府农业基础设施占用或征用该土地时，本合同自行终止，甲乙双方不负违约责任。

八、违约责任

（一）乙方对应付的租赁费不能以任何理由拖欠，如果发生拖欠行为，甲方有权收回土地。

（二）因变更或解除本合同使一方造成损失的，除依法可免除责任外，由责任方负责赔偿。

（三）甲方非法干预乙方生产经营活动，给乙方造成损失的应给予赔偿，情节严重的将依法处理。

九、合同期满后，若甲方继续流转该土地的使用权，乙方有优先承包的权利，若不继续流转，乙方对土地附属物享有处理的权利。

本合同如遇法律、法规和现行农业政策相抵触的未尽事宜，经双方协商一致后可签订补充协议，与本合同有同等法律效力。

十、本合同一式六份，甲乙双方村委各执一份，双方签字后生效。

甲方：　　　　　　　　乙方：

××年____月____日　　××年____月____日

合同条款出来后，先发给各农户研究讨论，提出意见。方案刚发下去，当晚就雷电交加，下起了瓢泼大雨，西北风没命地刮，温度一下子降了五六度。大宝竟然穿了雨衣，在狂风暴雨中举着反光镜，嘴里喊着："巡逻——巡逻，巡逻……"夜幕里，雨幕和黑一起肆虐，不知谁家的屋顶掀翻了一片红瓦，有一块不偏不倚砸在了大宝的头上，莫名的疼痛让他发疯一般地跑回家，说是一架飞机掉在了东街上，机翅膀打破了他的头，他爹找来了开诊所的莲芳，冒着风雨免费给他包扎了，一再嘱咐伤口不能见水，他爹干脆用绳把他拴屋里了。

第二天早晨，太阳像蹦出来一样，红红的脸膛似乎害了羞，真没想到天一下子放了晴，东南方一架彩虹跨过了半边天，大多数人都赶着去坡里看庄稼，看看刮倒了多少，到底还有没有收成。已经二十几年没这样风雨交加了，上一次还是李培光当选红星村支部书记的时候，也是在晚上，境况差不多，当时雷电劈到了他家的一棵高大的梧桐树，真有点风吹落叶、雨滴梧桐的凄清景象。后来，李培光又种植了一棵梧桐，这一次树没有被雷电劈，而是在彩虹下楚楚动人，令人想到《诗经》那句："凤凰鸣矣，于彼高岗。梧桐生矣，于彼朝阳。"不管怎么说，李培光还是把顺请到家里，给他汇报了这件事。顺对他说：凤凰和鸣，歌声飘飞，梧桐身披灿烂朝阳，多么高洁美好啊。

看着眼前这棵高大、挺拔的梧桐树，顺一下子来了灵感，他要开发个"梧桐庄园"，纳入开发项目。以前，梧桐一般作为庭院树种，主要供观赏用，如果形成一定规模种植，那将是有一种历史文化积淀的风景，把它分成四个区：一、高洁品格区——凤凰鸣园；二、忠贞爱情区——雌雄相扶园；三、孤独忧愁区——深院锁清秋园；四、离情别绪区——秋雨梧桐叶落园。叶生既婀娜，落叶更扶疏，华净妍雅，极为可爱。这个事他没有说出来，他知道在这节骨眼上，还是先把土地流转这篇文章做好，其他自会水到渠成，贪多反而弄巧成拙。再说，前人栽树后人乘凉，这梧桐树能活一百多岁，几代人受益啊。

顺没有过多的停留，他跟李培光说："我们四处转转，看看受灾情况。"

"好啊，叫上培晨一块儿。"

彩虹照在身上，顺头发有些散乱，身形略显疲惫，但脸上洋溢着一种自信和英气。不停地和老少爷们打着招呼，特别叮嘱李培晨抓紧找建筑队把几个低保户的房子修一下，不能影响居住。

18

红星村青壮劳力出去打工的占多数，近两年有些回流，虽然在城市里打拼多年，但骨子里埋藏的东西很难让他们在城里找到自己的位置，住房和子女教育的成本消磨了他们的自信，他们对城市没有太多的亲近，只是把自己当成过客，而从没有家的感觉。可有一种东西却被同化了，老一辈多子多孙的欲望却从年轻人骨子里剔除了，文明的开化使他们更注重自身的生活质量，养孩子的高成本让他们望而却步。

顺是学人口理论的，物质的急速膨胀让人成了稀缺的资源，怎样让村民们接受并顺应二孩政策，他也有自己的一个朦胧方案。他把这个方案用微信发给了夏男，夏男觉得在土地流转过程中，充分考虑二孩政策是一个前瞻而富有创意的课题，并决定来红星村实地调研一番。顺问她啥时候来，调侃地说再买张行军床，在村委的另两间屋里安顿。夏男也调侃说："住哪儿倒无所谓，不知道实情的会怀疑你金屋藏娇啊。"吓了顺一跳，这件事真的很难解释，自己没注意，这段时间美女来得还真不少，仔细一考虑还真是个问题，不知实情的还以为"招蜂引蝶"呢！他这个第一书记还真有些问题。事情说巧就那么巧，就有人在网站上传了许多美女出入村委大院的照片，说红星村第一书记有作风问题，已引起上级部门的重视，但顺觉得自己光明磊落，只是笑着在电话里说："天要下雨，河要结冰，那是自然的事，问心无愧就行。"

"好，我坐十点的大巴，大约六个小时，记得去车站接我呀。"

"啊，说来就来啊。高铁通车了就好了，环渤海高铁在离红星村五公里处有一站点呢。"

"啊，先祝贺一下，你的眼光真的不错呀，听你这介绍感觉真的是风水宝地啊。好，到了再聊。"

顺正踅摸着是不是让王蓓蓓去接夏男，她两人关系不错，再加上自己也很想听一听蓓蓓的意见。

"王书记，您是有学问的人，您给评评这个理!"顺还没回过神来，就有人嚷嚷着拜访了。

"哦，是华芳嫂啊，啥事让您这么激动啊?"顺有点惊讶，华芳家在村里条件算不错的，男人是木匠，和几个人一起在城里搞室内装修，专干一些木工活，一年下来也收入五六万的。

"您去我家看看，公公婆婆不知哪根筋管的，非要生二孩，这都四十五六的人了，生下来怎么养啊？我家这个一岁多的还没人带呢!"

"啊，华芳嫂别急，我和您一块儿去看看。"说着跟随华芳一块儿去了她家。一看屋里乱成一锅粥，地上摔碎了茶壶，还有几个汤盘。

"大婶，大叔，这是怎么了?"顺心里有点发毛。但没想到华芳的婆婆一下子哭上了，一把鼻涕一把泪的，那个委屈就别提了：

“王书记啊，您是不知道啊，这让媳妇生二孩，她就是不同意，说什么一孩还养不了，绝对不要二孩。”

“啊……”顺一下子语塞，不知道从何说起。

华芳抢着争辩说：“王书记，您想想我家就我男人一个人在外挣钱，家里都在指望他，这家里地里来地里去也折腾不了几个钱，一个孩子花销多少？这还没上学，光奶粉就得一个月五百多元，这还得整整占伙一个人，啥也干不了，再一上学，又是接送，又是辅导作业。我大侄子今年上五年级，家里比赶集还忙，我嫂子五点就得起来做饭，还得接送，五年了一分钱都没挣回来，孩子学习还一团糟，看看她家我还敢生二孩吗？”

“啊……”顺似乎还没想好，华芳的婆婆就抢上了：

“王书记，您是不知道，我们就一个儿子怎么养老啊？您看看我母亲就知道了，今年八十五岁了，我姊妹四个共同赡养，我两个哥哥和妹妹都在城里上班，没空照顾老人，我家这情况您也看见了，我算空多的。只能租房子雇保姆，租房子一年一万多，雇保姆一年四万多，还有吃穿用度呢？您算算，算算呀？”

“这……”

“所以呀，媳妇不生我生，我再要个二孩，还不是给儿子减轻负担。”说着又哭上了。

顺一想也是呀，这是老人能自理，像自己原单位里老赵的母亲不能自理，就雇着两个保姆，一个六千元，另一个五千元，独生子女根本就是天方夜谭。这一算计让顺惊出了一身冷汗。真是清官难断家务案，自己忙活了半天也没说服谁。从华芳家出来，又惊了一下，自己竟然忘了接夏男这件事，他赶紧给王蓓蓓打电话："蓓蓓呀，你有空吗？"

"顺哥啊，有啥吩咐啊？"

"是这样，夏男大约四点到长途汽车站，你有空接一下站吗？"

"啊，夏男姐要来呀？耶！我去，放心吧。"

夏男正想跟顺打电话，蓓蓓已站在她身旁，两个人一下子拥抱在一起，不是姐妹胜似姐妹，悄悄话几天几夜也说不完。夏男发现蓓蓓化了淡妆，眉眼和小嘴精致得出奇，就问："怎么？恋爱了？"

蓓蓓爽朗地回答："从懂事就恋爱了，快长达二十年了。"

"哈，那叫幻想曲，单曲不停地循环演奏。"

"说说你自己吧，都二十七岁了，老博士了。"

"哈，一个人还没玩够呢，不想让人牵着走，等等再说吧。"

"你不会丁克了吧？"

"不是没考虑过，但也要顾及父母的感受，他们把我养大不容易啊。"

"知道就好，没孩子的人生我就很难接受，我要多生几个孩子。"

"怎么？想自己办个幼儿园啊！"

"哈，有那个想法呀。"

"真羡慕你，你已经很成功了，接下来会更成功，没有职业和金钱的压力。"夏男由衷地肯定王蓓蓓。

“夏男姐，你只知其一不知其二，我每天压力很大，不是来自职业和金钱，而是来自内心，内心的一种向往。我怕自己落后，落后于时代。”

“啊，没想到，你的人格到了这个层次。很少有人这样想，一般人安居乐业就万事大吉了。”

“顺哥的压力更大，他的梦想更大，他可能还要著书立说呢。在农村，我们还有很多问题没有解决，比如养老问题。”

“没想到顺会真的走上这条道，爸爸妈妈历尽千辛生下他，看着他有所作为，不为纷扰所左右，真的有千千万万的祝福送给他。”

“怎么？你不想见见盼男姐？”

“我对这个姐姐几乎没有记忆，但感觉她很强势。”

“她可一直是你家的顶梁柱，从小吃了很多的苦，是个要强的女人。我们到区里打个拐接上她，今天正好礼拜六。再说，蒲妈妈也在她家看外孙，正好母女聊聊。”王蓓蓓知道夏男默许了，就开车向区里赶去。

风几乎是静止的，天气有些干热，似乎要把人晒蔫。路两边的树刚刚洒过水，倒是清新得很，也少了一些萎靡感。

当车停在了别墅前，夏男有种异样的感觉，不知道这位姐姐是咋想的，会住这么高档的别墅，给人生套上这么重的枷锁，而且还生了二孩。

夏男一下车，蒲生玉就奔出来拉住了她的手，左看右看，好像从没见过。夏男被看得有些不好意思了，开口叫了声：“妈!”蒲生玉又一次红了脸，这次是激动的。盼男拉着蓓蓓先进了门，任母女俩在那儿愣愣的，蒲生玉感觉出了太阳的火辣，“看我糊涂的，抓紧进屋来!”夏男进屋眼前一亮，这别墅内装饰非常简洁，主要是白色和枣红为主，既有中国式的暖又有西式的简约，禁不住说：“姐，您这一下子进入了二十年后啊!”

“这是哪里一说呀?”

“居住超前呗!”

盼男乐了，说：“这个我得给你这博士上一课。你姐夫单位有一副校长，现在已退休了，在那儿开三轮拉客呢。他的理念是攒够了钱买房，当学校在乡下时，单位盖了一溜家属院，两间一户四十个平方，他整整攒足了两万元，刚好买下一户，后来学校初中部搬到县城，大家都筹钱贷款买楼房，一千九百元一平米，一百五十平米的房子三十万，他手里攒了十几万，没有买。后来，工资提高了，他攒到了三十万，可房子成了六十万，他还是没买上。再后来，儿子要结婚了，六十万给儿子买了二手房，自己仍住在乡下的小院，怕是一辈子也住不上楼房了，尽管自己是高级职称。”

“哈，乡下小院更养人呢，我倒是羡慕得很呀。”

“傻姑娘，问题是中学搬走后，那地方路没人修，一下雨简直成了沼泽地，你还想住那儿吗?”

“哈，那就免了。”夏男一吐舌头，没想到姐姐这么有主见，怪不得家里人都听她的。

王蓓蓓看这架势今天是去不了红星村了，静静地到院子里给顺打了个电话，说明了一下原因。顺知道母亲在盼男家照顾外孙，母女连心，他想夏男会很快接受母亲的，而且夏男这次来是个很好的机遇，红星村离区直也不足百里，驾车来回很方便，就叮嘱蓓蓓让夏男住盼男家，况且自己这儿也不便住宿。蓓蓓和盼男一说顺的意思，盼男马上跟夏男说："你住家里，开我的车来回跑就是了，来回也用不了多少时间。咱妈天天想你，正好叙叙。"夏男有些不好意思了，这个家对她来说太陌生了，自己几乎没有记忆，恍然间要和蒲生玉推心置腹，还一时转不过弯来，倒是对爷爷奶奶还有这位大姐有些记忆，不过也是零碎的一些场景。但她觉得没有更好的安排和说辞，就默许了。安顿好夏男，王蓓蓓就回永胜村了，她还有许多工作要做，答应第二天去红星村再聚。

夏男住下来，一晚上心情总是板结着，盼男为了儿子，产假后又请了一个月的假，尽管有母亲照顾着这个家，盼男还是忙得一塌糊涂：先给小儿子呱啦呱啦说个不停，直到接浩宇放学回家，又陪伴浩宇一块儿做作业，一直到十点多，其间给小儿子喂了两次奶，做了一遍操，还给他哺喂了维生素、钙、铁、锌等微量元素。小空里也和小儿子一起玩耍，让他感受各种颜色、多样形状和不同声音。夏男感觉到的不是母亲的伟大，而是养孩子的烦琐，心里一直很压抑，一晚上没合眼，三点多从床上起来，走来走去，最后从书橱上抽出一本小说《儿子的海》，挑了几章读后更加压抑，穿着睡衣走到阳台上，深深地吸了几口吹来的风，心情安静了许多。今晚的月光像水银一样泻下，在树叶上跳动，发出婆娑的声音。一个人的夜晚真的很好。

第二天，夏男给蓓蓓打电话，让她来接自己，一起去红星村。一夜没睡觉，驾不了车了。

看着眼睛红红、满脸倦容的夏男，王蓓蓓打趣地说：“怎么？不习惯住别墅啊，还是触及了不能言说的心事？”

“哈，压抑死了！你还要生一群孩子！”

“怎么？生孩子有什么不好的？天伦之乐嘛！”

“什么天伦之乐，盼男真真切切的一个奴隶，两个孩子就是奴隶主，他们长大了，她也被榨干了！”

“嘿，姐的反应过头了吧，盼男姐的感受我们还不能完全理解，等我们有了孩子心里也许就有这种感受了。”

“还有，夜里又读了一本书——《儿子的海》，那母亲比盼男还盼男。”

王蓓蓓沉默了，她知道她和夏男很难读懂盼男，她听盼男说过很小的时候感觉像公主，可后来她感觉自己成了弃儿，长大后她对自己非常苛刻，既让自己过得好好的，又要减少人生的风险，所以，她选择了公务员，找了个老师做丈夫，日子虽然巴巴结结，但她拥有的都不比别人差。

“不说了，我得睡一觉。”夏男见蓓蓓沉默了，自己也说不明白，干脆闭上了眼睛，不一会儿进入了梦乡。梦见了自己生了一群孩子，都拥有一双白色的翅膀，一起在天空中飞翔……

“看啊，夏男姐，这么多鸟儿，真是遮天蔽日啊！”

“啊，在哪儿？在哪儿？真的呀，我以为在做梦呢！快停车，快停车。我要用手机拍下来。”

夏男没想到梦境竟然是现实，是啊，养育子女鸟儿就是最好的典范，他们不离不弃地将孩子养大，教会他们飞翔的本领，夏男压抑的心一下子解脱了很多，盼男就是一只天鹅或者丹顶鹤，

“对，就是一只丹顶鹤。”她禁不住喊出了口。

“哪有丹顶鹤？不可能，丹顶鹤已向北迁徙了。”蓓蓓惊了一下，以为夏男真的看见了丹顶鹤。

“哈，上车走吧。我是说盼男是只丹顶鹤，你没有看见她养儿子的样子。”打了一个盹，夏男精神大振，心情也像飞过的鸟儿。

到达红星村委时，已是上午九点多，顺正召集红星合作联社成员开会，具体研究葡萄的集中种植的问题。在琥珀酒厂葡萄种植专家的讲解下，他们懂得了秋季种植最合适，秋季的温度变化幅度比较小，并且空气的湿度以及土壤的湿度比较适合葡萄根系伤口的愈合和生长，而这两个因素是决定葡萄能否成活的关键。再一个栽植时间操作余地多，秋季适合葡萄苗栽植的时间周期比较长，大于为 30～45 天，这样就比较适合大规模种植，而不至于出现操之过急的现象。秋季种植还能使结果期提前，秋季栽培不会存在像春季栽培的那样，需要大量的时间进行缓苗，而这个过程已经在秋冬季进行过了，多以春季萌芽的时间就比春栽的提前 20～30 天左右，这样当年就可开花，第二年就可结果。而春季一般需要在第三年才会挂果。秋季栽植明显降低了风险性，增加收入的稳定性，避免投入产出周期过长。还可以把当年的庄稼大多收获下来，琥珀酒厂为了让农户放心，今年就和红星合作联社签订合同，根据多年收购经验提前一年支付部分红利，并手续齐全后马上着手建厂。

王蓓蓓和夏男的到来，一下子成了会场的焦点。王蓓蓓大家已比较熟了，顺抓紧介绍了夏男：“这位是人民大学博士夏男女士，也是我的亲姐姐，是来帮助完善我们村养老问题的。”

会场响起了热烈的掌声。夏男有些紧张，缓了一口气说：“谢谢大家，我只是来调研的，具体的工作还是王书记带领大家一起做。再次谢谢大家！”

顺笑了笑说：“调研完成后，得给我们开个包治百病的良方啊。但有一点先透露给大家，从红星合作联社收入中调出部分资金建立养老公寓是初步设想，但具体每年调出多少还得等博士调查完了再说。”

大家一下子热闹起来，能解决养老问题，是大家梦寐以求的愿望，这个消息太给力了。

消息在周边村子里很快传开，美女博士就像电影明星，一下子成了力捧的对象，老人们用粗糙的大手握住夏男的手，把肚子里的话一句一句地挤出来，那是掏心窝子的。夏男第一次感觉到了什么叫真实，她这个博士还在象牙塔里，还是农民给她上了重重的一课。这次调研打开了她的一扇生命门。

19

百姓的事无小事，大到娶妻生子，小到吃喝拉撒，都是人民的公仆所关注的问题。作为村干部，第一书记，不俯下身子，还真解决不了问题。这一土地流转，竟然多丈量出两千多亩土地，有一些是村民听说要签土地流转合同，连夜开垦出来的，这对在红星村几乎没有根基的顺来说是一个大难题，处理不好，就会出现钉子户，不但拖延了时间，还会造成不必要的损失，其他七个村都在看红星村怎么办，这无形中又给顺增加了很多的压力。

李培光没有来找顺，他去了李培晨家，因为他和李培晨都新开了一些土地，想最大限度地搭上土地流转的班车。自从他办厂失败后，对土地的感情越积越深，把土地当成了赖以生存的命根子。作为村支书他也知道他这样开垦土地违法，但受利益的驱使还是这样做了。他觉得培晨的想法应该和他一样，没有外人，老哥俩弄了一壶小酒，弄了一盘呛嘟噜子、一盘鸡蛋炒韭菜、一小盘花生米。可喝着喝着两人都觉得无趣，李培晨看了看李培光说："哥，要不把永顺书记也约来。"

"是呀，我也是这个意思，这件事躲也躲不过去，村干部也不能领着村民起哄啊。"

顺正琢磨着刘琴寄来的一封快件信，异国他乡，千里迢迢，没有发 E-mail，而是能实实在在拿在手里的纸信，不得不说这份情的真切和重视。正午的阳光几乎直射，走出屋门眼睛不能立刻适应，皱着眉头看着炸红的石榴花，顺的眼睛很不舒服，有点恍惚失明的样子，轻轻地揉了揉眼睛，才看得清楚：红绿相间，美得好像不真实，有点像中国商店里新品种的圣诞树，怪怪的。不对呀，顺想起圣诞树都是塔松做的，哪有这么宽的叶子？禁不住自言自语地笑起来。手机铃响起来，是李培晨打来的："王书记啊，您忙吗?"

"哦，是培晨主任啊，有事吗?"

"也没啥事，这不，我和培光大哥在这儿聊天，都想起了您，一块儿过来坐坐吧。"

顺正有些犯愁，没想到突破口就这样冒出来，赶紧说："好好，我这就过去。"

三个人一见面也没客气什么，不知不觉地聊上了开垦荒地问题。培光和培晨都闪烁其词，吞吞吐吐，内心很不明了。谈着谈着，顺心里有了底，这荒地开了也就开了，死犟也没什么用，不如开门见山，就对李培晨说："培晨主任，您先说说心里咋想的，这里又没有旁人。"顺没有先让李培光说是给他个回旋的余地，以免把事情弄僵，成了死疙瘩，再解就麻烦了。

李培晨也知道有些事该说不该说，"王书记啊，多丈量出这么多土地，也不是哪家哪户的事，总得有个说法吧?"

"是啊，现在不是让您说心里话嘛，把您咋想的就说出来吧。"

“怎么说呢，我也不知应该说些啥呀!”

“那么，您觉得把开垦的荒地和当初集体承包的地一样对待，这合适吗?”

李培光听出了话外音，自己也是一名老党员了，就试探地问：“不一样对待可以啊，但总得有一个解决的方案吧。”

顺觉得有些事不说出来永远只能打哑谜，“两位前辈，有些话我得讲到前头，您俩刚刚开垦的荒地有些套弄集体资金的嫌疑。”

顺拿眼睛余光看着这哥俩，两个人红着脸低下了头，李培晨忽然抬起头说，“永顺书记，您说咋办吧!”

顺端起酒杯说：“来咱先喝了这杯酒，我们再商量。”

干了杯中酒，顺抹了一下嘴说：“我仔细打听过琥珀酒厂的意思，这么多土地不可能都种植葡萄，再说有些土地也不太适合种植葡萄，我们腾出大部分土地来种植树，主要是银杏树和梧桐树，形成观光游览区。离我们不远的高铁站很快就建成了，到时候我们会建成一个度假村，有河有海有树，虽然没有山，但也不输任何地方的风景。”

“好是好，可这需要多少资金啊?”

“肯定需要大量资金，但我们守着凤凰窝，不怕招不来金凤凰，来不来是我们的思想问题，一定要开放搞活，把宣传的窗口做好。”

“这穷乡僻壤的宣传啥呀?”

“我们这儿叫啥?”

“黄河入海口哇，大荒洼、盐碱地啊!”

"这是老观念了。黄河入海口没错，可不是大荒洼、盐碱地啊！过去的红地毯、芦苇荡现在依旧美如画，可在这广袤的土地上，没有多少盐碱地了，您看看，您看看这土地就像黄澄澄的金子，种啥长啥。再就是这片海洋，就像蓝色的宝石熠熠生辉。这条河不只是风景，那简直在流淌金子啊。"

这老哥俩互相看了一眼，低下头一句话也不说了。他俩感觉顺太孩子气，不像是村干部，倒像一位诗人，哦，就是唐朝的那位李白，志向远大，却不太切合实际。

顺看了看这两位低眉顺眼的哥俩，笑了笑说："我是不是太文艺范儿了？"

"不是的，摆在眼前的是怎么入股分红。"李培光抬起头说。

"来，敬您老哥俩，先抿一口。"顺端起来碰了一下，抿了一小口。

"婶子，把落地扇向前推推，天真的热了。"顺笑着招呼培晨媳妇。

培晨媳妇抓紧向桌子挪了挪风扇，打趣地说："年轻人就是火力旺。"

"在机关里吹空调惯了，一热就浑身不自在啊。"

"那么好的条件，难为您了。"培晨媳妇又帮了一句。

培光和培晨愣愣地等着顺解释土地入股分红的事，见培晨媳妇老打岔，培晨转过头说："你去再拌个老虎菜，弄上几根丝瓜做个汤，不叫你别打岔！"培晨媳妇噘了噘嘴走了。

顺也是吊吊这老哥俩的胃口，他知道这件事还得开会研究，不只是红星村一家的事，其他七个村子也得通过才行。

“哦，刚才说哪儿了?”顺嚼了一粒花生米问。

培晨抢着说：“土地入股分红呢!”

“是呀，这多出来的土地，肯定不能像原先分的土地一样对待。”顺顿了一下，又嚼了一粒花生米，用眼睛的余光瞄了这老哥俩一眼，李培光很不自在，有点坐立不安，李培晨有点像霜打的茄子直发蔫。

“但也不能没有分红啊!”哥俩一下子竖起了耳朵，眼睛有了光亮。

“这样行不行，原有的土地一亩地算九股，新开的土地一亩算三股。”培晨和培光吃了一惊，发现顺真能做得出，心中暗暗佩服。这娃子真的不能小觑，心里有谱。

“我只是设想，我们还得开会研究，上报审批后才能算数。”

李培光端起了杯，“来，咱哥俩敬王书记一杯，自古英雄出少年啊!”

“使不得，使不得，再说我也是老少年了，我们三个一块儿干了。”顺知道这哥俩对这个方案不反对，就想好了今晚就召集全体党员开会。先把红星村的方案定下来，再召开八村委联席会议和红星合作联社全体会议，再逐级上报审批。

一个月过去了，事情一直很顺利，可具体执行中，真出现了钉子户，就是村里的地痞强，怎么说就是不同意。他开垦的土地最多，基本都没种过，顺觉得给他的条件够优惠的了，横竖谈不到点子上。顺本想撇开他，给他点颜色看看，可是这地痞强也不是吃素的，上蹿下跳地告顺。最后，顺打听到退休的韩副乡长是他姑父，在位的时候没少照顾地痞强，地痞强很是听他的，就想去拜访韩副乡长。

顺约上李培光，提了一盒茶去了韩副乡长家。

韩副乡长在区直惠源小区住，这个小区是第一批商品房，规划比现在的小区宽敞，风格也很时髦，路都是环绕的，就像一环一环的，是不是受了北京市的启发就不得而知了，据说是清华大学设计的。

韩副乡长已七十多岁了，有些脑血栓后遗症，是年轻时喝酒太多了，那时，酒是公家的身体是自己的，愣是拿自己的身体去装公家的酒，装得那个豪爽就甭提了，如今身体还是自己的，但酒也是自己的了，还是戒不了。这不正在自斟自饮呢，见顺和李培光来拜访，由于腿脚不利索，欠了欠身子也没站起来。了解到顺是王乐生的儿子后，韩副乡长竟然呜呜地哭了起来，一把鼻涕一把泪地说当年对不住王乐生，让他损失了一大笔钱，要是搞到现在说啥也得把钱给他，可是那时他也真做不了主，他就是一个副乡长，人前看着风光，其实啥也说了不算。

其实，顺只是听爸爸经常唠叨这位副乡长，自己还是第一次见，心里也有点恨意，那么一大笔钱啊，那时在普通人眼里可是个天文数字。但事情已经过去这么多年了，怨恨已毫无意义，就说："韩乡长，您也别自责了，那是一个时代中的过错，不知有多少这样的债务不了了之，受害人是千家万户啊!"

"嗐，这件事我自责了半辈子了。你们找我有事吗?"

顺把土地流转的事给他说了说。韩副乡长一听火了，"这个浑球儿，都这个年纪还没有长进！这个事包在我身上，回头我就让韩茹把他叫来，把事情给他摆明了。"顺和李培光谢过韩副乡长后就顺便去了盼男家，李培光听说顺的母亲在姐姐家照顾孩子，就不顾顺的反对买了箱奶和一提水果。

蒲生玉看着顺又黑又瘦，心疼得泪都下来了，差一点哭出了声。浩宇已经小学毕业，见舅舅来，一下子兴奋起来，吵着嚷着要跟顺去红星村，见识见识舅舅的威猛，弄得顺哭笑不得。一件令顺欣慰的事是小外甥发育基本正常，坐得已经很稳，和正常孩子没多大区别，盼男的苦和累没有白费，见到盼男时，发现她鱼尾纹深了不少，也有了浅浅的抬头纹。虽然蒲生玉一再强留，顺和李培光还是去了大开口饺子店点了两份饺子，吃完后就直接返回红星村了。

还没到晚上，地痞强就登门向顺道歉，承认自己的错误，自己只是想多弄几个钱，没有别的想法，姑父已狠批了他，他也晓得对错，希望顺大人不记小人过，不要再跟他计较。顺也跟他讲了政策的优惠性质，不会亏了任何人。地痞强非要晚上请顺喝酒，顺也知道他这种人识顺不识戗，就顺水答应了，并且说就他俩人，别人谁都不叫，酒算自己的，让地痞强准备几个菜就行。

黄昏时分，顺搬了箱青岛啤酒，就去了地痞强家。实际上，地痞强有名字，只是他耍横几十年，真名几乎被遗忘了，顺问了问李培晨才知道他的真名叫李文强，十几岁就好打架斗殴，有点不务正业，如今已四十几岁的人了，还是逞强斗狠，倒是有几分义气。

地痞强真的没有慢待顺，竟然为顺杀了一只老母鸡，当黄澄澄的鸡汤端上来时，顺还一阵激动，这是他没有想到的。闲聊之中才知道，地痞强之所以耍横是因为他从小不想让人欺负。他爹在世时是个哑巴，人很老实，瓦匠活干得不错，四邻百舍用得着的都像牛一样干，他很小的时候，人家都嘲笑他有个哑巴爹，而这个爹是那样无用，从没有为他讨个理。有一次和一个高年级的学生动了手，结果让人打得胳膊都骨折了，而哑巴爹只是抱着他哭，没有一点咒念，他开始明白了，这个家没有依靠，他要靠自己。又一次，也是和一高年级学生打架，他就往死里打，给那孩子打掉了两颗门牙，虽然自己也被揍得鼻青脸肿，可声名鹊起，从此有了外号“地痞强”，自己觉得这外号挺唬人的，也就认可了，唬住人再说。顺反而觉得地痞强挺可怜的，就给他分析现在的形势，社会变化很大，扫黑除恶专项斗争已提到日程上来了，逞强斗狠已被时代摒弃，不能再这样下去，琢磨琢磨干点正经营生。地痞强也向顺表态不再干苟且之事，希望顺给找份工作，顺告诉他办养老院需要保安，希望那时候他能胜任，地痞强万分感谢。顺只喝了一罐啤酒，吃了一碗鸡肉，因为有事就早离开了。借着场子，地痞强又把培光和培晨一并请了，一直玩到很晚，几个人酒桌上一再赞扬顺。

顺之所以早离开，是琥珀酒厂要建厂的地皮上有七八个坟头，他得琢磨琢磨怎样让村民们迁坟，这可不是小事，死者为大。琥珀酒厂也知道这件事比较棘手，所以开出的价码也比较高，每个坟头补贴两万元，不算占地，只作为迁坟费用。顺知道不管出什么价都得让村民们接受理解，否则，即使钱再多心里也是个疙瘩。想来想去这件事还得培光和培晨哥俩去做比较合适，他们对村子里的习俗熟悉，村民们的心脉把得比较准，以免留下后遗症，就抬腿去了李培光家。

今晚的月亮还没出来，星星把天空塞得满满的，让人感觉有些郁闷，不像是秋天的夜晚那么辽阔，内心的燥就要从嗓子眼逼出来了。村子里纳凉的人一般不会走出院子，把院子用大扫帚一扫，铺上一张闲着的席子，在席子上再铺一单子，躺下来霎时舒坦。看着天空，内心一下子澄澈空明，啥也没想，男人们很快就打起了呼噜，女人们也敞开怀跷起了二郎腿。

顺的拜访说起来有点不合时宜，这时候表姐王淑倩也开怀纳凉，顺一敲门惊了她一跳，一骨碌爬了起来，赶紧系扣开门。顺才知道家里就表姐和她女儿，说了一会儿话离开了，王淑倩想给公公打电话，顺阻止了，说也没啥急事，明天再说。

夜幕下，星星并没有隐藏，月亮也涨红了脸走了出来，一脸的雾水、扑朔迷离。顺又想起刘琴那封信，已经五十天了，他没有回信，他是不知道该写些什么，说感情断了那是瞎话，说陪她到天涯海角那也是瞎话，如此沉下去也不是办法，那刘琴在干什么呢？

六月份的莫斯科，气温凉爽，凌晨三点天就放亮，一直生活在山东的刘琴不是很适应。而且，由于顺的疏远产生了“潘多拉效应”，就是越是得不到的东西，就越想得到；越是不好接触的东西，就越有诱惑力，越想接触；越是有距离感的东西，就越是神秘，越想拉近距离。人性真是个很难捉摸的东西，有时连自己都无法理解自己呢。在一起时，并没有感觉顺多重要，离开了却如火燎眉心，睁眼都觉得疼痛，但又不愿承认，活受罪。也许这叫断奶期，内心的煎熬要持续一段时间，如果再熬上一段时间，思念无法减轻，她只能选择回国。可正在这时，学院的一位法国同学向她展开了爱情攻势。浪漫的法兰西式风格硬塞进刘琴空洞的心，渐渐起了效应，绷着的心开始有所放松。

这一切，顺是不知道的，他只知道自己只能做好眼前的事，别的无能为力，感情的事也只能顺其自然。当然，顺之所以能把持住自己的感情，是感情已过了蜜月期，又有很多事情等他处理，忙碌中冲淡了多巴胺的分泌。

20

日子就像织布的梭，从手中不停地传递，天平的砝码一下子倾斜下去，就像哥伦布发现了新大陆，在这片人们认为的新淤地上，竟然发现了海北遗址。当然，这一发现已有十年之久，至今有人质疑，认为是一艘满载瓷器的船在这儿遇到了海难，不过专家是笃定这儿就是码头。

有时候，眼见到的不一定是真相，就像大禹治水，就有人提出另一说法，当时，舜定都山西秦岭北麓，渭河平原。而秦岭北麓呈断崖式结构，暴雨后常有泥石流，河流淤积状态严重，常有洪涝，又是都城所在，应为禹治水之主要地域。而一些考古挖掘的禹王庙、锁龙台，似乎不足以证明禹的主要治水之地就是那些遗址的发掘地。

专家自有专家的说辞，但这片土地得保护起来。因为挖掘仍在进行中，而且有增无减。而顺的想法是能不能在这片地上建个博物馆，给即将种植的这片树林留点古色古香的文化底蕴。

国家正在加快区域协调发展，他这片地很小，小到在地图上成一个点，但他要让这个点亮起来，那就是植树，相对于人口来说，他这片地又很大，真有点地广人稀，要让它成为整个区的后花园。树还没种呢就有人提出：树老了怎么办？砍了再种呗！这又不是原始森林，任凭自己休养生息。

王蓓蓓一直关注着顺，永胜村周边的几个村组成的永胜合作联社，刚刚建起了蔬菜工厂，无土栽培。这个无土栽培和原来的无土栽培含义有所不同，原来的无土栽培是在土地上挖上小沟，小沟里铺上塑料薄膜，再在薄膜上铺上沙子，种子就种在沙子里，沙子上还铺设了喷灌管，定期喷洒营养液，那叫大棚式无土栽培。现在的工厂化无土栽培，是立体式的，空间几乎是“无限的”，沙子都不用了，直接定期喷洒营养液。时间就像一壶老酒，越煮越醇，暖了身体也暖了味觉，就像自家种的无土蒜苗，一瓣挨一瓣地排列在托盘里，定期洒水，不几日二十几公分的蒜苗就长起来，剪一茬不几天又长起来，直到蒜瓣里的营养耗尽，就连长长的根须也成了下酒菜，吃过白色根须的人总以为它是一种海草，其实它依旧有大蒜的味道，只不过清爽了许多。

王蓓蓓的蔬菜工厂从很大程度上刺激了顺，未来地球能养活多少人真是个未知数。不过，照此下去，人口总会出现负增长；过度的娱乐和享受，让越来越多的年轻人对生儿育女望而却步，选择不生和只生一胎，独生子女养老问题也越来越尖锐，修路和建养老院的规划顺想到用上淘到的第一桶金，尽管会遭到很多质疑。八个村的支部书记暂时没有 个支持的，都认为第一桶金要用在红星合作联社的发展上。顺有顺的打算，他和肖小曲仔细商讨过这个问题，肖小曲承诺修路的钱大部分由琥珀酒厂承担，但有一要求就是葡萄园要取名“琥珀葡萄园”，这么好的支点，他不能不撬动一下，下点本钱，琥珀酒厂肯定按比例投钱。至于为什么建养老院，他是根据夏男调研的成果，这八个村的青壮年61.3%的父母，大都六十五岁以上，有很大的一部分需要照顾，还要养育下一代，无论是工作环境还是幸福指数都有待于改善。再说事业金钱都是干出来的，没有了后顾之忧，大家的干劲儿自然就会提高。这就应了有人竞选美国总统提出的基础需要：每人每月平均提供四千美元的基础需要，有助于全民的创造性的发挥，想来想去是有道理的。人只有不再为生计而奔波了，才能释放潜能，其实随着人类社会的发展，枯燥的劳动会渐渐被机器人取代，创造性的劳动会成为人的一种需要。

秋天很快到了，葡萄树种植的季节真的来临了，琥珀葡萄园所有的苗都是琥珀酒厂选购的，整个过程红星合作联社只出人力，在技师的指导下干活，整个过程足足一个月。

“七月十五定旱涝，八月十五定太平。”中秋节刚过，肖小曲一直绷着的心刚刚放下。可顺和村里的几位老书记仍旧悬着心，根据往年的经验，十月份仍会有暴风和暴雨出现。

“起风了！”西北风强烈地刮过来，足足有九级以上。

乌云翻卷着像奔腾的野马群，从东北方向涌上来。

“看啊，东北方向阴得真黑呀，南边也有一片，顶着风过来了。”

“这件事，我给肖董事长说过，今天明天有暴风雨，可她只是皱眉头。”李培光站在院子里自言自语道。他刚想给顺打电话，电话铃就响起来了，是顺打来的：

“李书记啊，下大雨不会大涝吧？这葡萄树很怕涝啊！”

“我们这儿排碱沟纵横，想涝是不太可能，但温度一下子会降下来。”李培光的话音刚落，顺接着说：“在喇叭里把全村党员喊到村委，再就是把其他几个村的村委也打电话叫来，半个小时内集合。”

顺知道现在葡萄树已有一米左右的高度，叶子还没落，如果温度零度以下就会有冻死的危险，当初选择露天种植，小曲董事长和顺都顶着很大压力，弄不好就打了水漂，但为了绿色生态，品到阳光雨露下葡萄酿的琥珀美酒，就这样做了，当时是签有协议的，责任由双方共同承担。

雨夹杂着风像瓢泼一样下着，一个小时过去了，没有停的意思。村委屋里窝着三四十人，一个个黑着脸，只有时间在煎熬中走动，一向不抽烟的顺手里捏着一支燃着的香烟，无意识地弹着烟灰。

手机铃一下子响起，吓了大家一跳，四面环视，才知道是顺的手机，顺拿起来一看是王蓓蓓打来的：

“永顺哥啊，不要着急，我们永胜合作联社现在入股算不算？如果赔了，我们承担一半的损失，如果挣了，分给我们5%的利润……”

手机在免提上，大家一下子松了一口气，对顺的信任陡然升高，纷纷说党员、村委带头抵御风险，不会让红星合作联社信誉倒地。

“风停了！雨也停了！”

“嗨，看看——太阳，太阳出来了！”

顺彻底松了口气，抓紧从手机上查了夜间温度，由于受寒潮影响，气温会下降6～8℃，最低温度0℃。心里又有些紧张，拨通了小曲董事长的电话，小曲董事长也吓了一跳，正安排专业技师查看情况，估计有些地块还会有涝的可能，但问题不是很大。至于温度不应该有问题，毕竟白天还是暖阳高照，她直夸顺是有福之人，自己也跟着沾了光。其实，她是内心深处对顺产生了爱意，只是顺不知道，只知道每次碰到肖小曲的眼神总有些不自在，那眼神有些火辣。

很长时间没去盼男家了，母亲还在盼男家照看外甥，他想说服父亲今冬天也搬到盼男家，一个人做饭很不方便，虽然他们还没有到了被照顾的年龄，但长期分居显得清冷，不利于健康。想来想去，还是约上王蓓蓓吧，毕竟欠了人家一个大人情，虽说5%利润人家不要，那50%损失更不需要承担，但关键时刻这“定海神针”还是稳住了人心，作为党的干部，人心应该是最主要的考核指标。

“蓓蓓啊，今天有空吗？”

“永顺哥，有啥吩咐？”

“哪敢啊，你可是做了一把‘定海神针’啊！我还没来得及谢你呢。”

“谢就不必了，有空常回永胜村看看乐生爸爸吧，他不太会照顾自己，经常不做饭到街头买点吃，时间长了会影响身体的。”

“啊，我正要给他说这事呢，想让他搬盼男那儿去。”

“我给他说过，但家里养了十几只鸭子、五六只鸡，看样子他是走不开。”

“他是怕我们吃不上绿色环保的鸡鸭蛋。其实，你们永胜合作联社散养的鸡鸭更环保。”

“他是让那几年的食品吓坏了，还没跳出那个圈呢。对了，你找我有事吗?”

“一块儿去盼男家坐坐吧，很长时间没去了。”

“耶！我去接你。”王蓓蓓差一点跳起来，顺第一次单独约自己，她想这应该是爱情到来的信号。

刘琴并没有成为过去式，不但顺一直关注她，王蓓蓓也经常向刘琴的闺蜜探听消息。刘琴去了莫斯科就一直没回来，听刘吉盛叔叔说她要结婚了，是一法国男友，还问过顺他们之间是咋回事，他还是希望顺能够成为他的女婿，他觉得那位法国男人不靠谱，都要谈婚论嫁了还没看见人影，看来脑子里压根就没有他这位泰山，引申一下就是没有家的概念，这在我们东方大国哪能行得通。刘吉盛对女儿的爱在圈子里是出了名的，甚至放出风来要给刘琴一半家产，他是决不允许如此轻视他的洋女婿娶自己的女儿的。至于顺并不是贪恋刘吉盛的家产，而是对刘琴的感情仍在纠结中，更多的是不放心。

王蓓蓓知道自己和刘琴比起来，更适合陪伴在顺身边，但感情有种先入为主，在自己傻傻地跟在顺屁股后面的时候，刘琴已和顺谈恋爱了，也许是自己和顺太熟悉了，熟悉到很长一段时间顺不知道自己是个女人，即使上小学的时候自己睡在他身边，也许她当时啥也没穿，记不清了。

王蓓蓓精心打扮了一番，化了个淡妆，想来想去她还是穿了羊绒风衣，白色靴子，尽量淡雅一些，这些年的摸爬滚打显得她太成熟了，甚至有点老成，她知道顺很文艺范儿，是位吟诗作词的儒将。她喜欢顺很重要的一点就是他的文艺范儿，少女的心常常被那些婉约小诗哄哭了，也常常梦想着做他的新娘，可爱情渐渐靠近的时候，她反而有些紧张了，她和他都这么要强，而过日子是一个小家庭，她和他有能力容得下一个小家吗？柴米油盐是一种忠诚的检验，也是智商和情商的巨大考验。每天承受着工作的巨大压力，她和他有能力再经营一个小家吗？每天为他做早餐、午餐、晚餐，为他揉揉肩、捶捶背，为他生育一群孩子……

今天，王蓓蓓不仅要和顺去盼男家，她还想带着这一家子去自然保护区观鸟，充分享受公共资源。富有和贫穷分怎么来看，一个人总是游山玩水，沐浴日月光华、白云星空、朝露晨曦，即使他没有多少钱，他也是富有的；如果只待在别墅里，出则乘高档座驾，入则席梦思鹅绒被，几乎没有或很少享受公共资源，他也是贫穷的，那些无价之宝，他一件都没拥有，只不过是过早地走入坟墓。

相反，一直忙碌的王蓓蓓，这会儿却悠闲起来，九点多钟驾驶瑞风 M6 驶向红星村，一路车速在六十迈左右，才知道生活原本就是慢节奏，就像天空的那只鹰翔来翔去，在原地打转转，它是在猎食，不知道的还以为它在欣赏田野风光哪。

顺倒有些着急，九点半多了，还没接到蓓蓓的电话，想打给她又怕她正驾车不方便接听，就一直抻着，在院子里毫无目的地溜达。电话铃响起来，是小曲董事长打来的，请他到办公室喝茶，上好的武夷山红茶。顺说要去姐姐家，并表达了遗憾的心情。肖小曲那边说要不要陪他一块儿去，正好今天不忙，也很想见一见这位大姐，说早有耳闻顺有位姐姐在区直，早想拜访，今日正好一见。顺一下子为难起来，不答应吧，肖小曲听起来非常真诚，也许真的很想见盼男；答应吧，王蓓蓓怎么想，好哇你，到底是约我还是让我当灯泡？以前刘琴在时我当灯泡也罢了，这会儿算是咋回事？顺沉思片刻，抓紧回话说自己约了蓓蓓一起前往。没想到肖小曲在电话里笑起来，说很长时间没见蓓蓓了，尽管经常打电话，但总也见不着，这次正好一块儿聚聚。顺一下子尴尬了，不知怎么拒绝。肖小曲笑着说："怎么？不好意思跟蓓蓓说啊？我给蓓蓓打电话。"说完就挂了。

又过了十几分钟，蓓蓓打来电话嚷起来："王永顺，你又约了别人，到底是啥意思？我不去了！"

这是蓓蓓第一次发火，她在顺眼里一直乖乖的，即使遇到伤害也是不需要解释的那种，没想到她第一次喊他王永顺，还是那么的霸道。

王蓓蓓和刘琴的竞争毕竟有点名不正言不顺，一直以来刘琴已明确就是顺的女朋友，再说，她和刘琴性格迥异，她信心很足。但今天这位肖董事长和她是一类人，真插进来，很有可能她王蓓蓓就成了牺牲品，所以，今天这事令她战栗，差一点开口骂娘。

顺没有解释，只是说自己没约别人，别人想啥他管不了，她王蓓蓓把他想成啥人了？去不去由她自己决定，他就在红星村等她。

王蓓蓓挂了电话破涕为笑，她赢了，赢得了爱情，顺在电话里明显表态了，在她和肖小曲之间选择了她。她也不是傻子，肖小曲对红星合作联社至关重要，所以她又拿起电话打给肖小曲，说她想带着一家人去自然保护区观鸟，大人孩子加起来得八个人，如果她想去得自己驾车，最好带上提包的助理，因为大人得照顾两个孩子。

肖小曲听出王蓓蓓俨然以顺家人的口气说的，心里酸溜溜的，知道这次自己跟上只能当陪衬，就打电话跟顺说自己临时有事走不开，让他给家人带个好，改日再拜访。顺还是佩服王蓓蓓，她总是有办法解决身边的难题。

其实，顺不知道，早晨起来王蓓蓓去王乐生家，大门紧闭，这才知道王乐生驾车去了盼男家，估计是想蒲生玉了，当然也会想外孙。要不，王蓓蓓会一块儿喊上他。

王蓓蓓到达红星村的时候已十一点多，顺没有说啥，抓紧给盼男打电话，说和蓓蓓去她家吃饭，十二点左右会到达。

21

这么正式地带王蓓蓓去盼男家吃饭，让王乐生一家人明显感觉出顺的感情已发生了转移，就像天空那朵云正在变成雨，踏实地落在大地上。一家人的心也像橡皮筋松了套，轻松了很多。张旺财专门请了半天假，把这些年来做菜的经验发挥到了极致：梅菜扣肉、焙鲜虾、清炖鲫鱼汤、家常海参汤，几样拿手菜做得更是精心。王乐生喜欢这个女婿就是因为他人好，直到现在也没发现他有坏心眼，这样的人陪女儿一生踏实，再说自家的事他也上心，比儿子看着都顺眼。

“哇！这么丰盛啊！这是宴请公主的节奏啊。妈，谁要来咱家啊？”刚刚放学进门的浩宇发出了惊叹。

“你蓓蓓阿姨要来！”

“不对吧，蓓蓓阿姨不止来过一次了，哪有这排场啊？”

“还有你舅舅啊！”

“耶！舅舅要来喽！哦，我明白了，舅舅的节奏够快的呀，是真男人啊！”

“这孩子，说啥呢。”蒲生玉爱怜地数落着浩宇。

“蒲妈妈。”这时王蓓蓓和顺前后脚迈进来，还没换上拖鞋就握住了蒲生玉的手。

蒲生玉前看后看，她很久没见蓓蓓了，咋看咋觉得比刘琴喜相，眉眼间惹人喜爱，这当了儿媳肯定孝顺。

“妈，让蓓蓓换上拖鞋再聊。”顺换好拖鞋，一边往里走一边提醒母亲。

“哦，你看我这都糊涂了。”

“舅舅，上来呀。我让你看一下我最近刚收获的宝贝。”浩宇闻声在楼上探出头喊。

这外甥和舅舅可是铁爷们，这感情一直处于“蜜月期”，从浩宇懂事起就没改变过，好东西都得跟舅舅分享，要不就像蚂蚁钻心难受得要死。顺也想看看浩宇到底弄了啥宝贝，应声就上了楼。

“呀！涡喷式航模！”顺走上去抚摸着这架1:6仿真歼十战斗机模型，露出了惊讶的表情。这架飞机不低于二十万，是谁出手这么大方？顺禁不住诧异起来，就问浩宇：“谁送给你的？”

“我也不知道。总之，我生日那天就有人送来了，这不还不到一星期呢。”

“那没问问就收下了？”

“妈妈问过，人家说只管送货，别的啥也不知道。”

顺一下子蒙了，这礼物太贵重了，不能这么不明不白地放这儿，不管浩宇多么喜欢，都得弄清楚。“浩宇啊，这礼物太贵重了，如果找到人我们要把它退回去，要不会犯错误的。”

“老舅啊，不会吧？还会有人贿赂我一个毛孩子？”

“不是你，应该是大人。”

“我爸？我妈？一个小教师？一个小职员？”“哈，还小教师、小职员，胃口不小啊！”

“不是，老舅，我想最有可能贿赂的是您。”

“我？现在正经八经的一个农民？不会吧！”

“老舅！楼下那一位。”

“你说蓓蓓啊？”

“对呀，有钱人啊！您那些女朋友都贼有钱，一看就知道。”

“哈，小人精！”

“永顺，浩宇，开饭了。”蒲生玉在下面喊。

“走，下去。待会儿，我偷偷地问问她。”顺搂着浩宇的肩膀走下楼来。浩宇一下子笃信这航模与舅舅有关，很怕真的被收回去，他还没来得及实际操作一下，更希望真是这位蓓蓓阿姨送他的，照这架势她会成为舅妈，自家的东西不会有啥问题的。越犯嘀咕越想知道，一下楼就黏到蓓蓓身边，小声地问：“阿姨，您有没有送我一架航模？”

王蓓蓓愣了一下问：“怎么，想要航模呀？”

顺一下子打了个冷战，他也希望是王蓓蓓送的，听这口风真的不是，那是谁呢？浩宇也有些失望。

盼男也听见蓓蓓的话说：“是啊，我正想问问你俩，浩宇收到了一架仿真航模，我上网查过，价值不菲。一直担心着呢，是谁出手这么大方？又有啥目的？”

王蓓蓓脸色有些难看，以盼男夫妻俩现在的职业，不可能有人送太贵重的礼物，除非有特殊的目的。女人的天性让她想到两个人，一个刘琴，另一个肖小曲。最有可能是肖小曲，刘琴送礼物没有必要不留名字，再说她远在国外。她没想到肖小曲会这么有心机，行动会这么迅速。

顺也嗅到了一些味道，赶紧把话题引开："抓紧吃饭啊，蓓蓓还要带我们去自然保护区哪，这季节黑天鹅和丹顶鹤在等着我们呢。"

"妈妈，抓紧给'老板'打电话，请假哟！"浩宇兴奋起来。

"你先吃饭，待会儿我给班主任打电话。"张旺财一边给蓓蓓盛饭，一边叮嘱浩宇。

"你们先吃，我给老二做个胡萝卜山药粥，一会儿就行。"说着盼男又钻进厨房，张旺财也站起来进了厨房。

王蓓蓓抓紧站起来说："张哥，您先一块儿吃吧，我来帮盼男姐。"

对于盼男的生活状态，一开始王蓓蓓也感到有些压抑，但随着时间的流逝，她更加理解和敬佩盼男那种为人母的处事态度。母亲对于子女就像大海对于鱼儿，从不吝啬自己的所有，胸怀要多宽有多宽。

在去自然保护区的路上，沿海滩涂和盐碱洼地，因受海水侵蚀和地下水位高的影响，风儿一吹，在暖阳下白茫茫、银花花的一片，还有赤碱蓬织成的"红地毯"一块一块的，远远望去真是一道风景。"老舅，黄须菜这也能行！"

顺抚摸了一下浩宇的头说："这就是地球的伟大，总是给人意想不到的惊喜。你听说过'死亡之海'吗？"

"知道，不就是塔里木盆地嘛。这点小知识难不倒我。"

"那儿却发现了地下海洋，含水量是北美五大湖的十倍，那是一个啥概念?”

“种植海水稻呗，沙漠变绿洲呗!”

“哈，说得多轻松啊，那沙漠比整个德国都大啊。”

“这有什么?我读过一首诗，那才叫气派呢!”

“说说那诗咋说的?”

“诗的意思是要在太平洋里种水稻哩!”

“呀，是够气派的。不过，科学给出了N种选择，哈。说不准呢。”

“哈，恁爷俩都能上天了。”盼男打趣地说。

“妈，您这话老土了，上天都小意思了!”

“哟哟，都小意思了。总之你没去过吧。”

“可老舅去过啊!”

“咋?你舅舅上过天?”

“姐，您别太执拗，浩宇是说我坐过飞机。”

“嘿嘿!怎么?妈是不是也坐过啊!”

“不说了，总让你爷俩绕进去。”

随着车越来越接近自然保护区，苇絮随风在天空悠悠飘起来，弥天盖地，形成“芦花飞雪”的壮丽景观。“啊，真美啊!”浩宇叫起来。

随着车慢慢地驶进，大家打开了车窗，伸出了手臂，任“雪花”飘在手和臂上，感受这曼妙舞姿。

“这可是原生态，这自然保护区人的痕迹很少，只有这路是人修的。不知从何处飘来的芦苇根，历经无数磨难，终于依附在这块新生的土地上。”王蓓蓓感慨地说。

“车可能不让进，你们下车我去买票。”顺看着保护区外面的牌子说。

“你们先别下车，在车上等一会儿，进去到观鸟的地方还有七八里地哪。保护区管委会有我的一个同学，我去问问看能不能带车进去。”王蓓蓓把车靠边停稳，自己下车走进入口的管委会。不一会儿档杆升起来，蓓蓓笑着向一个小伙子致谢。

“怎么？那小伙子是你同学？”顺搭讪地说。

“是呀，上学的时候还给我送过花哪。”王蓓蓓白了顺一眼。

“我是说人家很帅的一小伙。”顺笑着说。

“再帅也不能和舅舅相提并论啊，是吧，蓓蓓阿姨？”

“哈，眼里光有你舅舅啊？”盼男抢白了自己的儿子一句。

“老舅第一！老舅第一！”

“哈哈哈！”大家都一块儿笑起来。

今天，天气晴朗，云儿就那么几丝挂在天际，似有若无地装饰着。地平线已被望不到边际的芦苇占据了，静静地走在蜿蜒曲折的木质栈道上，听着风吹芦苇丛发出“窸窸窣窣”的响声，最能体会“一曲溪流一曲烟”的景致了。

“看，鲤鱼跳龙门。”浩宇指着一片水域喊起来。

“啊，真的呀！你看又有一条跳起来了。”一条银白色的鲤鱼伴着水花跃出半米多高。

游客都纷纷停下来，掏出手机抓拍起来。几个爱好摄影的发烧友，支起架子，端起姿势，连拍的镜头清晰地记录了鲤鱼跳起的慢动作。这些发烧友，经常在自然保护区出入，保护区为了加强宣传并不收他们的门票，只是在管委会登个记就行，这也是王蓓蓓一行人不但驾车而且免票进来的原因。

“呀，你们看呀，这儿的鸟儿扎堆了。”挨着一处小亭子的大片水域漂满了大大小小的鸟儿。

“这黑色的天鹅怎么就一只呢？天鹅不是成对的吗？”蒲生玉问身旁的盼男。

“这就是黑天鹅事件。17 世纪之前的欧洲人认为天鹅都是白色的。但随着第一只黑天鹅的出现，这个不可动摇的信念崩溃了。黑天鹅的出现有不可预测性，但我想一定还有另一只。”顺走过去给母亲解释。

“说啥呢，这么专业。”王蓓蓓抢白了顺一眼。

“你确定还有另一只？”盼男问顺。

“黑天鹅的存在寓意着不可预测的重大稀有事件，它往往在意料之外，却又改变着一切。教科书上是这样说的吧？”王蓓蓓向顺扮了个鬼脸，她已很长时间没向顺扮鬼脸了。

“看，那一只在飞呢。你们这些年轻人呀！”王乐生一下子发现了新大陆。

“嘿嘿，教科书上说错了吧？还是眼见为实的好。”张旺财瞅着顺和蓓蓓打趣地说。

“姐夫，这原本就不是一码事。”顺也来了劲头。

“怎么？你姐夫说得不对吗？和蓓蓓去那边清静处看看，在这儿凑啥热闹啊！一会儿在车子旁会合。”盼男向不明事理的顺使了个眼色。

顺这才反应过来，但一时半会儿适应不了角色，没有去拉蓓蓓的手，而是轻声地对蓓蓓说：“走，那边清静处走走。”

王蓓蓓一下子放开了心思，立马牵起了顺的手，很快消失在芦苇荡里……

王蓓蓓理了理嘴边的几缕秀发，满眼的温柔之外几乎没有了思维，从小就埋藏的种子，瞬间发芽、长大、结果，她既经历了爱情的马拉松又经历了百米冲刺，刺激得她小心脏差点爆了。

回到永胜村，没人的时候王蓓蓓总是独自发笑，她没有记住那画面，只是记住了顺那温柔的粗暴，她第一次懂得男人是一种什么动物，单凭外表是无法判断的，也理解女人啥时候脑子断片，几乎没有意识。

那一片野草，那柔滑洁白的肌肤，那天鹅的叫声……

事情过后，顺有些纠结，觉得自己有些自私，毕竟自己和刘琴并没有面对面撇开关系，单凭一些说辞，就能断定接近七年的感情拜拜，有些说不过去，也是对蓓蓓的不负责任，但事情已经发生了，他禁不住那种诱惑，那一刹那他就像个少不更事的孩子。对了，应该给刘琴打个电话。刘琴在莫斯科的电话号码，也不知是有意还是无意地被她的闺蜜透露给他，他一直没有拨打过，忙只是借口，他只是不知道说什么。现在，他不能再抻下去，就是她要结婚也得给她祝福啊。

“你好，刘琴吗?”电话接通了。对方沉默了一会儿，电话挂了。他再拨打对方关机了。顺知道，这就是刘琴，他们之间的沟通除了音乐之外总是不很顺畅，每每遇到事情总感觉有些折磨人，这是性格造成的，现在天各一方，他更没有精力和能力说明白什么。他发了一条信息：“听说你要结婚了，祝福你!”就把手机搞到一边了，他真的变心了，那种捧在手里的耐心，怕手太累而放手了。当然更多的是来自刘吉盛的信息，让他笃信刘琴真的要结婚了。

这件事放下了之后，另一件事又涌上脑门，就是那架仿真航模，如果真是肖小曲送的，那可不得了，他们可是合作对象，党的纪律是不允许触碰的，自己不能装作不知道。再说自己已经接纳了蓓蓓，就不能再有别的选择，他相信肖小曲不会不明白事理，合作是共赢的，这是在交往之外的事，当然他也不敢那么相信金钱的力量，不排除为了感情而绑架了金钱，这件事不能太过直接操之过急。不过，电话还是要打的。

“您好，小曲董事长吗?”

“啊，怎么有空想起我了?”

“看您说的，您可是我们的财神啊，我得时刻装在心里才行。”

“我可不敢当，这可是共赢的事。有空的话，过来喝茶吧。”

“正想去讨杯茶喝呢，这不就给您打电话了。”

顺一下子放了心，肖小曲的不卑不亢让他感到了踏实。他一直觉得肖小曲和王蓓蓓是一类人，是理智、励志的女性。

顺本想喊上李培光一块儿去，但思前想后觉得有些事还是不说破的好，烂到肚子里人一辈子很难做到，总是有意无意地将一些不该说的透露给不设防的人。传着传着下蛋的鸡就成了飞机，下下来的蛋也成了恐龙蛋，这就是人的好奇和传播好奇的副产品。

肖小曲的办公室离厂区不远，一幢白色的小洋楼，因琥珀葡萄园是琥珀酒厂最大的种植园，这个酒厂也是最大分厂，所以，各个部门齐全：采购、技术、生产、物流、销售、招聘、考核、行政、财务，都在这幢楼上设了办公室，只因酒厂、葡萄园一直都在建设中，刚刚尘埃落定，所以，肖小曲基本盯在这儿，倒是很少回总部。

顺不是第一次来了，轻车熟路地来到二楼董事长办公室，肖小曲正在看书，顺敲门进来，她并没有立刻站起来，而是示意顺坐沙发上，眼睛没有立刻从书本上离开。不一会儿，一位助理进来为顺泡茶，肖小曲这才抬起头来说：“你去叫萱萱来泡茶吧，永顺书记可是品茶的高手。”助理出去，一会儿，一位身着旗袍的姑娘轻盈地进来，坐到了顺的对面，娴熟的手法，让顺想起了刘琴，那动作，那一尘不染的气质，那一丝不苟的技法。顺愣在那儿，当肖小曲在旁边坐下时他竟然没感觉到。肖小曲盯着他问：“像是遇到了故人是吧？”

“哦，想起了一位朋友。”

“你不说我也知道，是不是刘琴？”

“您怎么知道的？”顺大吃一惊。

“她父亲是我爸爸的朋友，我和刘琴见过几次面，喝过几次茶。”肖小曲淡淡地说。

顺方寸有点乱，略微顿了一下，岔开话题：“刚才看什么书那么入迷？”

“啊，当代人写的一本《人类起源》，说得很有意思。”

“人类起源有争议？”

“这书上说人类起源于树，他是从生物链的分布和染色体构成上推断的。”

“有人会这样推断?”

“所以，他设想人应该像树一样长寿。”

“这个话题很有意思，现存的树最长寿的应该是瑞典的欧洲云杉吧，它已经有九千五百岁了。”顺来了兴趣，没想到肖小曲会喜欢这种书。

“喝茶，茶也让人长寿的。”肖小曲轻轻地端起茶杯抿了一口。

顺也端起来闻了闻茶香，一饮而尽。

“是啊，人生就是这样，活这么久那是另一种状态。”

“哈，这人脑洞真是大开呀。”顺真的很喜欢这个话题，他认为人的衰老也是一种疾病。

“你是不是很想知道作者怎么想的?听人说，你喜欢科学，没想到这么容易上套。”肖小曲盯着顺的眼睛，刺激了一下顺。

“不说了，我想问您一件事。”

“不，你越不想知道我越想告诉你。”

“好，我听着呢。看看您用什么理由说服我，让我觉得应该读一读。”

“作者认为人类细胞也有细胞壁，细胞壁是由细胞分泌的纤维组成，这些纤维会不断地变粗变硬，最后导致细胞间流动的营养和信息受阻，而老去的细胞数量越来越多，新增细胞的数量却越来越少，人就逐渐老化了。”肖小曲一直盯着顺的眼睛。她不明白一个喜欢科学的人怎么突然愿意去村里当第一书记，她觉得人性是多变的。

“有一定的道理，他最终说的是人是树上结出来的吧?”顺打趣地说。

“你刚才要问什么？书一会儿走的时候拿走吧，自己看去吧。”

“哦，您是不是送盼男家一架航模？”

“这很重要吗？”肖小曲躲开顺的眼睛。

“当然很重要，我们是合作伙伴，这会定性为行贿受贿。”顺放低声音说。

“可航模买了怎么办？不会我自己玩吧？”肖小曲抬起眼睛。

“嗨，你先收回去。等我有了钱再买回来。”顺斩钉截铁的回答。

“王永顺，每次我们在一块儿都像吵架，你不觉得嘛！”肖小曲也压着嗓门说。

“董事长，茶凉了！”萱萱笑吟吟地说。

22

当你忘了日子怎样走失的时候，日子也忘了你的存在。

初春的日子总是暖越来越占上风，东风击退了西北风，从娇羞中登场，但也掩盖不住村庄的俊美，改变中的村庄并没有放弃炊烟，很多家庭即使盖新房也在院子里支了灶台，闻惯了木柴焚烧炖出的味道，是村民们自觉不自觉地延续了大锅饭。你还别说，这大锅蒸出的馒头、熬出的米粥、炖出的鸡鸭鱼，真是人们说的有娘的味道，不光是村里人吃着舒服，城里人也觉得香。

要种树了，按照顺的设想要种梧桐树和银杏树，可钱从哪儿来？这么大的地片，光树苗得上千万元，就算力气白搭上，对红星合作联社也是天文数字，况且还得拿出二百多万建设养老公寓，真是书到用时方恨少，钱到用时方恨无。顺一筹莫展。永胜村的模式和永胜合作联社运营方式倒可以借鉴，但总感觉有许多缺憾。正在无计可施的时候，顺想到了一个人，就是新任旅游局局长王宏江，王子章的儿子，虽说比自己大八九岁，但一直处得不错，正好新官上任自己也该去祝贺一下，于公于私都是人之常情。

王宏江原本在北京旅游研究院任副教授，课题研究就是全域旅游和新农村建设，这次也是回家创业，应聘出生地旅游局局长，正好对口。顺这一次前往带了红星合作联社的几名骨干，特意邀请了肖小曲和王蓓蓓，一看就是往大里做的节奏。红星合作联社地片和永胜合作联社地片中间有方圆几十里的地带，中间还隔着区直，从地片上看联系不大，但顺有自己的打算，这要看市里区里怎么规划。

顺早早地给王宏江打了电话，王宏江在电话里说区里上午有个全域旅游和新农村建设会议。很长时间不见了，中午一块儿吃个饭聊一聊，下午他还要去天宁寺森林公园实地考察一下。

一见面，大家寒暄了几句。王宏江说："这么多年，我一直在北京打拼，见面很少。虽然几位都是财神爷，但这顿饭一定得我请，如果有人抢，我立马走人，说话改在办公室。"

顺笑了，"宏江哥啊，还是老样子，大哥大的样子。"

"本身我就是大哥大，和你相差近十岁。如果我没想错的话，蓓蓓应该比你小一岁。尽管肖董事长看上去稳重，但年龄应该也比永顺小。"

"王局长真会说话，把我和蓓蓓都看成少年儿童了。"

"失礼失礼，请不要见怪。"

"宏江叔这么多年没见还是那么风趣，其实，肖董事长真的和我同岁。"

"是啊，我早就听说了，都是青年才俊。来，尝尝这鱼。今天，咱主要吃鱼，这店的碟鱼头做法可是很出名的。"

"宏江哥，你这刚到没几天就琢磨出吃的门道了。"

"都是原先的几个哥们，还没一周，就把几个我们这地儿的特色吃了个遍，我就觉得这鱼好吃。”

“宏江哥，市里区里全域旅游规划已有眉目了吧？”

“长远规划是有了，但具体实施那是细工程。那还得具体情况具体分析。”

“我刚刚发现区直西边的村庄正在搬迁，空出来的这一大片地都得盖楼房吗？”

“应该是这样，具体怎么实施还不很确定，怎么？有想法？”

“您看区里不同地段的房价几乎相差一倍，价位高的抢不到手，价位低的还不好卖，原因哪？不就是有水、有树嘛！我们城市的品位缺的是水，缺的是树。”

“水是城市的灵魂，树是城市根基啊，有了水，有了树，城市才有灵秀气。这个我知道。但有些规划太长久，投资得需要闲余资金，可我们有些捉襟见肘啊。”

“王局长，就我们琥珀集团的实力，拿出几亿元种树不成问题，况且，我们琥珀葡萄园也需要大面积的防护林。但我们是企业，造福地方的同时也需要利润，这个您不反对吧？”

王宏江点了点头，他知道有些东西不是他能解决的，但他竞聘旅游局局长的目的是什么？他应该用党性保证。虽然这些建议还没有经过论证，但很多东西是秃子头上的虱子——明摆着的事，只是一叶障目不见森林，结果往往适得其反，把一盘棋做成了死局。

“宏江叔，我们永胜合作联社自从引进了蔬菜工厂，可能会余出大面积土地，我们打算扩大树木种植范围，在区直郊区打造大面积的林区。”王蓓蓓和肖小曲已明白了顺的意图，以她俩现在的实力去影响市区里的领导还是有分量的，她俩觉得顺找王宏江是一种通盘的考虑，既达到目的也顺应区里的规划，不会让区里过分为难。

“永顺啊，有什么想法就说出来吧，我向区里做汇报，区委区府需要的就是金点子。”

“你不是说天宁寺有森林公园吗?”

“是呀！这个得占地上千亩吧。”

“我们想连着这些林子种植更大面积的梧桐树林和银杏树林，一直种到区直边上。”顺有些小激动。

王宏江沉思了一会儿说：“好是好，可效益呢？多长时间见效益？这是必须考虑的问题。”

“梧桐栽三年的苗，两三年就可成树，可供观赏，可成为旅游消夏景区。银杏树要时间长一些。”

“不是还要长一些的问题，而是很长一段时间的问题。那么多年不见经济效益，你这项投资太渺茫。”

“眼下是很多需要钱的地方，但前人种树后人乘凉，造福子孙的事应该不会有错。”顺虽说没有太多的底气，但他还是想说服王宏江，让区里关注这项工程，他认准了生态能改变当地人的生活。

王宏江知道，当地气候干燥并有风沙，大面积植树会改变这种局面，但官员流动太快，当因为没有把经济搞上去，而把希望寄托在未来和现实虚拟上，离开这片土地的时候，这官是怎么当的？给谁都说不清楚。这是区里既要生态又要效益的本质所在，但生态是个长远的规划，有时往往会牺牲它，而选择效益。

“这件事我会向区里反映，你们也从细里规划，尽量把近期效益考虑进去，尽快改变当地百姓生活，是首要的。我下午还有事，以后再聊。”王宏江也感到了压力，改变生态环境才是目的地，生态改变了，以现在的科技百姓肯定也富起来，但事情就是很纠结，他这官虽然刚刚开始，但也深谙其中的难处。他这不是搪塞，而是把难题又推给了顺。

走在路上，顺感激肖小曲和王蓓蓓，她们让顺设想的以区直为中心，以大河为依靠的二郎担山局面，有了初步的影像。这条河既滋养了大海，也滋养了大海一样的子民，他们的胸怀和视野都是宽广的。虽然，王宏江有些世故，但他也没有否定这个想法，毕竟王宏江是专家，他的建议是值得慎重考虑的。可钱呢？顺还是一筹莫展。虽然肖小曲是志同道合的朋友，但这么长时间不见效益的投资，他怎么好开口呢？王蓓蓓是未婚妻，当然肖小曲并不知道，王蓓蓓也没这么嘴快，只是肖小曲有这种感觉和猜测。肖小曲也不是傻子，在很多事上她比王蓓蓓更有实力，刚才她能喊出几亿元，就是告诉王蓓蓓，她要给顺投资，让顺感觉这是带有感情色彩的投资，这些是她肖小曲一句话的事，但她王蓓蓓办不到，不管有钱没钱，永胜合作联社是集体的，她王蓓蓓再怎么厉害，也不是她一个人说了算，再说这么长的战线，其他董事肯定不会同意。肖小曲在等，等投资的火候，等到顺感觉走投无路的时候，她再站出来把几个亿投给他，给他在良心的天平上挂上致命的砝码。

一天一天过去了，正当顺万分焦灼，快要错过今年的植树期的时候，一个电话打过来，是刘琴的闺蜜，说刘琴想见他。刘琴回国了？他一下子紧张起来，她怎么这时候选择回国了呢？是结了婚回国看家，还是回国定居？他想来想去还是去见一面，一来七八年的感情，二来也好给王蓓蓓个交代。

还是那座小楼，没有多大变化，顺推开纯手工工艺的铁栅栏，一曲“高山流水”袅袅升起。

山青青
水碧碧
高山流水韵依依
一声声如泣如诉
如悲啼
叹的是
人生难得一知己
千古知音最难觅
……

顺没有进屋，而是选择在院子里驻足。一曲终了，刘琴轻轻打开别墅门走出来，她的装束一点都没变，只是感觉憔悴了许多，眼窝深陷。

“站在外面干什么？进来吧！”

“怎么？就你自己？”顺感觉哪儿不对劲，但又说不出。

茶具还是那茶具，但泡出的茶却苦了很多。

“这是什么茶？内质汤色红艳，金圈厚，滋味浓强，味道有点苦。”顺从没有喝过这么苦的茶，他一直觉得刘琴喜欢清淡的味道。

“江华苦茶，我在莫斯科一直喜欢这种茶。”

“哦，你这别墅的一切并没有变，但喝茶的口味变了。”

“你不喜欢？这像人生一样有甜就有苦，难的是苦尽甘来。”

顺明显地感觉到刘琴话里有玄机，就岔开话说：“听刘叔叔说，你结婚了，怎么没看见那一位？”

“这很重要吗？”

“哦，也许我不该问，可……”

“你是想知道我为什么回国？”

“啊，这不算隐私吧？”

“我想回国投资，爸爸给了我一大笔钱。”

“你不是喜欢办艺术学校吗？”

“可我改主意了。听说你现在很需要一笔钱种树，我想把一笔钱投到这些树上，坐地分红。”

顺一下子愣了，这是他梦寐以求的事，但这种投资为什么会投给他，刘琴到底想什么？到底她的婚姻状况如何？一个视音乐为生命的人，陡然间要投资种树，有点风马牛不相及。但这次机会他一定要把握住，不管刘琴想什么，这钱是实实在在的，这会让他的理想变为现实。

“我们有土地，咱对半入股，收益平分。”顺很快答复了刘琴。当然，他还得开会研究这个方案，但当下这个分成还是比较合理的，红星合作联社的代表们应该能接受。不过顺还是留有余地地说：“这个方案，我们还得回去开会研究，因为这是集体的土地。有一点我想说明，可能至少三年没有收益，你能接受吗？”

刘琴没有说话，点了点头，顺手拿了块湿巾抹了一下眼睛。

在兴头上的顺并没有发现这个细节。刘琴心里想：傻瓜，这钱就是留给你的，我为你做的也只有这一些了，我剩下的日子不多了，七八年的感情怎么说没就没了哪。以后的日子，我只有在天国祝福你。

顺带着兴奋的情绪和红星合作联社的代表共同拟定了一份合同，打电话告诉刘琴，刘琴在电话里说投资的事全权委托给她的私人律师了，有事和他联系，并给了顺一个电话号码。顺本想说几句俏皮话，可刘琴把电话挂了。顺只好拨通了律师的电话，律师说本着投资人的意愿也拟定了一份合同，双方见面再商讨商讨，一会儿，就驱车来红星村。顺和红星联社的代表心里都非常忐忑，生怕情况有变，焦急地等待律师的到来。

下午三点半左右，一辆红色的别克君威停在刚刚搬进来的办公室门前，这是红星合作联社的办公地点，在村子外头的一溜平房，虽不气派但很亮堂。律师姓胡，四十来岁，留着小平头，一看就非常精干的那种。进门就把合同摆到桌子上，请顺阅目。顺有些不安地一页一页看完，心情无比的激动，合同明确规定，头三年无论是否有效益，一分不取，三年以后利润三七分成，红星合作联社占七。刘琴这是给顺减少压力，她知道白手起家是个啥滋味，她不想看到顺受到伤害。签好合同，律师说两天后把钱拨到红星联社账户上。

顺把这件事给王蓓蓓说了，王蓓蓓感到非常奇怪，就去打听刘琴的情况，得到的信息是刘琴两天前坐飞机去了安道尔，一时半会儿不回来。刘琴去欧洲这么小的一个国家干什么？这让王蓓蓓更加不理解，女人的直觉告诉她刘琴有可能遇到了麻烦，爱情？婚姻？还是健康？总之，王蓓蓓觉得刘琴的行踪有点神秘。刘琴已叮嘱过家人，千万不要把她生病的信息传递给任何人，她不想受人的打扰，她想安安静静地治疗。

这件事很快也被肖小曲知道，肖小曲正想给红星合作联社输入资金的时候，半路杀出个程咬金，被刘琴抢了先，这让肖小曲非常憋屈，就通过她爸了解刘琴为什么突然回国投资，得到的答案是刘吉盛给了刘琴一大笔钱，别的一概不知。肖小曲也不是吃素的，她总想干点啥，为了顺，哪怕干点赔本的买卖。她找来助理问葡萄园防护林大约需要多少资金，在她的授意下，助理找到了顺，说明了琥珀酒厂的想法，就是在琥珀葡萄园周边种植一公里的防护林带，由琥珀酒厂出资，分文不取。这样的事顺肯定愿意，也感觉琥珀酒厂家大业大，为当地百姓多造点福，老百姓会感恩戴德。最终，顺还是组织红星合作联社代表给肖小曲送了一块匾：“为民植树，福荫子孙。”

有些事说难很难，难于上青天；说容易很容易，只要钱能解决的事，有钱就不是事。很快树就栽好了，管理专门请了技术人员，带领村民们一起行动，在水利便利的条件下这也不是事。问题就来了，投了这么多资，刘琴竟然没露一次面，这让当地村民都感觉天上掉馅饼，顺一下子成了焦点，都觉得他神乎其神，大街小巷议论颇多。就连市里区里，也感觉到了顺这个第一书记，有不可言说的本事，想组建个宣讲团到处介绍一下经验。顺推卸了这份差使，说工作刚刚起步，等几年见了效益再说。顺知道不能光靠理想，还得用现实说话，这两年只是他的理想的一些布局，关键看生态和生活水平提高到什么层次，才能直起腰杆讲经验。

23

中国国际航空 CA841 自北京首都国际机场经停奥地利维也纳国际机场，到达西班牙巴塞罗那国际机场。十几个小时的航程，顺的心是沉沉的。刘琴已住进了安道尔唯一的医院，生命已进入倒计时。办理护照和签证时，他心急如焚，一种复杂的感情焦灼着他。

从巴塞罗那到安道尔城医院并不远，可大巴几乎走了四个小时，一路起起伏伏。盛夏的安道尔美丽而凉爽，风景别致，但顺一点心思也没有，生命怎么如此脆弱，长自己一岁的刘琴就要走到生命的终点，他的大脑里从来没有搜索过这个词语，也没想过“死亡”这个词会安在刘琴的身上。

刘琴刚到这里时，漫无目的地走过一处街道，这儿的气氛像音乐一样几乎没有杂音，三四层楼高的房子被漆成深浅不一的棕褐色，让人感觉暖暖的。恰巧一对夫妇准备移民去西班牙，她很自然地从这对夫妇手中买下了房子。因为是移民，家具和书都没有带走，她只找了人彻底消了一遍毒，就住进来了。她想在这里了此余生，尊重这份安宁。

安道尔城很少阴天下雨，水主要来自冬天雪的融化，几乎天天能见到艳阳升起又落下，刘琴的生活除了音乐就是陪伴每天的太阳、夜晚的星星。当然，刘吉盛不会这么放心让刘琴一个人住在安道尔城，随她来的还有一个保姆，四十来岁，干净利索，对刘琴的起居照顾得很周到，和刘琴也很贴心，一周陪刘琴去一次医院，向刘吉盛报一下平安。日子就这么一天一天重复着，看似平静。刘琴不知道怎么理解这个世界，她不知道和顺相守在这安静的世界里是不是一生的追求，她不知道怎么定义理想和奋斗。自己是不是很自私？顺是不是觉得成了自己的附属？在莫斯科的时候，她无时无刻不关注着顺的一切，她说不清那是不是爱，总而言之她的世界里只能容下这一个男人，可传回国内的消息……唼，她为什么这样做？她自己也说不清楚。

比利牛斯山脉群峰环绕，整个安道尔城隐藏在山峦中，伊比利亚半岛的风是小家碧玉式的，旖旎的风光依山傍水，田园诗般的所在呈现着安道尔城的魅力。明朗的天空，蓝天和白云依依相惜，瓦利拉河安静地流过，河畔翠绿葱葱，抬头便见皑皑白雪卧在山头。路也是艺术的拼接，石板小道宁静地扭动着身躯，历史的积淀涂抹在每一块石头上，好像中世纪的音乐，建筑物同周边的山色自然匀合一体，一幅天然的生态环境图景。这一切让刘琴对生充满了留恋，她不止一次对保姆说："我不想死，我真的不想死。"

这一天，太阳照旧升起，气温适宜。刘琴却晕倒在阳台上，睁开眼时已躺在医院的病房里。她没有问为什么，也没有问发生了什么，她心里痛透着。但这并不代表远在国内的亲人不知道发生了什么。刘吉盛还是把这件事告诉了顺，他知道刘琴需要顺，就像荷花需要荷叶，没有荷叶花是开不了的，他不想给女儿留下遗憾，尽管违背了女儿的嘱托。

顺站在青石路上，远远望见坐在轮椅上的刘琴，她闭着眼睛，身上披一件方格毯子，好像已睡了很久，又好像不想醒来，怕打扰了这个世界的安静，旁边的一片云杉，夹杂着山毛榉和杜鹃树，成了她一个人的风景。一个中年女士坐在远处的木凳上，一直盯着轮椅。

顺轻轻走到中年女士面前，压低声音和她攀谈起来，中年女士露出了欣喜的表情，激动地说："来了就好，来了就好。她挂在嘴边的就是您。"

顺走过去扶住轮椅轻轻地推动，刘琴慢慢地睁开眼睛，一种久违的味道让她激灵了一下，她没有回头，轻轻地说："推我去湖边走走吧，我想看看夕阳。"

"明天我们还一块儿看朝阳。"

"会一直看下去吗？"

"会的。"

"有你这句话就行了，我这身体回不了国了。"

"别瞎说，等你好了，我们一起回国。"

"我说的是真的，我走后就把我葬在这儿吧，免得我爹娘伤心，白发人还得祭奠黑发人。"

"叔叔婶婶没来吗？"

"他们刚刚回我住处了，我把他们哄走的，妈妈总是流泪、叹气，我受不了。"

"枯藤老树昏鸦，小桥流水人家，古道西风瘦马。夕阳西下，断肠人在天涯。”刘琴在湖边的休憩地上，轻轻唱出马致远的《天净沙·秋思》。

顺轻轻诵出：“晴湖胜镜碧，垂柳似霓裳。”

“这是哪来的诗啊？我怎么从没听过啊。”

“我借用了贾岛的两句诗，改了几个字。”

“夕阳无限好，只是近黄昏啊。”刘琴眯起留恋的眼神。

……

顺飞往安道尔，王蓓蓓和肖小曲都焦灼着，她俩既为刘琴担心也为顺的决定而无奈。

这几天里，王蓓蓓不敢联系顺，她怕影响刘琴，压制着内心的焦灼，忙于永胜合作联社的事务中。这天有些闲暇，正在坐立不安，肖小曲打来电话，请她去喝茶。王蓓蓓觉得肖小曲也许和自己一样，有些寝食难安，毕竟自己和顺的恋爱并没有公开，但刘琴一直就在水面上，这一次又向红星合作联社投了这么多资，而且回报很低，肖小曲不会没有感觉。如今，顺似乎名正言顺去了安道尔，一个礼拜了，会发生什么？让人想象的空间太大，甚至让王蓓蓓想到了教堂婚礼、洞房花烛。

肖小曲的办公室王蓓蓓已不止一次来过，两人坐在一起倒像是姊妹花，很多次顺都是两人的谈资，但都各怀心事不予说破，但今天不同了，顺为了另一个女人去了异国他乡，可能发生的事太多。

“蓓蓓啊，我想给你讲个故事，同样两个饥饿的人，两种不同的结局。”几杯茶下肚，肖小曲淡淡地笑着说。

“愿洗耳恭听，不会与顺有关吧？”王蓓蓓调侃着说。

“听完故事你就明白了，想起这个故事，我内心安静了许多，有些事是求不来的，有些事的结局却是人为的。”肖小曲端起茶杯呷了一口，轻轻放下，像是放下了许多心事。

“这个故事是我爸爸讲给我的，在把琥珀酒厂交到我手里时，也讲给了所有的董事。从前啊，有两个饥饿的人得到了一位长者的恩赐：一根鱼竿和一篓鲜活的鱼。其中一个人要了一篓鱼，另一个人要了一根鱼竿，于是他们分道扬镳了。得到鱼的人原地就用干柴搭起篝火煮起了鱼，他狼吞虎咽，还没有品出鲜鱼的肉香，转瞬间，连鱼带汤就被他吃了个精光，不久，他便饿死在空空的鱼篓旁。另一个人则提着鱼竿继续忍饥挨饿，一步步艰难地向海边走去，可当他已经看到不远处那片蔚蓝的海洋时，他浑身的最后一点力气也使完了，他也只能眼巴巴带着无尽的遗憾撒手人间。

“又有两个饥饿的人，他们同样得到了长者恩赐的一根鱼竿和一篓鱼。只是他们并没有各奔东西，而是商定共同去找寻大海。他俩每次只煮一条鱼一起分享，经过遥远的跋涉，当这一篓鱼吃完的时候，终于来到了海边。从此，两人开始了捕鱼为生的日子。几年后，他们盖起了房子，有了稳定的家庭也有了子女，有了自己建造的渔船，过上了幸福安康的生活。刘琴拥有了一篓鱼，顺有了一根鱼竿。你不这样认为吗?”

王蓓蓓沉默了一会儿说：“你太小瞧刘琴了，在国内的时候，她办了个艺术学校就小有成就，她可不是个省油的灯，只靠别人吃饭。”

“是呀，我也在说我自己。因为我觉得顺是一根很可靠的鱼竿。”肖小曲又呷了一口茶。

“可鱼竿有时候不握在自己手里，这鱼竿太自动化了，倒像是自己会钓鱼。”王蓓蓓心里有点苦涩，她怕肖小曲做一些过分的举动，那样很多事情会变得很糟，以琥珀酒厂的实力……

“你错了，我想个人出资，与琥珀酒厂无关。”肖小曲又呷了一口茶，轻轻放下茶杯。

“嗨，我们俩啥时候这么费劲过，像打哑谜。”王蓓蓓一下子从忐忑中释放了出来，她知道剧情不被自己掌控。

“哈哈哈，着急了吧？你越着急我越慢慢聊。”

“待会儿，我一有事走了，你还找谁显摆？”

“好好好，我想个人出资给这几个村修路、建养老公寓。怎么样？”肖小曲俏皮地说。

“哈，你还真舍得啊！”王蓓蓓虽然有点酸溜溜的，但她还是高兴和佩服。

“有人投资了种树嘛！”肖小曲眯起眼瞅着王蓓蓓。

“看来永顺哥不是安徒生，而是安徒生童话里的灰姑娘啊。”

“咦，这怎么讲啊？”

“哈，安徒生成功花费了他十六年的时光，而灰姑娘只是参加了个宴会，就嫁给了王子。我想永顺哥创造了奇迹。”

“错！”

“为什么？”

“因为我喜欢上了这儿。”

“董事长，茶凉了。”萱萱笑眯眯地看着她俩。

……

顺回国了，王蓓蓓去接的机，除了满脸的憔悴，啥都没带回来。

顺回国后一直很沉闷，连续几天独自开车去刘琴居住过的别墅，这座别墅已属于他，钥匙就握在他的手里，刘吉盛把刘琴的一切都给了他，因为这是刘琴的遗嘱。

其实，王蓓蓓和肖小曲在他回国前就知道，刘琴离开了人世，并且骨灰撒在了比利牛斯山巅，她喜欢优美的风景，喜欢原生态的比利牛斯山脉的洁白、一尘不染。但顺知道她是不愿死后给亲人留下太多的牵挂，随着时间把她遗忘，她成为自然中的一员，一切就像云烟消散。

当王蓓蓓告诉他肖小曲的想法后，顺非常吃惊，他没想到梧桐树真的招来了金凤凰，只引进了一家企业就改变了这么一大片村庄，他知道肖小曲的出资不是简单的心血来潮，就像他王永顺当初选择了这片土地一样，不仅仅是因为贫穷，这么大的河，这么辽阔的海，这么丰富的土地，这就是美丽的资本哪！他本以为十年，给他王永顺十年，他能改变这儿，没想到机缘是那么巧妙，也就是说很多事情并不是时间问题，而是人的原因，有些人奋斗一辈子，很难实现梦想，但有些人轻而易举地就由追梦人变成梦中人。这一切不是他王永顺，而是时代赋予社会的合力，资源的整合。

顺知道肖小曲肯定来找他，但让他感到很意外，是区长找他谈话，告诉他出资人的意愿和规划，问他有没有其他看法。顺的脑子里对于公路和养老公寓不知演绎了多少遍，让他谈看法肯定有许许多多，但在区长面前他还是有些紧张，就说自己回去写个报告交上来。事实上他想先登门拜访肖小曲，这是他应该做的，惯性让他忽略了很多礼节。

肖小曲不会越过顺去独自做公益，她也是有私心的，怎样让顺喜欢她是她人生很大的功课，她想代替刘琴在顺心目中的位置，她暂时还不很清楚顺和王蓓蓓的关系，但也隐隐感觉他俩正在谈恋爱，但看到顺对刘琴的感情，她还是有信心的。她这样处理是让顺去找她，掌握主动权，免得让他觉得自己倒贴，伤了小小的自尊。果不然，电话就打来了。

当然，这一次，肖小曲把约会安排在了晚上，在自己会客厅，布置了烛光晚餐的情调，她要让顺尝一尝琥珀酒厂的王牌琥珀葡萄酒，琥珀美酒郁金香，玉碗盛来琥珀光。这样的夜晚，这样的美酒，爱情应该擦出点火花。

这样的场合，顺是第一次。长长餐桌对面的肖小曲，穿了浅领的乳白色连衣裙，眉眼间都泛着青春的光，在烛光下像极了花仙子，没戴一点金银首饰，像是从自然中走出的一缕清风，不！应该是一朵白云。肖小曲坐在那儿一句话也不说，只是微笑着看着顺，顺一下子慌了神，“我……没想到……”

“没想到什么?”

“这……晚餐会这样。”

“你不喜欢?”

“不是的——太雅致了。我还是第一次吃这样的晚餐。”

“喜欢就行！来，倒酒啊!”

顺轻轻地倒上酒，端起来看了看，闻了闻，他早就听说过琥珀酒厂生产这种葡萄酒，但他这是第一次见，更不用说喝了。

“来，尝尝味道。”

顺喝了一小口，咂摸咂摸嘴。

“怎么样?”

“我们这儿的葡萄能酿出这样的美酒吗?”

“哈，这可是我们琥珀酒品中的王牌，只有高单宁、高酸度、高糖分的葡萄再加上一丝不苟的工艺，才能酿出这样的好酒。等葡萄成熟了测试过才能断定。”肖小曲发现顺在哪儿都想工作，这样的气氛也离不开本行。索性问啥答啥，也不想说破。

“呀，这酒带有悦人的余韵和芬芳的甘草气息。”

“这款葡萄酒品味完整，酒体丰腴，给人以成熟丝滑的单宁感受。”

“您说得太专业了。好喝!”

在宁静中，顺渐渐平静下来，红烛跳动着火花，这种古老的光亮弥漫着一种温馨孤寂，看惯了现代文明里的灯火辉煌，一种古典浪漫情调晕开。两个人静静地品着葡萄酒，很长时间没有语言交流，默默地坐着，品着……

第二天下午，顺把报告交到了区里。

24

陪伴刘琴看风景的日子，安道尔的生态给顺留下了很深的印象。尽管有很多的人的痕迹，但那种生态很自然，没有突兀生硬的感觉。当然，区里也有自然保护区，纯天然的湿地。但想让人的痕迹自然化是一个很大的课题。譬如，他们种植了大面积的梧桐树和银杏树，要想接近自然应该种混交林，如果那样就不能彰显出一种单物种的宏大，失去了另一种美感，毕竟他们种植的是风景林。好歹树草混交也叫生态林。

对海洋的迷恋，让顺把人生的触角伸向更广阔的天地。可一个电话打乱了他的步伐，使他的心情再次陷入低谷，盼男被诊断出淋巴癌，正在奔赴京城的路上。

一个月前，盼男感觉像是感冒了，几天来一直发低烧，腹股沟处有鸽子蛋大的两个结节，后来腋窝下又鼓出鸡蛋大的一个，周围还有几个小的。区医院挂了五大吊瓶，不但结节没下去，还高烧三十九度以上，这下可把张旺财吓坏了，一时没了主意。王乐生毕竟多活了二十几年，感觉到事情不妙，就让女婿张旺财请假，开车去市人民医院肿瘤科去看一下。

一听到“肿瘤”两个字，张旺财蒙了，他总感觉盼男还年轻，没向这方面想。如今听岳父这一说，越想越害怕，不愿也不想接受现实，他带着盼男去了传染科，他宁愿相信盼男是患了结核病。护士用针管抽取了结节中的组织，用仪器检查后，断定不像是结核病，张旺财一下子像霜打的茄子蔫了，还是在王乐生的再次催促下，才开车来了市人民医院肿瘤科。

正巧一位退休女同事的儿子博士毕业后在血液科工作，很及时地安排了脊髓穿刺和病理分析。

第二天晚上，丁博士把张旺财叫到办公室，让他有个思想准备，诊断为非霍奇金淋巴瘤。并建议拿着切片和涂片去齐鲁医院做进一步病理诊断。张旺财头脑发木，眼光呆滞，木质质地在医院走廊长椅上坐了一晚上。

雇了一辆车，王乐生和张旺财一起奔向齐鲁医院。张旺财内心仍旧怀有侥幸，希望这位病理科的王主任能权威地断定市人民医院误诊。王主任一听说是远道而来，而且还有市人民院的推荐信，就利用了中午休息的时间，仔细地观察了切片和涂片，写了诊断结果。王主任没有说话，让拿回去给医生看。张旺财又不是睁眼瞎，他看得清清楚楚，血液中淋巴细胞78%，白细胞却少得可怜，一看就非常异常，诊断和人民医院血液科基本相同。

"完了!"出了齐鲁医院大门，张旺财再也控制不住自己的情绪，眼泪唰唰地流下来。这么多年来，盼男就是一家的主心骨，他庆幸娶了个"管家婆"，一个不让自己操心的俊媳妇。可如今他将要失去她，两个儿子将要失去她，他无法想象以后的日子。

王乐生看着旁边的女婿，个中滋味在脑子里翻滚，他欠盼男的太多了，也许不是因为自己，盼男也不会这么拼，以至于……

只能给她好的治疗，别的做不了什么。去北京！去大医院！这是唯一能做的。当王乐生给张旺财提起这事时，张旺财有点蒙，“这要花多少钱？我和盼男还欠着一屁股债呢！”

王乐生沉默了一会儿，“你可以跟顺说说，也许……”

“我知道顺疼她姐姐，可盼男她……”

“都到这个份儿上了，盼男会同意的，我这个做父亲的替她做主。盼男一直是最疼顺的，顺为她做什么是应该的，这时候你也别拘泥这些了。”

除了提供治病的钱，顺知道剩下的只有伤心。盼男对待自己就像另一个母亲，可这钱都是刘琴的，这让顺更是剜心地疼痛，是什么原因让亲人以这种方式演绎人生，以痛的种子埋进了自己心脏，苦水都阻止不了发芽生根。

蒲生玉在家照顾两个孩子，特别是浩宇一下子长大了似的，放学后帮着蒲生玉照顾弟弟，做其他家务，变得有点沉默寡言。有几次，蒲生玉注意到浩宇一边写作业一边流泪，她没有劝他，倒是自己也禁不住泪水。

盼男在父亲和丈夫的陪伴下去了北京协和医院。在协和医院重新做了病理，足足等了二十天病理结果才出来，不是很明显，这种细胞并没有明显地吞噬白细胞，医院没有得出淋巴癌结论，当护士告诉张旺财这个结果时，张旺财既高兴又害怕。高兴的是盼男不是淋巴癌，害怕的是他不知道这是一种什么疾病。

这爷仨正准备打道回府的时候，协和医院血液科主任告诉张旺财，美国佛罗里达大学生物医学工程系、电子与计算机工程系、计算机系三系终身教授杨林今天来协和医院病理科坐诊，希望他对这个病理再确诊一下。这爷仨一下子又陷入紧张之中，王乐生预感到盼男很有可能就是淋巴方面的疾病，长长地叹了口气，给夏男打了个电话，告诉她盼男在协和医院住院。

这时候，盼男的内心焦灼着，她想着二儿子，他是个不错的小家伙，就要上幼儿园了，长相很像顺小时候的模样：胖墩墩的，虎头虎脑的，粗粗的眉毛，大大的眼睛，就是肤色有点黑，这点像极了张旺财，要不还真找不到他的影子。她是想自己真的不在了，他怎样长大？也许，他会有个后妈，不！那样他不知道会受多少委屈，凭旺财的窝囊劲儿一定保护不了他。他早上起床晚了，没人给他做早餐，空着肚子去幼儿园，九点多狼吞虎咽地吃一块幼儿园发的面包，中午幼儿园的饭菜虽不算丰盛，但那一块面包已足以让他吃不下多少正餐了；下午他又开始挨饿，直到三点多，幼儿园又发他一块面包，他又狼吞虎咽地吃了，晚上旺财在学校加班，他不知又吃些什么……几年下来，他瘦得皮包骨头，他会想九泉下的亲妈……不！她要交代给母亲，让她把他养大，她觉得比旺财靠谱。她流泪了，她呜咽了！她又想到浩宇，这孩子不会吃亏，但也不太让人省心，希望他把学业把握好，有一个好的前程，他和舅舅最要好，应该不会学坏了。想着想着她睡着了，梦中她去了很远的地方，应该是人们说的天堂：那里和现实中一样，也有花，也有草，有楼房，有树木，也有学堂，只是人们都飞来飞去，似乎失去了重量。有位智者告诉她，跨过这条河就能看见亲人，可河上没有桥，水里没有摆渡的舟，她在岸边急出了淋漓的汗。水中一朵浮萍越长越大，漂在了脚下，她就像无根的荷花漂到了对岸。她首先看到了一位佝偻着腰的老妪，仔细看正是自己的母亲，她孤苦伶仃一个人，似乎有走不完的山路，当她赶上去母亲却化作了一块丑石，消失在众多的丑石中。再往前她看到了二儿子在马路上玩耍，一辆辆车子从他身边呼啸而过，他似乎不太在意，只是专注地玩儿。她想过去领开他，一辆大车呼啸而来，惊得她醒来。张旺财正攥着她的手，另一只手拿了毛巾给她擦前额上的汗。她很内疚，内疚自己长病，上对不起父母，不能床前尽孝，他们老了，需要自己的时候，自己却去了很远的地方；下对不起儿子，他们需要妈妈的时候，妈妈却不在身旁；再就是对不起旺财，让他独自承受，这让她心疼。

夏男接到王乐生的电话后，心里乱糟糟的，有说不出的滋味。怎么说呢？她似乎感觉冥冥中有这么一天，盼男会过于操心而累病，没有规律的睡眠，没有放松的心态，她对身边的人和事太在意了。她匆匆收拾了一下手头的工作，请了个假驱车来到协和医院，打电话才知道他们不在医院里，而是在医院后面的小区里租了一间房，三拐两拐总算找到了。六十平方米的房子，三家合租的，一个也是来协和医院治病的，另一个北漂未婚女孩，在超市上班。这房子没有客厅，三间卧室，一间厨房三家共用，不知谁家炖的鸡，浓浓的鸡肉味满屋飘着。

“夏男过来了，亏你能找到这儿。”

“姐，您别动。”

“没事，不妨碍活动。”

“要是那样常到公园里走走，这屋子憋屈得很。”

“就感觉没劲儿，老像感冒一样，别的没多大感觉。”

“您一定得保重，后面的事还需要您操大心呢！”

“夏男啊，你坐下，我跟你唠唠嗑。”

夏男向前一步坐在床沿上，拉起盼男的手，“姐姐，我虽没在您的庇护下长大，但自从我再次见到您后，您对我的影响很大，您的身上一直闪烁着母亲的光芒。”

“我没那么伟大，只是瞎操心而已。怡心的事你知道吗？”

“二姐怎么了？”

“她走丢了！已两年多了。你可能一直没注意到她，妈妈哭了好几天。到如今也没有她的消息。”盼男眼泪禁不住簌簌的。

“啊，妈妈从没有提起啊。”夏男满脸惊讶。

“她不愿提起，怡心相貌有点丑，人贩子一般不会拐她，极有可能不在人世了，所以，爸妈没有告诉你。”

夏男也抹起了眼泪，“姐，您一定得好起来。这个家没人能代替您。”

“姐知道，我就从来没指望过谁。但种什么因就结什么果，强求不来，早应该想到会有今天，只是来得有些早。”

姊妹两个一深谈，王乐生和张旺财坐不住了，爷俩相约去买菜做饭。

北京的购物模式和县城差不多，一种是去超市，另一种就是去菜市场，价格相差无几，那就只看离哪儿近，哪儿更方便。两个人还是结伴去了菜市场，倒不是为了省钱，而是菜市场南头有一个专卖猪头肉的中年人，每天这个点在那儿蹲点，大约一个小时就卖光，刚煮出来，好吃还不贵，这样的事在偌大的北京就此一家。尽管心情不好，爷俩也馋得慌，男人的胃很难管得住。

刚到菜市场，还没买菜，夏男就打来电话，说要回单位。两个人匆匆买了几样菜，就往回赶，当然忘不了猪头肉。这倒不是担心盼男，而是看看夏男有什么嘱咐，当着盼男的面不好说。可赶回来的时候，夏男已离去。当然，夏男也没虚让，三个大人家里确实住不开，这比不了她那别墅，再说住家里离医院也太远，很不方便，夏男留下了一万元钱，让盼男买点好吃的，盼男也没谦让。姊妹俩依依分开，很是不舍。

盼男让他爷俩喝了个小酒，放松一下绷着的心，事已至此，担心、伤心都无济于事。

第二天，病理结果出来了，是非霍奇金型淋巴瘤，只能住院治疗了。王乐生给顺打了电话，说和市人民医院诊断结果一样。顺很难过，他知道自己做不了什么，也许盼男一直太紧张，该休息休息了。这件事王蓓蓓和肖小曲都不知道，因为这爷仨从查病开始就一直没回家，倒是王蓓蓓觉得盼男老长时间没给她联系了，打电话给盼男，收到的回音是已关机，只得打电话给顺询问，顺只能实情相告，这一下子把蓓蓓吓蒙了，她对盼男的感情也是笃深的，这样一位好姐姐一下子得了大病，怎么不让她心疼。她知道顺也不好受，就驱车来红星村，慰藉顺的内心。

正当顺和王蓓蓓沉默无语的时候，表姐毕一飞打来电话，说今天是父亲毕发宽的生日，希望顺一起过去热闹热闹，毕竟是七十大寿，况且老爷子点名让顺去，他就觉得这个外甥有出息。当年，要是自己下手再狠点，就没有这小子了。可天佑吉象，偏偏出落得既聪明又健康，这是他这生“最得意的一件事”，好像顺是他的儿子，逢人就夸。王蓓蓓觉得正好让顺散散心，就说：“我陪你一块儿去。免不了你要喝点酒，又不能驾车。”

“嗨，是要去，这位表舅越老越稀罕男孩，不去吃饭他也甭想吃下去，这生日反倒像蒙难了。”顺整理了一下心情，说：“我们在这儿伤心没有任何意义，愿盼男能闯过这一关，哪怕稍微延长一些寿命呢。科学如今突飞猛进，说不准没几年就能解决肿瘤问题了。”蓓蓓很佩服顺，有事总往好处想，总是想未来有解决的方案。

两个人刚要驾车离开，肖小曲打来电话，约王蓓蓓去喝茶，王蓓蓓说要参加个生日 Party，不能前往。肖小曲问她是不是和顺在一起，王蓓蓓沉默了一会儿，说：“是的，我正想开车送他参加他表舅的七十大寿，这会儿刚想走开。”

肖小曲沉默了一会儿，小声说：“能不能我们一块儿去，这会儿一个人挺无聊的。”

王蓓蓓略微沉思了一下，说：“要不你送他去，我去忙别的。”

“别别啊，还是你去吧。送个礼物总该行吧？”

“你可想好了，你那个葡萄酒一瓶就上万，你觉得合适你就送。”

“尖牙利嘴，让顺代我问表舅好。挂了！”

两个女人的对白让旁边的顺差一点苦笑起来，他不知哪辈子修来的“福”，让几个女人说不清楚，自己倒是明明白白。

毕发宽原来在镇上住，去年刚搬到区直上来，在河之洲小区安了家，为了出入方便，买了个一楼。从年轻就主外惯了，退了休家务活没几样会干的，越发闲得胳膊腿疼，浑身不自在。别的没啥喜欢的，就喜欢吃吃喝喝，嗨，前几年学了个厨师，这不顺和蓓蓓进门的时候，他正在厨房里忙得不亦乐乎。表妗子一把握住蓓蓓的手，左瞅右看，表姐招呼顺坐下，表姐夫也在厨房，外甥女上大学不在家，顺也坐不住，屁股刚挨着沙发立马又站起来，进厨房向表舅问好，顺便打打下手，结果连表姐夫也一块儿赶出来了，说是帮不上忙反而碍手碍脚的。你看，这过生日，老寿星最忙活。

坐下来，毕发宽先叹了口气，说："本来啊，刚搬过来，趁过生日让你爸过来聚聚，没想到……嗐！"

顺和蓓蓓才知道表舅已知道了盼男的事。顺岔开话说："舅舅，今天是您的生日，别的咱不谈了，来，祝您生日快乐！"

王蓓蓓和大家一块儿跟着顺举起了酒杯。毕发宽吱溜深喝了一口，拿眼看着蓓蓓，"您是王罗实的孙女？"

"是呀，舅舅。您退休的时候，我还上初中呢。您可是我们镇的名人啊。"

"哈，名人？我不如王罗实有名头，他有一个可以影响市长的孙女，我有啥？"

毕一飞笑了，说："您的名气更大，您有一个影响蓓蓓的外甥啊。"

"哈哈，那倒也是。我这一生就这点资本，蓓蓓这可不是吹牛吹来的哈！"

"舅舅，放心吧，永顺哥一定孝顺您的。"

大家你一言我一语地说着，一阵风带着凉意从半敞着的门里灌进来，轰隆隆响起了雷声，天很快蒙上了雨幕。

"呀，一下子下这么大的雨！"

25

一道闪光弯弯曲曲地划破天空，另一道闪光砸向地面，然后是巨大的噼啪声，接着是轰隆声。顺跪在倾盆大雨中，他心里难过、压抑，刘琴的病故一直让他郁郁寡欢，怡心的走丢让他萌生了许多悲恨，盼男患癌更是让他感到生命无常，这些人都是他身边至亲的人，放眼世界有多少人在疾病中挣扎，面对雷鸣电闪、大雨幔幕的世界，渺小的自己只能对着旷野大吼，释放心脏里的淤积。

王蓓蓓不敢劝他，只能撑开伞待在他的旁边，她明显地感觉到顺变得深沉了很多，似乎发生了由青年到中年的突变，是心理上的突变。对这把伞来说有些强劲的风，让顺和蓓蓓没有一处躲开雨幕的缠裹，从头到脚淌着细流，泪水已无法分辨。足足过了半个小时，王蓓蓓实在看不下去了，索性把伞扔到一边，也跪在了泥地里，说：“永顺哥，你打算让我陪你跪到啥时候啊!!”

嘶哑的声音让顺心里一颤，酒醒了个差不多，他拉起蓓蓓说：“对不起，走，我们回去。”

回到车里，王蓓蓓赶紧打开暖风，打战的牙、冻紫的嘴唇才慢慢舒展。雨也渐渐停了，宽广的路上并没有多少积水，这是因为区里刚刚投资修建了排水设施，水排得很彻底。

经过这一折腾，王蓓蓓竟发起了高烧，住进了市人民医院，因为永胜村离市里和区直距离相差无几，就直接去市里了。王蓓蓓没有告诉顺，是家里人送她去的，一来顺一直没调节好心情，二来她也不是那种耍娇的小女人。可这件事，顺很快就知道了，因为王罗实知道这事后，心疼得要命，直接给顺打电话训斥了一顿。顺感到很内疚，自己连离自己最近的人都没保护好，反害她生病，没有任何缘由再标榜别的，赶紧驾车去了医院病房。站在病房外，透过玻璃，顺发现肖小曲坐在床沿上和蓓蓓聊天，害怕尴尬，顺没有立即走进病房，而是去了医生办公室和主治大夫聊了聊，知道蓓蓓没有多大毛病，只是偶感风寒，这才放心。再折回来时，刚好看到肖小曲离去的背影。

王蓓蓓看着顺一刀一刀地在苹果上转动，眼神异常专注，她这才近距离端详顺，有棱有角的一张脸，透着平静；倔强的头发衬着宽宽的前额，和两道剑眉相应，平添了几分硬气；鼻子和嘴都很和谐，真的帅帅的。王蓓蓓扑哧一下乐了。

顺抬起头来，发现她两颊绯红，以为她又发烧了，抬起左手放到前额上，又摸摸自己的前额，问："笑什么？想起啥趣事？"

王蓓蓓羞涩地说："哪有啊，我是觉得你一定很忙，有事你就去忙，明天我就回家了，又没多大的事。"

"是我害得你受这份罪，总该给个立功赎罪的机会吧。"

"你真想啊？"

"是呀，有啥吩咐？"

"那你给我揉揉脚吧！"

顺一下子乐了，真的就去抱王蓓蓓的脚，王蓓蓓红着脸把脚抽回来，娇嗔地说：“你还真当真啊，想得美啊！”

这时护士走进来，“来，量个体温。”看着站起来的顺愣在那儿，“你……你是王永顺书记吧？”

“啊，我是王永顺。”顺也愣在那儿，仔细瞅瞅真的不认识。

“哦，我是在电视上见过你，你可是传奇的男神啊！”

顺看着这位漂亮的小护士，脸上透出许多尴尬，没想到自己一无所知地成了别人心目中的男神，他可从没有这样想过，自己只是为了梦想做了些让乡亲们高兴的事，或者说他的梦想就是乡亲们的梦想，也是中国梦的一砖一瓦。他一下子腼腆起来，说：“哦，体温应该量好了吧？”

王蓓蓓又扑哧地笑了，说：“哈，有粉丝了！”

小护士甩下温度计，露出羡慕的目光，小声问：“这是你女朋友吧？”

王蓓蓓眼睛盯着顺，她要看看顺怎么回答。

顺这会儿回过神来，笑了笑说：“这是我未婚妻，叫王蓓蓓。”

小护士的眼光黯淡了许多，像是喝了点醋，“哦，蓓蓓姐真有福气啊。”说完快速闪身离开了病房。

王蓓蓓脸色绯红，说：“没想到，你这一来，我多了个妹妹。这小姑娘挺漂亮的，哈！”

顺乐了，伸出右手食指刮了她的鼻子一下，说：“你就嘚瑟吧你！”

顺离开了市人民医院就驾车去了乡里，他约了任福林和韩茹夫妻俩，他想聘他俩做红星合作联社的顾问。两位教授引进了优质、大果、早熟的金艳大棚王杏，该品种与山杏嫁接亲和力强，树势中庸、健壮，树冠开张，果实品质优，无裂果现象，宜鲜食，极适宜大棚栽培。而红星合作联社走的是高端产品，顺知道金艳大棚王杏适应性较强，抗寒，抗晚霜能力较强，他想大面积露地种植。在这方面两位教授不仅理论丰富，还是亲身实践者，就是不知道当地气候是否适应露天栽培。

大约中午十一点多，在乡里的仙梅亭酒楼，三个人聚到一块儿，顺选了梧桐厅。他喜欢梧桐，中直叶茂，如巨伞遮阴，又不乏斑驳。就像为人处世，端而不媚，高而不傲，为人遮阴，却无刺不张扬，可谓万世之表。

两位教授今天打扮了一番，特别是韩茹教授，上身穿了米黄色T恤，下身穿了纯白色七分马裤，脚上穿了暗红色平底凉鞋，干净利落，也很有生气。

“呀，韩教授今天真漂亮，至少年轻二十岁呀！”顺打趣地说。

任福林笑了笑说：“你还别说，年轻的时候追她的人排成队呢。我呀，是插了个队才排上号。”

韩教授也落落大方，调侃说：“你说这个我信，要不是你学习冒尖，又是近水楼台，还真排不上你。”

顺问两位教授吃点什么，韩茹教授点了牛腩煲、雪燕冬瓜，任教授点了酸菜鱼、拌海蜇，看来任教授喜欢海货，顺心里琢磨着，就点了黄花鱼、扒海参、蛤蜊汤，又为两位教授打开了一瓶琥珀葡萄园里的一级葡萄酿造的葡萄酒。两位教授对这葡萄酒赞不绝口，韩茹教授满脸绯红，真像是盛唐时的“晒伤妆”。任教授笑吟道：“岂妃子醉，是海棠睡未足耳。”浓浓爱意溢于言表。

也许是几杯酒下肚，任教授讲了一个往事：那时他上高一，韩茹上高三，情愫初开的他就认定韩茹是自己的偶像，就偷偷地给她写了封情书，那时自己一副公子哥的味道，满脑子优越感，结果寄出去两周都不见动静，自己就坐不住了，怎么办呢？就又写了一封，寄出去后仍不见动静。真不知怎么办了，碍于周围的眼光，又不敢直接去表白，很是失落，夜里就跑到操场的看台上，躺在那儿看着月亮发呆，就这样几个晚上，就有人传开了：有人失恋了，就看台上躺着的那个人。这件事很快传到了韩茹的耳朵里，由于好奇，她和几个女生偷偷地去瞧瞧，没想到是他，她当时就火了，拧着耳朵就把他揪起来了，说：“有本事，北京见，别在这儿丢人现眼的！”

任教授说：“从那以后，我就再也不敢傻想了，只能偷偷地看她几眼。嘿，傻人有傻福，去北京上大学以后，她主动联系我了。”

“是啊，就你把我的话当真了，才让我觉得你靠谱。”

顺没想到两位教授这么默契，真的不忍心打断他们，但又不得不说：“任教授啊，我想咨询一个比较专业的问题。”

“哦，你说。”

“金艳大棚王杏能不能露天栽种？”

“能啊，但会有两个问题，一个是果实成熟要晚，价钱上要打折扣；二是露天加大了风险。”

顺听了心中有数了，就又问：“那有没有优势？露天种植和大棚种植相比。”

“这个……当然有，露天果实更加饱满，甜度和口感更好。”

顺有点小兴奋，说：“这就是我想要的，好东西自有好东西的推销方法。这就像两瓶矿泉水，有走高价位的，有走低价位的。高价位的一瓶卖到十几元，低价位的也就两三元钱，但口感和包装肯定不一个档次，低价位走的是量，高价位走的却是品质。”

“哈，这个我倒没深考虑过。你想发展露天种植？”

“是的，大多数地方都是大棚种植，我想占领高端市场。”

韩茹插话说：“那你得有足够的资金，提高抗风险能力。”

“资金没问题，我想请两位做顾问，不知意下如何？”

任教授看了看韩茹教授，韩茹笑了笑说：“你提供了这么好的舞台，我俩没有理由不把戏唱下去啊。”

“那一言为定，来，我以茶代酒干一个。”

三个人聊得很开心，顺两点多才离开。

肖小曲投入的资金很到位，建设的规格也很高，用她的话说：“多花一千万能上一个档次，我愿意再掏两千万上两个档次。”

顺对修路工程非常上心，查阅了修路的步骤，及每一步达到的最优标准。每一步骤他都亲自过问，譬如：石灰和土的配比、石灰中活性氧化钙和活性氧化镁的总干重占比、石灰消解后的湿度、土的塑性指数、石灰土基层的层数和厚度、混凝土的强度等级等，事无巨细地询问很多遍。现在主路基本完工，正在铺筑公路两旁八十厘米的硬化路，就连这件事顺也没有掉以轻心，肖小曲对公路的质量非常满意，也非常看中顺的付出，不仅仅因为感情，她觉得自己的投资很值得。

在这个过程中有一个小插曲，不仅让村民们，就连施工人员都竖起了大拇指。进来第一车石灰，顺就让技术人员对活性干重比做了测试，没想到小于79%，不在80%～85%范围之内。顺问啥原因，技术人员说，这与工厂的工艺有关，有的氧化镁是严重的杂质，必须排除。往细里说，石灰的组织结构与煅烧温度和煅烧时间密切相关。影响石灰活性度的组织结构包括体积密度、气孔率、比表面积和CaO矿物的晶粒尺寸。晶粒越小，比表面积越大，气孔率越高，石灰活性就越高，化学反应能力就越强。可能是石灰厂家认为只是修个乡村公路，就没有太重视。顺坚决退掉了这批石灰，重新进了货。为这件事，肖小曲当着顺的面流下了感动的泪，她觉得顺重视她的投资就是重视她自己。

肖小曲为什么没向顺表白，因为她不太了解顺，相反她还是比较了解刘琴的，是那种几乎不食人间烟火的人儿，顺竟然与她相爱，而且爱得这么深，这让她很不理解，同时也无法把握顺是否会接受像她这样一个如此现实的人。再说，王蓓蓓和顺走得如此的近，也不知道顺是咋想的，虽说自己做了很多，但大多都是出于自己的意愿，并不是完全为了谁，这个顺也不是傻子，他会明确地感觉到的。也就是说他不会想象自己会是确确实实地爱上了他，最多也就是觉得他是她肖小曲的一个人选，而不是全部。而王永顺也不是那种只为儿女情长的人，他似乎更看重他的梦想和追求。正是出于种种原因，肖小曲一直纠结着。

顺似乎也理解肖小曲，人家一直没有明确追求自己，只是态度有些暧昧，自己也不好明确说什么，所以，肖小曲的这段感情一直在朦胧中，若即若离。不过这些也让顺感到了无形的压力，这样的女子是女人中的绝品，不能因为自己耽误了人家，总得找个机会深层次地聊聊，不能突然宣布和蓓蓓的恋爱关系，而让她承受突如其来的打击，那样也许会产生恨，一种似乎被戏弄的恨，那他王永顺将失去一个知己，朋友也没的做了。想来想去，这天下午他给肖小曲打电话，邀请她去他现在的别墅喝茶，肖小曲欣然同意。顺没有邀请王蓓蓓，他想和肖小曲单独谈谈，以防太尴尬而伤了她的自尊心。

肖小曲有些激动，这是顺第一次邀请她到他的住处，虽说自己和刘琴有些交往，但真的没去过她的别墅，现在这栋别墅的主人是顺了，有一种神秘感在她心里挠来挠去，在那儿顺会做什么呢？她极力地张开想象的翅膀，想象一些感性的画面。今天她选择了短裙，上身穿得也比较暴露，白嫩细腻的皮肤让人不敢直视。她没有叫司机，而是自己开了辆不起眼的甲壳虫，悄悄地离开了住所……

第二天，镜子里她的眼睛是红肿的，她哭了一晚上，黎明前才迷迷糊糊地睡去。今天她还有一个很重要的会议，这个模样怎么去面对下属，对待工作她是雷厉风行的，推迟会议不是她的做派，可她更不愿意让人看到自己如此狼狈，权衡再三她决定让司马善南代替自己主持会议。司马善南跟随父亲多年，自己掌管琥珀酒厂后把他提拔为管人事的副总，她打电话把情况和司马善南说明了一下，说自己有些个人的事情需要离开一段时间。司马善南似乎明白了许多，也没敢多问，只知道自己应该做些什么，不需要自己开拓什么，守住公司正常运行等肖小曲回来即可。

肖小曲驾大马力四驱吉普车直抵死亡之海深处。天气很热，一开始她没有开空调，打开了所有的窗户，黄白色沙漠，到处是风吹型风波纹、鱼骨纹。千年胡杨长出了绿叶，成了别样的风景。大部分树形呈塔状，树枝密密麻麻，夏天看似惨败中透出喷薄的生机，一片一片的是那样的优雅壮观，加上起伏的沙丘线条，一幕幕进入肖小曲眼帘的是绝美的风景画。向南一望，盆景般的胡杨装点在林丛中，静静地伫立于沙丘，千姿百态，把人间引入佛景。这种沧桑变幻、干枯龟裂和扭曲的树身上，常常不规则地顽强伸展出常人无法想象的生命，让死亡之海深处死亡与求生协调地呈现。沙漠公路五百多公里，公路旁有一百零八个水井房，每间房都住着一对老夫妇，他们的工作是负责几公里植被的点滴灌溉和在沙尘暴之后恢复公路的原样！从刚开始的不毛之路变成现在的绿色之路，这件事已经震撼了肖小曲的内心。站在死亡之海腹地海拔一千四百一十三米的红白山上，肖小曲眺望沙漠，另一种的浩瀚绵延不断，苍茫天穹下无边无际，缥缈间产生一种震慑人心的奇异力量。面对这片沙海，肖小曲感到自己是那样微不足道。在红白山上看和田河，更是此生不能忘怀的。和田河两岸的胡杨在阳光下泛着浓厚的墨色，如宽大的墨色丝带缠绕着大地，从天际延伸过来，又蜿蜒消逝到天的另一尽头。

此情此景，肖小曲敞开喉咙大喊：“王永顺——”一点回音也没有，声音是那样干涩无力，泪水伴着永别的思绪滴入黄沙中，没有一点踪迹……

26

顺坦诚地告诉肖小曲他们只能做朋友，并笃定要娶王蓓蓓为妻，肖小曲没有问为什么，而是夺门而去。顺一直很担心，打电话叮嘱门卫，她回去后一定向他报个平安。门卫是红星村华芳嫂的公公，接到顺的电话，一直在门口张望着，肖董事长可是百姓心里的财神，那可不是闹着玩的，他一直目送她上了楼，才跟顺报了平安，顺才放下心。这老人一晚没睡，就盯着大门，第二天肖小曲离去，是司机送她走的，带走了一个行李箱，他赶紧打电话和顺说明了情况。

顺从司机那儿打听到肖小曲坐飞机去了乌鲁木齐。也许她去草原散心了，顺这么想，尽管担心，他还是很快地投入到工作中了，暂且把这事放下了，他知道肖小曲不是一般的女生，不会出事的，当然，他也是这样安慰自己。五天过去了，没有肖小曲的任何消息，顺有点坐不住了，很不情愿地拨通了司马善南的电话，他知道司马善南很可能隐瞒肖小曲的去向，这是他不愿叨扰的原因。“司马兄，有没有肖董事长的消息?”顺这时候才打电话询问，司马善南有些生气，他猜想肖小曲去塔克拉玛干沙漠，一定与顺有关，否则一定不会突然去这样的地方，他也是第三天才收到肖小曲在塔克拉玛干的消息，立马安排萱萱和两位助理前去照应，今天发回一些照片来，司马善南才把心安顿下来。所以他一接到顺的电话，气就不打一处来，“你这人良心叫狗吃了，都五六天了，才知道问问。不知道！自己找去吧。”说完把电话立马挂了。

司马善南气呼呼地转了一圈，又马上想到告诉顺肖董事长的去向，会不会他们之间有转机？又拿起电话回拨，响了一下就接通了，“小曲去了死亡之海，别的我也不很清楚了。”

司马善南没有挂电话，电话的那端一片安静，但也没挂电话，他又补充：“下午有去北京转乌鲁木齐的飞机。”轻轻地挂了。

司马善南是看着肖小曲长大的，内心深处觉得回旋的余地很小，他也只是想图个心里安慰。

顺没想到这件事对肖小曲伤害这么大，以至于去了夏天的沙漠。他沉思了良久，还是选择了沉默，他不想把事情搅得说不清楚，就狠下心来让事情走入明了。

这天，顺的心总是绷着，放不下，不知怎么排解。王杜海来到了红星合作联社办公室，王杜海和顺关系也不错，虽然长顺十几岁，但由于父辈是穿开裆裤玩大的，他们这辈也相应地走得近，“小香港”花裙子的事正是他父亲的手笔，至今还是人们的谈资。但作为后辈王杜海和姐姐王梅云都勤劳上进，与他父亲有天壤之别。王杜海向顺说起滩涂养殖的文蛤死亡率大幅提高，仅有一半的成活率。他甚至想退出承包项目，虽然损失部分钱，但免得一赔到底，最后陷进去。顺告诉他附近几个村的滩涂养殖也出现这种情况，顺想把这些滩涂养殖户集中起来，一块儿加入红星合作联社，共同开发，提高抗风险能力，减轻养殖户的心理压力，让他们有更多的获得感和幸福感。王杜海一听，心里直痒痒，说："这个，我先去给你游说游说，反正我是举双手赞成。"

"好啊，给你一周的时间，到时候我带人坐地签合同。"

"保证不让你失望，瞧好吧！最乐意干的事就是干地拾鱼，有你这样的大头，我们怕啥！"

这一周，顺也没闲着，除了考察海参和大闸蟹养殖之外，还咨询了海洋大学科研部，为什么会出现大面积减产的事。邀请了海洋大学王佳茹教授和他的团队对养殖水体中营养盐进行了取样测定，发现氨氮、亚硝氮和磷酸盐浓度偏高，她认为是过度开发导致了养殖生态恶化，如果不及时地采取措施，会越来越严重。王佳茹教授就是从永胜村走出来的专家，她全家都已搬到青岛居住，但和顺谈起当年的几位小学老师，仍是满怀幸福感，特别是余校长，并询问余校长的生活状况，这么多年一直忙于教书和科研，没有去看望他们。顺和李培光说了说这情况，就决定带王佳茹教授回永胜村一趟，看看余校长和几位老师，尽管青岛并不远，可这些教授一进入科研领域就有一种无我的境界，一些美好只能装在心里，这对顺来说却是举手之劳。顺给王蓓蓓打电话，把余校长和几位老师约到她家里，等他们到了一块儿叙叙旧，同时也让王佳茹教授看看当地的发展变化。

王蓓蓓接到顺的电话后，急急忙忙从园区赶回去，这几天她也为肖小曲的事闹心，当顺告诉她实情后，她既高兴又难过，高兴的是顺没有拖泥带水不明不白，难过的是伤害了自己这位好朋友，但怎么做都无法躲过这一关，她不能把顺让给肖小曲，同时从顺的作为上看，他应该爱的是自己，当然也不排除他对肖小曲有感情，但肖小曲在不明不白这段感情里做出如此强烈的反应，是她没想到的，也是始料不及的。她听说肖小曲已回来了，但她的电话打不通，看来是不想见她和顺。她一直想找个空闲去登门拜访，但一直没去成，究其原因是自己并没有想好说些什么，那种假惺惺的安慰话，她说不出。

余校长已七十五岁，身板硬朗，满头银发。听说王佳茹来看他，激动得泪都淌下来了，这是他最得意的学生，一直是班长，学习杠杠的。“这孩子有出息，忙啊！要不她能不来看我？”

王蓓蓓乐了，“老校长，我也跟您上了几年学啊，天天看您，也没见您激动过呀。”

“那不一样，你就像亲孙女，看着你一天天成长，老是激动，我这老骨头还能受得了？”

“哈，您老净拣好听的说，我觉得就是偏心！”

“好好好，是我偏心，行了吧。”

离开红星村，顺和王佳茹教授一路交谈着，车子并没有开空调，穿行在林海当中，炎热似乎蒸发掉了许多，这让王佳茹教授有点不可思议，就问：“这成片成片的树林虽然没有长大，但似乎这树林里温度降低了许多。”

顺笑了笑说：“这里虽然离海不算太远，但风却有些干燥，吹到身上不太舒服，可有了这几万亩的树林，让这风变柔了，空气湿润了，这树荫底下得降低至少三到五摄氏度，天然空调啊。”

“那茫茫一片是银杏树吧？”

“对呀，用不了三五年，就会收获一个金黄的秋天。到时候请王教授来赏秋吧。”

“是呀，可以想象到那份景观，应该用壮美来形容吧！”

“郭沫若笔下最为传神：‘秋天到来，蝴蝶已经死了的时候，你的碧叶要翻成金黄，而且又会飞出满园蝴蝶。’”顺有点自豪感，也有点成就感。

“啊，那铺天盖地的是梧桐吧？”

“是啊，可是召像您这样的金凤凰的。”

“哈，绝对的气派啊！唯此，方可群仙毕至，八方客商纷至沓来。”王佳茹感叹道，她还是第一次见这么大片的梧桐林。没想到这么年轻书记会有这么大的魄力和情怀。梧桐叶翠枝青，亭亭玉立。树皮平滑翠绿，树叶浓密，从干到枝，一片葱郁，显得清雅洁净。“一株青玉立，千叶绿云委。”这两句诗，把梧桐的碧叶青干，桐荫婆娑的景趣写得淋漓尽致。而眼前的这位当家人真是不可小觑啊。

顺沉默了一会儿，说：“人们追求梦寐以求的理想生活，向往天蓝水碧的绿色景观，企盼优美而又宜居的人文和生态环境，这种美好的愿望一直延续至今。我们这辈人正赶上国家生态发展的节点上，没有理由不梦想成真啊。”

“是啊，没想到你又关注起海洋来。”

“我们这地儿啊，是海陆不分的，这大海呀更迷人。”

“我还没有确切地下结论，这滩涂和海水养殖啊，得立体混养，这方面南方有一定的经验，鱼类、虾蟹类、贝类和植物混养，南方一般选择种植红树来净化环境。我们这儿呀，可以种植黄须菜、大型海藻类，同时在淡水海水交汇处也广植芦苇。我想这是最好的办法。”

“王教授说得对，哪儿都得需要呼吸，没有植物怎么行哪。”

“到时候我会提供一个科学的混养比例，以供你们参考。”

……

“来了，来了。”一群孩子嚷着，围在了顺的车旁，都想看看“荣归故里”的大哥哥、大姐姐。其实啊，王佳茹都四十五岁了，该叫阿姨了。

王佳茹一下车就快走几步握住了余校长的双手，眼泪就打了转，“老校长啊，真的很想您啊！”

“啊，佳茹啊，一晃三十三年了。唉，你看你都有白头发了。”

“是呀，您已满头银发了，如果我没记错的话，您今年高寿七十五了吧。”

“哈，七十五了。你这几位老师还记得吧？”

“记得记得，这位王东正老师，教我数学，这位王子章老师教我语文。这位……”一一见过之后，又唠了一会儿，询问了几位老师现在忙什么。余校长和几位老师都上了老年大学，余校长成了吕剧票友，主要是二胡伴奏，谈到这里让蓓蓓去取自己的二胡，非要给王佳茹演奏一曲。王蓓蓓见老校长兴致很高，赶紧把爷爷的二胡取来，拉了一曲《借年》，依旧余兴未消。

王佳茹教授说：“很对不住各位老师，一直没来看望老师们，这次也是匆匆，我三点半的飞机，去海南大学有个报告，后天还得去青海，身不由己啊。”

“我就知道你忙，别忙坏了身体就行，别的没什么。”余校长拉着佳茹教授的手叮嘱说。

大家你一言我一语又说了些叮嘱的话。顺驱车把王佳茹教授送到了机场，并叮嘱王教授早把结果提供过来，好早做打算。

回来后，顺和王蓓蓓商量一块儿去拜访肖小曲。王蓓蓓先给肖小曲发了个信息，要去看看她。肖小曲很快回了信息，并且发了个俏皮头像。王蓓蓓觉得肖小曲过了这个坎，心里释然了很多。刚想跟顺说这事，顺接了个电话，说是盼男已完成第一轮化疗，今天从北京回来，让顺去机场接机。王蓓蓓没说什么，只是说肖小曲心情好了许多。顺也明白王蓓蓓的心思，就说：“我自己去机场，你如期去看小曲，免得再失礼。这样的朋友不是想有就有的，打着灯笼也很难找到。”王蓓蓓鼻子一酸，差一点哭了。

王蓓蓓大约五点半来到肖小曲的办公室，肖小曲淡妆化得很精致，但眼睛还是有点红肿。一进门，肖小曲站起来给了王蓓蓓一个拥抱，王蓓蓓拍了拍她的后心，说：“会好的。走，我们去景区吃大锅炖土鹅、甲鱼炖土鸡，我还约了新闺蜜。”

“啥？你有了新闺蜜？”

“是呀，就是周珊珊啊。”

“是她呀。她不是刘琴的闺蜜吗？”

“对呀，刘琴走后她很难走出阴影，就为刘琴写了一本书，刚出版了，咱们一块儿庆祝一下。”

“书名叫什么？”

王蓓蓓眨了一下眼，“保密，我让她带了两本，到时候你一定惊得合不拢嘴。”

“哈，那就走吧。今晚我们不醉不归!”肖小曲叫了司机。

盼男走出机场，王乐生和张旺财拖着行李，三人看上去都是一脸的疲惫。盼男用纱巾裹了头，盖住了稀疏的头发，嘴唇泛白，像是失血太多的模样。顺紧走两步搂住了她的肩膀，鼻子一酸差一点就哭出声来。盼男面前他就是个大男孩，可如今这份坚强大打折扣，原来遮风避雨的盾牌，被病魔之矛戳得千疮百孔。这次的盼男在顺宽厚的怀抱里很温顺，以往的强势弱化成羽，这是家中最强大的男人，是很多人停靠的港湾。

“永顺啊，让你费心了。”盼男轻轻地说。

“姐，您说啥呢！您要知道很多人需要您，两个外甥、姐夫、父母都需要您，我也需要您。”

“你都这么有出息了，不需要姐了。”

“姐，您可是我的宙斯之盾啊!”

“哈，还宙斯之盾呢，都风雨飘摇自顾不暇了!”

“走吧，咱妈和孩子还在家等着呢。”顺说着侧身接过王乐生手里的行李，“爸，我来吧。”另一只手牵着盼男走向车旁。其实，顺现在有两辆车，一辆是刘琴留给自己的宝马 X7，另一辆是自己的瑞风 S，但他很少开宝马 X7，今天也是开了王蓓蓓的瑞风 M6，一个原因是宽敞舒适，另一个是今天直接从永胜村来机场的，就让蓓蓓开了自己的瑞风 S 去见肖小曲了。

一回到家，娘俩就抱头哭了一场，浩宇在一旁也直抹眼泪。接下来，盼男躺床上休息，旁边老二打着小呼，一直没醒，盼男侧身瞅着他，心里升起无限爱恋。蒲生玉就去煮早已包好的饺子。顺拌了一盘黄瓜、一盘西红柿拌白糖，切了一盘喜旺火腿，炒了一小盘花生米，爷仨喝了两瓶琥珀酒厂酿造的葡萄酒，就商量起盼男上班的事，区里正在抓吃空饷的事，张旺财明天一定得上班，不管心情咋样假不能请得太长；至于盼男，等身体恢复一周再说，略微忙碌一些心里乱七八糟的事想得会少一些，对身体恢复也有好处。

王蓓蓓她们一起去了永胜合作联社的风景区。王蓓蓓对肖小曲说："今天，由你来钓甲鱼，钓到哪一只我们就吃哪一只，如何?"

肖小曲虽然来过景区好多次，但还从没有钓过甲鱼，这会儿正好玩玩。

"我也要钓!"周珊珊过来打趣。

"好，你们俩比赛。有两种方式：一种谁钓的个大炖谁的；另一种谁早钓到就炖那一只。你俩选哪一种?"

肖小曲选了第一种，可周珊珊就是对着干，选了第二种。王蓓蓓笑了，"你俩真是一对冤家啊。这样吧，折中一下，每人钓一只，炖两只。咋样?"

"好!"两人一起回答，气氛一下子活跃起来。

钓甲鱼很简单，用一尼龙线拴牢鱼钩，离鱼钩十厘米处固定一个小浮子，再在鱼钩上勾上一小块猪肉，站在养甲鱼的湖心栈桥上，将鱼钩沉到水里，另一端缠到戴手套的手上，静等上钩。等浮子一沉，甲鱼就咬勾了，两只手抓紧向上拉，一只甲鱼就被钓上来。

其实，这是养甲鱼的湖，里面有几万只甲鱼，很容易就能钓上来，王蓓蓓只是为了活跃气氛，才让肖小曲亲自动手的，正赶上周珊珊也有雅兴，就做了个小局，两人不亦乐乎。自己顺手拿起周珊珊带来的书，“琴弦上的云影”几个字映入瞳孔。翻开第一页，是一首小诗：

轻轻的脚步　尽管沉重
不想惊动你　沉寂的灵魂
阴阳相隔　斜烬里
有的只是青色的小草
绛色的小花　为这长眠的美丽
滴下圆圆的泪珠

27

顺急着签合同是因为现在是雨季，正好用“压青苇子法”繁殖芦苇，这种方法既简单又快；同时还可种植海蒿子，夏季正是渤海海蒿子生长的季节；错过了，就得等到明年了；至于黄须菜得等到明年三月份种植了。不过生态不是一蹴而就，要想达到彻底的改善，还得按照王佳茹教授的比例，科学混养，及时养护。可佳茹教授迟迟没有回音，电话也没人接，顺也感到很蹊跷。

一周后的晚上，顺收到王佳茹教授的短信，说自己一直在马耳他开会，又发回一些国际海洋学院的照片，不少精雕细琢的维多利亚式建筑和方石铺地的古老街道。后又发了一些景点的照片：蓝窗、蓝洞、圣约翰教堂、圣保罗主教堂。虽然景色迷人，顺似乎没多少心思欣赏，问啥时候回国，王佳茹教授笑了，发回一个表示歉意的图片，并告诉顺明天就回来，争取三天内给顺提供结果，顺这才把心放下，仔细查看起这些照片来。最让他震撼的是圣约翰教堂，从外部看，土黄色的墙面并不显眼，但其内部大量运用了华丽的巴洛克风格的装饰，包括交错雕刻的石墙，描绘了圣约翰生活场景的拱顶和侧面祭坛，这些都让他惊叹骑士普拉蒂精巧之手，真不愧为欧洲最漂亮的教堂之一。

红星合作联社免不了开几次大会，红星合作联社和农民自助合作社还有所不同，除了社员分红以外，自身有一块收益，这块收益归集体所有。这次海洋滩涂入股，参照了土地入股的模式，很快就找到了投资方——大河海洋开发有限公司，董事长是刘吉盛的儿子刘宇博，刘宇博一直投资海参苗养殖，很想开拓大闸蟹、贝类、藻类等养殖项目。可股权比例还没确定的情况下，就传出了一条足以让顺头脑裂开的言论："红星村村官为大舅哥谋私利，独吞海洋滩涂！"这条言论像疯长的舌头越传越烈，背后很像隐藏着一个功夫了得的太极推手，一波强似一波。最后牵扯到为什么刘吉盛会给顺那么多财产，这个就是有理有据的佐证。

盛夏的早晨，万里无云，顺正在办公室处理海洋滩涂流转的一些细节方案，手机响起，"王永顺书记啊，忙吗？如果有空，请你来区纪委一趟。"

顺心里咯噔一下，"好的，我马上过去。"但心里很忐忑：我哪儿违纪了吗？为什么纪委会找到头上？他踏着有些紧张的步子来到车子旁，长吸了一口气，驾车驶向区直。

区纪委常委、二组书记刘正清看到顺一脸紧张的模样，笑了笑说："今天真是请你来喝茶的，茶叶强身健体还可醒脑，你不用这样紧张。"

顺平静了一下心情说："不是这样吧，只是为了喝茶？肯定与外面的风言风语有关吧？"

"你说得对，我想了解一下情况，顺便给你打一下预防针。"

"这件事让我很烦恼，也觉得有些委屈，我觉得我没做错什么。"

“我是提醒提醒你，给你敲敲‘警钟’。”

“群众反映的不是什么风言风语，有一些还是事实的。”

“这我就不理解了，我觉得内心磊落得很。”

“这个问题你应该提起重视。你想一想你投资种树，怎么没人举报你呢？你可是千真万确的受益人啊。”

顺一下子明白过来，刘琴投资种树，都知道她是自己的女朋友，人们没有想法是因为那基本是在做公益呀。而现在刘宇博可是正儿八经的商人，他是使自己公司利益最大化。他只注重一心为百姓干事了，却没有顾忌别人的感受。

顺喝了口茶，脸有些发红：“这个我平时还真没有注意，只是一门心思在工作上。”

刘正清站起来帮顺加了点水说：“正常的工作来往是应该的，但是要注意把握好度，做到‘亲’和‘清’。群众不理解但我们理解，一定把握好分寸。区委区府都很支持你的!”

“你回去学习一下《中国共产党纪律处分条例》，第 83 条、86 条都规定得很清楚。”刘正清拿出《条例》翻到相关条款递给他，“你自己看看，如果由大河海洋开发有限公司承接这个项目，细节上你一定得注意了。”

顺仔细看了相关规定后诚恳地说：“我原来认识有偏差，有时候不被理解就有些委屈，但我现在知道了，一定关注好每一个小细节。”

“嗯，我这杯茶没白请你喝吧？好，我知道你是大忙人，也不和你唠多了，有空常来喝茶，唠一唠还是有必要的。”

顺走出了纪委办公室，被阳光打了个正着，用手遮了一下，看向远方。盛夏的太阳让万物生发，但一切又那么安静，蝉鸣都带有蓝色调的茶香。

传言并没有停止，不久就传到盼男的耳朵里，刚刚上班有一位好朋友就告诉她："近来关于你弟弟的事，传闻很多啊，对他影响不好，真是人怕出名猪怕壮啊。"

"说啥呢？我弟弟怎么了？"

"你真不知道还是假不知道？"

"我知道啥，这不是刚来上班嘛！一直闷在家里，像是被囚禁了。"

"嗨，都传说，顺为大舅哥谋私利，独吞海洋滩涂！"

"这真是放屁，要是那样我想顺肯定不会去当那村官，直接去经商了，那不活得更自在。"

"你别生气啊，这传得很凶呢！"

盼男沉默了，不再作声。下了班就跟顺打电话，让顺带着蓓蓓回家吃晚饭。顺也觉得应该回家看看盼男，毕竟盼男今天上班了。

五点多，顺处理好工作后给王蓓蓓打电话约她一起去盼男家吃饭。王蓓蓓也正赶上有空闲，就让顺等着开车来接他，她怕王乐生会让顺喝酒，不能开车。顺见有时间就走出办公室在村子里转转，老远看见大宝又举着反光镜喊着："巡逻——巡逻，巡逻……"可顺总觉得和第一次见他的时候不一样感觉，恍然才明白，这一次他穿着崭新的衣裤，和沿街的绿色没有违和感。

大约过了一个小时，王蓓蓓赶到，看着心情不错的顺，一块石头落了地，看来这一段时间的传言没有让他萎靡，状态不错，她不知道纪委找过他，解除了他心中的一些阴影。

当灾难搁置一段时间，就会在时间中搁浅，带来的伤痛会有所缓解，生活原本就是过日子，这座不算别致的小楼又恢复了往日的温馨。张旺财晚自习盯班想在学校食堂随便吃点，刚点了一份豆芽炒面，电话铃响了，“盼男啊，有事吗?”

“在哪儿？怎么还不回家?”

“今晚盯班，在食堂吃饭呢。”

“今晚顺和蓓蓓要来咱家，你抓紧和别人换个班吧。”

“好，我这就回去。”张旺财赶紧找人换班，心里长舒了口气，要了塑料袋把炒面带上了。

蒲生玉在厨房里忙活，女婿不在家，王乐生从年轻就很少下厨，盼男对炒菜更是外行，这下厨的事很自然就是丈母娘的事了。王乐生从年轻就好客，蒲生玉深受其影响，子女们也是这样，尽管儿子和未来儿媳不算客人，但每次来还是弄一大桌子。

浩宇是走读生，所以不在学校上自习课，自己在家完成作业。听说舅舅要来，浩宇有些兴奋，一遍一遍地从书房里走进走出，魂儿有些不安分，稳不住神儿。他弟弟还不知所以然，只是跟在他屁股后面走来走去，像只小尾巴。

王乐生这会儿在侍弄窗前的小菜园，三架丝瓜，一小畦韭菜，几棵辣椒，沿边一溜豆角，还有几棵西红柿。年轻时就没种过地，但对土地的感情写在一个农民的骨子里，再锋利的岁月也无法剔除。盼男就坐在小凳子上看父亲直起腰又弯下腰，现在的她学会了享受悠闲，也学会了享受心安理得。那只狗狗似乎有了人性，温顺地盘在盼男的脚旁，有时抬起头听听动静，有时伏在地面上打盹。

张旺财回家并没有打乱平静，洗了手，系了围裙和蒲生玉一块儿忙活起来。

一路上，王蓓蓓总找些风趣的话题。顺理解蓓蓓的心里想什么，知道近来的传言带给她的压力，笑了笑说："纪委刘正清书记请我去喝茶，给我上了一课，让我内心通透了许多。虽说举贤不避亲，但让人想象的空间很多，难免不被理解。这不光是心底无私的问题，还有许多感情因素掺杂在里面，很容易在一些细节上出问题，这让我更加理解了干群关系。这些都是我俩都应该注意的问题。"

王蓓蓓一下子乐了，更加笃定顺是一位最靠谱的男人。他不会因为人们议论就畏首畏尾，拒绝一些最优的选择，在舆论的浪尖上，抉择是关键中的关键，她觉得刘琴没有看错，肖小曲没有看错，自己更没有看错。在人生征途中有许多弯路、小路、险路、暗路，只有头脑清醒、意志坚定，才有希望到达远方。没有清醒的头脑，再快的脚步也会走歪；没有谨慎的步伐，再平的道路也会跌倒。人生的路得时刻有人提醒，才能一步跟着一个脚印；弯路与岔道口，必须三思才行。

太阳由刺眼变红亮，晚霞被清风抚摸着，寂静中孕育着生机，明天又是一个艳阳天。西方透过来的霞光，在眼前明亮着，也把沿路的树林涂抹得清晰明朗。清脆的鸟声、潺潺的渠水拍打着耳膜，奏响了一曲优美的画卷，一阵阵幽幽馨香随风飘过，动人心旌。一堆堆，一片片，是绿的海洋，万波荡漾。

当盼男弄明白了顺的情况后，一家人放下心来。盼男的病情好转得不错，复查的各项指标都比较稳定，吃饭间还忘不了打趣王蓓蓓，如果自己驾鹤西去，这小不点就过继给她，忘不了补充说明孩子的智商绝对没有问题，一百二十以上。看盼男那认真劲儿，王蓓蓓都落泪了，作为一位母亲，无时无刻都想着自己的孩子。

王乐生心情也不错，尽管这几年遇到了几处大的伤心事，但顺的所作所为还是让他很骄傲，一切付出有一种缺憾的大美，虽然他找不到合适的语言表达，总之一句话顺为全家人积了功德，为列祖列宗添了彩。蒲生玉心里也释然了很多，知道顺挑起了大梁，为这个家也为很多人，对一个母亲来说也只有“心里舒坦”几个字来形容。张旺财更是感激顺和王蓓蓓，这个家的底气就来自于他俩，如果没有他俩是那样单薄，似乎再也经不起风吹草动。当然，王乐生更希望他俩早日结婚、生儿育女，吃饭期间一再亮出自己的观点，蓓蓓一句话也不说，只是笑着用眼瞅顺。顺总是重复那句话：“等忙过这段时间再说。”其实，他心里还是有许多牵挂，他结婚还是要争取一下刘琴父母的意见的，尽管二老只可能祝福，不会有别的瓜葛，但孝心还是应该有的。再一个，他还牵挂着肖小曲，希望她尽快有归宿，甚至希望她也能同时走进婚姻殿堂。这些装在肚子里的想法，他不说别人还真猜不透，就是王蓓蓓也不会向这方面想，不过在合适的机会他会告诉蓓蓓的，现在，只能用这句说服力并不强的话搪塞。

一晚上，浩宇并没有说太多的话，一向活泼的他，似乎长大了很多，懂得了许多，更加崇拜老舅。其他人没有注意，但顺似乎发现了浩宇吃完饭就进了书房，没有太多地听大人们讲，更没有提出刁钻古怪的话题。顺吃完也起身进了书房，在躺椅上坐下问浩宇：“航模练得怎样了？”

浩宇毕竟还是个孩子，一问到自己那三亩六分地，立刻兴奋起来，说参加了市少年宫组织的比赛，还拿了名次，获得了三千元的奖金和一枚水晶奖杯。

顺笑了，爱惜地说：“怎么？得了奖金不请舅舅撮一顿？”

“哈，我那点小钱就免了吧，不如老舅拔一根汗毛。”

“哟，还真守住财了。你以为舅舅是孙悟空啊，一根汗毛能变金条！”

“我这还真不是吹牛，老舅的本事凡人岂能相提并论。”

“好了，说吧，想要啥礼物？我知道你生日快到了。”

“嗨，礼物我不想要了，希望舅舅经常来看看我。这能给我增加很多前进动力。”

顺内心震撼了一下，没想到灾难如此成长人，他知道浩宇内心失去了安全感。顺站起身来伸出手掌说：“来，一言为定，击掌为证！”

在蒲生玉的强烈要求下，顺和蓓蓓这晚住在了盼男家。

清晨，阳光把露珠打湿，折射出弧度的明亮，生命的营养顺着草尖滴落，种进了柔软的土里，滋润着绿的根。王蓓蓓起得早一些，几乎和盛夏的朝阳同步，顺着柏油路向东溜达过去，她要为大家准备早餐，就是顺提起过的一刀鲜，自己并没吃过，但顺说得很是神奇，自己早有尝尝的欲望，今天正是个机会。

王蓓蓓折回到家时，一家人都在洗漱，只有顺还在撅着屁股睡，蓓蓓轻轻地刮了一下他的鼻梁，顺悻悻地睁开了眼睛，他正做梦在海滩上忙活，其实这个事还真不归他管，自有技术员教工人怎么做，他只是瞎操心。接下来应该是礼拜六，只有张旺财上班，虽然是初中，但学校施行大周制，一个月过一次大周，平常只有礼拜天休息。当然，浩宇是必须上学的，吃过早饭就和爸爸一起去学校了。

顺和王蓓蓓自然有很多工作，他俩已不知道啥叫加班，只知道有干不完的事，在顺的相约下一起去了海边滩涂。

28

至于顺的故事是写不完的，但事情总要有一个愿景，顺要建设的新农村是个什么样子，他心里在选择啥？几个场景也许是现实的，也许是理想的，也许是缺憾的，正像他的感情世界：刘琴、肖小曲、王蓓蓓……可能永远都是一种缺憾。

场景一：

还是那座别墅，院落西边还是一小片竹林，东侧还是栽种了石榴、紫薇，南面那两棵银杏树茂盛得很，旁边的丁香模样没有变，再往里有几株桂花，总之，和刘琴活着时一样。

初夏的黎明来得那样着急，四点多钟天就放亮了，首先升起的不是太阳，而是金星和木星，亮度足以让人喜悦。绿的味道开始弥漫，就像风儿一样钻进各个角落，门缝、窗缝，甚至你的眼角缝、鼻孔、汗毛孔。顺和蓓蓓在蚕丝被里睡姿安静，偌大的别墅只有他两个人。太阳红着脸跃出地平线，打在窗帘上，亮光唤醒蓓蓓，她睁着眼睛，静静地躺着，她没有很急的事情要做，顺也没有，她没有弄出动静，以任时间从床头滑过。顺翻了个身醒来，看了看身边的妻子，满脸的微笑。

刷完牙洗完脸，两人拿了羽毛球拍，穿了运动装，在绿树丛中找了块场地，玩起羽毛球，以飘逸的身姿融入晨练中。

七点左右，两人冲了个澡，换上便装携手走进小区前边的一家中式自助餐馆。餐馆里人不少，男男女女、老老少少，但静悄悄的，都在低头用餐。顺夹了几份素菜、几份荤菜，来了一个水果拼盘、一杯热牛奶、一碗小米粥、一杯咖啡。蓓蓓夹了几份素菜、一个水果拼盘、一杯热牛奶、一碗小米粥、一杯咖啡、一个茶蛋。他俩没有住在村子里，其实那里的自助餐厅比这餐馆还丰盛，人们已习惯了这种悠闲，一般早上不再自己生火做饭。

八点十几分，顺和蓓蓓驱车向红星村出发，他俩约了肖小曲夫妇，一块儿出海钓鱼。初夏的光景，到处是绿的海洋，像夜星一样点缀着各色的花朵，叫不上名堂的花草是很平常的事。笔直的沟渠里淌着澄清的活水，这些水与大河相通，与湖泊相连，关键处也有电力汲水。

十点零几分，顺一行四人来到海边，一个十分现代化的垂钓码头，鱼竿、鱼篓、快艇都可租用，鱼饵现场供给。他们离开岸边十几海里，沉浸在蓝色里，仰望蓝天，远眺大海，分不清天涯海角，都是蓝的世界。沐浴着海风，感受一种活泼而静宜的美……

场景二：

“永顺，快起床，今天旅游节呢！”王蓓蓓推搡着还在迷糊的顺。他太累了，为这绿色河海旅游节准备了将近一个月。顺一骨碌爬起来，是的，这是第一届绿色河海旅游节。

既然是旅游，就得有吸引全世界游客的特色，否则意义不大。顺和他的团队挖空心思做足了文章：梧桐民俗一周居，又名凤凰一周居，规格比较高，主要瞄准成功人士，有凤凰落梧桐的心理效应，在梧桐森林里住上一周，整个人内心净化，仙气十足，人气旺得很；葡萄采摘琥珀光，在望不到边际的葡萄园里徜徉，本身就有置身于大自然的惬意，再在搭建的草棚亭里畅饮上几杯上等的琥珀葡萄美酒，野味十足，终生难忘；银杏长寿健康游，利用银杏长寿的秘诀，冠大荫状，具有降温作用，在林子里待长了，凉爽而心情舒畅。还可大量销售银杏树木制作的雕刻匾、木鱼、棋盘、棋子、乐器等工艺品。海上就更不用说了，涉水刮螺、赤脚拾贝、红滩湿地赶海挖蛤蜊抓螃蟹、出海垂钓，真正体验到浓浓的渔家风情。甚至还有水上高尔夫、深脉温泉泡澡、湿地观鸟、空中鸟瞰红地毯，更有河海特有的美食文化。如果有眼福还能领略到河海交汇的壮丽景观。

夏男夫妇从纽约乘飞机到北京，换乘动车直接下榻凤凰一周居，他们是一月前订下的房间，今天已没有空居。曼哈顿（纽约县）的人口密度为66940人/平方英里（25846人/平方公里），为全美人口最稠密的县，密度比任何一个美国城市都要大。在这样的密度里连呼吸都感到压抑，自住进凤凰一周居，每根汗毛孔都感到舒坦，这是一种实实在在的逃离，逃离喧嚣和压抑。但他们并不知道凤凰一周居外面的情形，人都变得前胸贴后背，这哪叫看风景，简直是八十年代赶年集，这是顺和村民们没料到的。这节日里，城市人一窝蜂地涌入农村，影响了乡村旅游的实际意义。顺和他的团队开始考虑怎样解决这个问题，一个很现实的课题凸出来，长此下去会影响新农村在城市人眼里的美感。夏男夫妇所在的凤凰一周居形成了强烈的反差，这儿只有斑斓的树荫，无论白昼和夜晚，甚至只有星星的晚上，这种景色只是蒙上了一层纱。夜里，蛩虫在一张一弛地说些什么，沙沙响的梧桐叶被星光敲下一地的晃动。

几天下来，夏男反而觉得不太习惯，静得有点适应不了，就跟顺打电话，邀请他们夫妻俩一块儿到凤凰一周居聚一下。凤凰一周居一箪一食都得自己动手，一切食材都得自己想办法，各种蔬菜都有分散种植，还有一些散养的动物和鱼虾类，鸡、鸭、鹅得自己宰杀，鱼虾得自己去钓，如果运气好还会钓到一些稀有的物种。顺和蓓蓓知道啥叫繁华落寞，但他俩太忙，真的没时间陪夏男夫妇，就告诉她骑上单车到处走走。

夏男夫妇骑双座单车走出十几里，终于摸到了梧桐森林的边，穿过一个高大的门楞那儿了：只见到处是攒动的人头，根本无法再骑行，比曼哈顿还要曼哈顿，虽没有城市那种压抑，但喧嚣确实让人有些烦躁不安。

夏男对丈夫说："约翰，我给你讲一个故事吧？"

丈夫有点奇怪，这前不着村后不着店的讲啥故事啊！但还是耐着性子回答："亲爱的，我在听着呢。"

夏男望着拥挤的人群有些迷茫地说："有个老人在河边钓鱼，一个小孩走过去看他钓鱼。老人技巧纯熟，所以没多久就钓上了满篓的鱼，老人见小孩很可爱，要把整篓的鱼送给他，小孩摇摇头，老人惊异地问道：'你为何不要？'小孩回答：'我想要你手中的钓竿。'老人问：'你要钓竿做什么？'小孩说：'这篓鱼没多久就吃完了，要是我有钓竿，我就可以自己钓，一辈子也吃不完。'"

约翰笑了笑说："好聪明的小孩。"

夏男望了望约翰说："约翰，你错了。他如果只拥有钓竿，那他一条鱼也吃不到。因为，他不懂钓鱼的技巧，光有鱼竿是没用的，还得有钓技。"

"亲爱的，我不懂你的意思。"

"约翰，你不觉得这儿的风景很美吗？"

"当然，很美！"

"这就像钓竿，如果没有钓技，很快就会没落的！"

"亲爱的，你是替顺担心？"

"是的，我得跟他好好谈谈，不能让他摔倒在泥泞里。"夏男望着远方的天空，那儿传来了直升机的轰鸣声……

场景三：

顺独自走在月光下的红星村，路灯在晚十一点钟就熄灭了，不仅是为了节约能源，更是为了衬托古典的村庄，这月光下的村庄零星地亮着几家窗户，宽阔的街道铺了一地银光，这儿已成了一座森林村庄，从远处已看不到村庄，只是上万亩的混合林，二层的楼房隐身在林海里，河流就从门前流过，江南的风景没有的拙朴，在这儿彰显。

顺停步在养老公寓门口，这是肖小曲出资建的，一座古朴的大四合院，足足能住下上百人。

"谁？"地痞强惊起一阵狗吠。

场景四：

…… ……

图书在版编目(CIP)数据

顺／燕杰著. — 北京：中国文史出版社，2020.1
(跨度长篇小说文库)
ISBN 978-7-5205-1742-3

Ⅰ. ①顺… Ⅱ. ①燕… Ⅲ. ①长篇小说-中国-当代
Ⅳ. ①I247.5

中国版本图书馆 CIP 数据核字(2019)第 267704 号

责任编辑：薛媛媛

出版发行：中国文史出版社
社　　址：北京市海淀区西八里庄 69 号院　邮编：100142
电　　话：010-81136606　81136602　81136603（发行部）
传　　真：010-81136655
印　　装：北京东君印刷有限公司
经　　销：全国新华书店
开　　本：720×1020　1/16
印　　张：17.5　　　字数：183 千字
版　　次：2020 年 1 月第 1 版
印　　次：2020 年 1 月第 1 次印刷
定　　价：58.00 元